A Maravilha das pequenas Coisas

DAWN FRENCH

EDITORA FUNDAMENTO

2012, Editora Fundamento Educacional Ltda.

Editor e edição de texto: Editora Fundamento
Editoração eletrônica: Carolina Bittencourt / Bug Projetos
CTP e Impressão: SVP - Gráfica Pallotti
Tradução: Marilia Bittencourt

Este livro é uma obra de ficção. Todos os personagens e situações são fruto da imaginação da autora. Qualquer semelhança com acontecimentos ou pessoas vivas ou mortas, é mera coincidência.

Dados Internacionais de Catalogação na Publicação (CIP)
(Câmara Brasileira do Livro, SP, Brasil)

French, Dawn

A Maravilha das Pequenas Coisas / Dawn French; [versão brasileira da editora] – 1. ed. – São Paulo, SP: Editora Fundamento Educacional Ltda., 2012.

Título original: A Tiny Bit Marvellous.
1. Irmãos e irmãs - Ficção 2. Pais e adolescentes - Ficção 3. Psiquiatria infantil - Relações familiares - Ficção 4. Rivalidade entre irmãos - Ficção I. Título.

11-14912 CDD - 823

Índices para catálogo sistemático
1. Ficção : Literatura inglesa 823

Fundação Biblioteca Nacional

Impresso no Brasil

Telefone: (41) 3015 9700
E-mail: info@editorafundamento.com.br
Site: www.editorafundamento.com.br

Este livro foi impresso em papel pólen soft 80 g/m^2 e a capa em cartão supremo alta alvura 250 g/m^2.

A Maravilha das Pequenas Coisas

DAWN FRENCH

EDITORA
FUNDAMENTO

CAPÍTULO 1

Dora (17 anos)

Minha mãe, cara, está, definitivamente, na lista das asquerosas idiotas mais perversas e diabólicas do mundo. Fato confirmado. Eu declaro, oficialmente, que, a partir deste momento, não acredito que ela seja minha mãe de verdade. Cara, ela não pode ser minha mãe. Eu não posso ter vindo daquela astrochata. Nenhum dos minúsculos átomos do meu corpo tem nenhuma semelhança com nenhum pedacinho do corpo dela. Cara, é muito injusto as pessoas dizerem que somos parecidas porque, desculpe aí, mas NÃO somos. E quem deveria saber sou eu porque olho para o rosto nojento dela todos os dias da semana. E, desculpe aí, mas já me olhei no espelho e NÃO vi o rosto dela, mais jovem ou de nenhuma outra maneira, olhando para mim. Se algum dia eu olhar no espelho e enxergar aquela coisa horrorosa, cara, na mesma hora, afogue-me no poço mais próximo. Juro que serei sempre grata a esse ato de pura misericórdia.

Hoje, às 17h45 da tarde, ela teve a coragem de me informar que, no final das contas, eu não posso colocar um piercing no umbigo antes de fazer 18 anos. Ela sabe que eu tinha hora marcada para este sábado. Ela sabe que a Lottie vai colocar o piercing dela. Essa seria o nosso pacto de "juntas para sempre". Dane-se minha mãe e todos os que pensam como ela. Eu odeio minha mãe. Ela está despedida.

CAPÍTULO 2

Ma (49 anos)

Apesar dos pesares, até que me saí bem. Parabéns, Ma. Estou sem dúvidas mais escolada em não deixar a linguagem terrível que ela usa me afetar. Ninguém gosta de ser chamada de "escória do mal" ou "prostituta do inferno", fala sério, já ouvi insultos piores daquela língua afiada, por isso, ironicamente, fico aliviada ao receber essas lambadas de certa forma mais leves.

Eu me lembrei do mantra do velho e querido David Walsh que sempre recomendo a meus pacientes: "Quando, em uma discussão, você sentir vontade de dar um soco na outra pessoa, é melhor virar as costas e ir embora." Com certeza, não foi uma brisa que senti soprando nas minhas costas quando me virei e fui embora, foi a força bruta de um furacão. Mas minhas ancas são bem resilientes, aliás, ainda estão bem durinhas. Bem, quem sabe se levantá-las um pouquinho...

Mais uma vez, no centro da tempestade, nenhum sinal de marido. Ele fugiu para o porto seguro do escritório afim de ficar com MAC, sua máquina-amante que, sempre pronta, o espera compreensivamente. Sua interminável lenga-lenga sobre a política feminina ser um mistério é fraca e sem nenhum fundamento. Por que ele sempre se recusa a me apoiar nesses momentos críticos? Eu já expliquei para ele, inúmeras vezes, a importância de sermos consistentes e coerentes no que diz respeito às crianças. Temos de mostrar que somos unidos. Devemos sempre, ambos, ter a minha opinião. Afinal de contas, eu sou a psicóloga infantil qualificada desta família. Além de ele ter ajudado a fazer as duas crianças (um compromisso de uns seis minutos com o projeto), eu não estou ciente de que tenha sido treinado para ser pai. No entanto, ele merece o devido crédito por suas fugas rápidas e habilidosas quando os ânimos se esquentam em uma discussão. Ninguém pode melhorar sua técnica de retirada. Ele sem dúvida ganha essa medalha de ouro. Ah, sim!

Então, ele teve a audácia de sentar com Dora no quarto dela durante uma hora, quando ela, ao que parece, "se abriu" e falou que sente que nós duas somos inimigas há vários anos. Eu não sou a inimiga, eu sou a mãe. Embora, às vezes, talvez seja a mesma coisa. Tem de ser. Meu papel não é ser a amiga.

Quem é que eu sou mesmo? Instrutora, juíza, uma inquisidora quem sabe? No momento, minha função é ser a motorista, o banco e o ocasional saco de pancadas.

Há muito pouco tempo, eu estaria sentada ao lado dela naquela cama, e suas lágrimas teriam deixado o meu ombro molhado e manchado de rímel.

Como é grande a diferença entre 15 e 17 anos. Aconteceu uma mudança radical de personalidade. Onde foi parar minha pequena e doce gótica? Aquela com os olhos borrados, dreadlocks com nylon vermelho, botas de Tank Girl e anéis de pressão no nariz? Era tão fácil amar aquela menina. Aquela menina tinha o charme encantador de ficar machucada e ser trágica. Por que me mandaram essa loira oxigenada, escrava dos estilistas de grife? Eu tenho uma versão humana da boneca Sindy, cuja grosseria insuportável cresce a cada momento que passa acordada e, muito provavelmente, durante parte do tempo que passa dormindo também. Tenho certeza de que ela não desperdiça tempo de sono NÃO me odiando. Será que ódio tem juros acumulados? Se for assim, Dora está ganhando muito com seu investimento maciço em ódio pela mãe. Eu só tenho de aceitar o fato: ela me odeia.

O ódio de hoje é porque eu me recusei a deixar que ela colocasse um piercing no umbigo. Nesse caso em particular, sinto-me justificada por completo. Existe mutilação mais feia? Só de pensar, meu estômago, que não tem piercing e é consideravelmente maior, fica virado. E o lugar que ela escolheu para fazer isso é um horrível calabouço pequeno e sujo em frente à loja de tapetes na High Street, o "Pangbourne Ink". É claro, eu nunca ousei entrar lá, mas conheço a irmã da bruxa que é dona do lugar e ela teve impetigo crônico ano passado, por isso, se Dora acha que vou sancionar essa coisa terrível em um lugar tão sujo, pode continuar achando.

Quando ela fizer 18 anos, o que será em breve, então, se ela resolver fazer essa mutilação, ela que pague pelo privilégio. Eu não sou médica, mas, e se algo terrível acontecesse com o umbigo dela, uma infecção de algum tipo não selaria os vasos umbilicais? Como meu futuro neto se alimentaria? Ela estaria pondo em risco sua chance de vir a ter filhos. Será que seu egoísmo não tem fim?

CAPÍTULO 3

Oscar (16 anos)

O sofrimento pelo qual passei na última hora foi insuportável. Ambas as megeras Battle, a mãe cruel e a filha hedionda, foram estridentes o suficiente para acordar moluscos ainda não descobertos nos profundos abismos no fundo lodoso do oceano. Domino a arte de fazer abafadores para os ouvidos: colocam-se pedaços retorcidos de papel de cozinha umedecido dentro do ouvido. Deveriam proporcionar um alívio misericordioso. Mas a amaldiçoada gritaria triunfou.

Que miseráveis desalmadas elas provaram ser quando abandonaram todos os vestígios de classe e estilo e permitiram que triunfasse a vulgaridade que as algema à classe média baixa. Fiquei muito, muito, muito decepcionado com ambas. Foi muito cansativo. O desapontamento me deixou exausto. Sem outro remédio, vou para a cama. A reclusão de meu quarto proporcionar-me-á o consolo e a solitude de que tanto preciso. A cada dia que passa, conscientizo-me de que o maravilhoso Nintendo III Dance Mat Challenge é o meu único e fiel companheiro. Com ele, pelo menos, sacio as chamas vermelhas da minha paixão. Adeus, querido diário, até breve.

CAPÍTULO 4

Ma

Primeiro dia do ano. Todo ano, faço a mesma promessa, mas este ano vou cumprir. As coisas vão mudar radicalmente. Na noite passada, ficou provado que toda a vida senciente de valor evaporou-se da minha casa. Quem me tornei? Quem é essa pessoa? Quem é Ma Battle?

Ao que parece, sou uma pessoa que, na noite de réveillon, vai a um pub sem graça como o Miller's Arms para se encontrar com os vizinhos que meu marido, com sua mania de comunidade, adotou como amigos. Eu não tenho nada em comum com eles, eu nem sequer gosto deles. Nós nos encontramos para passar anos-luz de monotonia juntos, esperando a fatal contagem regressiva que anuncia a chegada de mais um ano potencialmente estagnado. Pelo amor de Deus, passei duas horas inteiras naquele pub, longe dos maridos, só com as esposas, sendo obrigada a ouvir os méritos de "virar um peru no forno". Tudo bem, nos três primeiros minutos, eu estava genuinamente interessada na ciência de como os sucos se movimentam dentro do animal durante o cozimento, nas partes mais gordas, em particular no peito e, sim, eu reconheço que girar a diaba da ave pode ser vantajoso e, provavelmente, fará com que fique mais saborosa. Mas, para ser franca, meu interesse só ia até aí. Mas, não, por mais 117 minutos tive que ouvir detalhes minuciosos. Enquanto Karen matraqueava sem parar sobre besuntar com o molho, termômetros, fogões com convecção, marinadas, recheio e blá-blá-blá, minha mente vagava, e, para manter um relacionamento cordial com a vizinhança, fixei meus olhos nos lábios que, felizes, mexiam-se sem parar ao passo que mantive um fluxo convincente de sons aquiescentes.

Enquanto eu estava presa no inferno do peru com as peruas locais, meu marido estava, é claro, no bar com os machos, mugindo suas anedotas sujas sobre o Natal. Como se houvesse alguma coisa remotamente indecente sobre o Natal. Não há, mas eles conseguiram mugir de forma repugnante a noite toda como se estivessem em Spearmint Rhino, um clube de strip-tease em Las Vegas, onde só se fala sobre as mulheres em termos devassos. Em geral, marido não se comporta como esse tipo de macho, mas, quando o rebanho se reúne, regras e códigos são rigorosamente respeitados. Ele me assegura que as conversas não são desse tipo e diz que nunca falam mal das esposas alheias.

Será que eu tenho um complexo de abandono? Por alguma razão, o desejo de ele tem de ficar com sua gangue de machos, longe de mim, sempre me soa como uma traição de algum tipo. Eu não queria estar lá, imagine ter que ficar só com "as meninas". Não tenho nada contra as outras esposas *per se*. É que elas não são as amigas que escolhi; sou forçada a ficar com elas porque meu marido bebe sempre com "o time G", como os chama. Ele não se preocupa com o fato deles serem ou não amigos adequados. Eles estão lá, e isso basta. Curioso. A ideia é que pessoas que se encontram por acaso em um pub à noite formem um grupo coeso e solidário de compadres, unidos por um copo de Guinness (daí o time G), o rei de todos os chopes, segundo ele, completo com a coroa de espuma cremosa.

Enquanto cantávamos Auld Lang Syne e saudávamos a meia-noite em altos brados, tive que dar a mão para um magrelo ensebado que, com dedos muito longos, tinha acabado de sair do banheiro e eu tenho certeza absoluta de que ele não tinha lavado as mãos, foi, então, que me dei conta de que não vou permitir que isso aconteça de novo no ano que vem. Não. De alguma maneira, por favor, Deus, de alguma maneira, ano que vem será diferente. Estou determinada.

Há questões importantes que vou abordar este ano.

✓ **Vou** emagrecer.

✓ **Vou** me relacionar melhor com Dora e ela **vai** me respeitar mais.

✓ **Vou** lidar com a insistência constante de Peter de imitar Oscar Wilde. Foi uma brincadeira divertida na família dois anos atrás, mas agora já estou preocupada.

✓ **Vou** estar mais próxima do fim do meu livro e **tenho** que pensar em um título. Qual seria um bom título para um livro de autoajuda para pais de adolescentes? No momento, considero dois: **1.** Seja o que for! e **2.** Adolescentes: O Manual. Hum. Acho que o ponto de exclamação no primeiro pode impedi-lo de ser um sério candidato.

Por fim, tenho que pensar seriamente sobre o meu aniversário de 50 anos em outubro. Não consigo decidir se comemoro ou se me escondo em uma caverna profunda. Não é bem uma negação, talvez eu possa apenas ignorar o fato...

Minha decisão é: a essa altura, ano que vem, eu quero saber que diabos estou fazendo e como me sinto... em relação a... tudo...

Honestamente, hoje, não me sinto segura. Sinto-me desprovida de beleza, desleixada, e ando braba o tempo todo. Pode ser a menopausa. Bem, acho que ainda corre em minhas veias um pouco de Southern Comfort, o licor que bebi ontem à noite e a taça cheia de dez minutos atrás. Pelo de cachorra. Que vergonha. Tinha pelo da nossa cadela no copo repugnantemente sujo que Dora não se preocupou em lavar antes de colocar na prateleira. Ah, isso me faz lembrar que o outro membro da família que precisa da minha atenção este ano é... Caca. Esse é o oitavo ano que me esqueço de levá-la para ser castrada. Será que o veterinário concordaria em, ao mesmo tempo, cuidar de Dora?

Feliz Ano Novo.

N.B.: **Devo** guardar um pouco de esperança para o futuro.

CAPÍTULO 5

Dora

Fato confirmado. Sam Tyler é um bagaceiro grotesco, idiota, covarde, e gay. Não consigo acreditar que saí com ele, que vergonha. Para completar, ele é tão escrachado, tipo, um ridículo total. A Lottie sempre disse que ele era pouca areia para o meu caminhãozinho e, cara, ela não poderia estar mais certa. Por que não a escutei? Eu achei que ela estava com ciúmes! De quê? De eu estar saindo com o maior retardado de Berkshire? Duvido.

O que é mais difícil de acreditar é que eu estava pensando em terminar com ele, e ele simplesmente terminou comigo antes. Um minuto antes da meia-noite. Na noite de réveillon. Na frente de todo mundo, sem dúvida a pior das piores humilhações. E a próxima namorada já estava lá esperando, o que quer dizer que, é claro, ele tinha planejado ou coisa parecida. Ela é a segunda maior retardada de Berkshire, só fica atrás dele. Eu espero que eles sejam felizes para sempre na cidade dos retardados, onde eles podem viver com todos os amigos e familiares retardados e ter filhos retardados que vão crescer e ser mais retardados ainda.

Agora, pelo menos, eu posso admitir que as perninhas finas dele me assustavam, que os dentes dele são nojentos, porque ele não escova direito desde que tinha, tipo, 2 anos, e que aquele bigodinho espetado, que ele acha que o faz ficar parecido com Zac Efron, não faz. Parece o bigode de uma menina, o bigode da próxima namorada dele. Bigode que ela herdou da mãe dela. E ele é um inútil quando beija. Tipo, alguém tem que dizer para ele: "Ei, cara, que tal mexer a boca em vez de ficar completamente imóvel tipo um cadáver ou coisa parecida?"

De qualquer maneira passou, mas todos os amigos dele riram de mim e me chamaram de "VV no Ano Novo". Eu não sabia o que isso queria dizer até que a Lottie me disse que significa "Validade Vencida no Ano Novo" como se eu fosse um pacote de presunto ou coisa parecida. Obrigada Sam, seu jaburu. Não posso acreditar que deixei que ele me tocasse. Graças a Deus não foi longe demais, mas eu aposto que ele disse para os amigos que foi. Mentiroso. Não aconteceu. Ele não sabe nem quantos buracos uma garota tem porque ele disse que são oito! Boa sorte, namorada nova, fique deitada enquanto ele mexe, que nem um Mané, em todos os buracos exceto o certo e em todos os buracos de todas as garotas que ele vê. Maníaco dos buracos.

Cara, eu me arrependo de ter chorado. Eu queria não ter reagido, tipo só ter dito "Tudo bem, cara", mas acho que o ponche de Tequila estava meio forte demais e, antes que eu percebesse, estava soluçando como uma boba. Ah, Deus! Todo mundo viu. Eu odeio o Sam. Eu o odeio muuuito.

Mas, tipo hoje, eu acordei e senti falta dele, daquele rostinho, e fico pensando que, quem sabe, eu o amasse de verdade. Tipo, quem sabe, ele fosse minha alma gêmea ou coisa parecida e agora o perdi. Cara, eu o amava tanto. Eu ainda o amo. Mais do que tudo no mundo, como dizíamos um ao outro. Ah, SAM.

CAPÍTULO 6

Oscar

Família é uma tremenda inconveniência, verdade, mas, hoje em dia, é excessiva a rapidez com que a repudiamos.

A família Battle. Minha família. Hummm.

Tenho plena convicção de que, se pudéssemos acrescentar um pouco de graça à inata ternura, poderiam levantar e dançar a dança da vida. Pelo menos essa é a minha teoria a respeito de minha idosa avó (69 anos de existência pelo amor de Deus!). Nada envelhece tão rapidamente uma mulher quanto a rotina implacável de assistir a Jeremy Kyle e Emmerdale. Vovó carrega o peso das rugas terríveis deixadas por tamanha lealdade a esses dois senhores.

Disse a ela que, na noite da véspera de Ano Novo, poderia ter o benefício da minha companhia, porém, a partir da meia-noite, deveria referir-se à minha pessoa só como mestre Oscar. Porque é quem eu sou e é preciso colocar a devida ênfase na importância de ser Oscar.

Ainda bem que, vovó aquiesceu a um pedido tão simples. Ela é muito cafona, mas uma perfeita santa. O nome dela é Pamela. Pergunto: como ela poderia ter feito uma vida melhor para si mesma com esse nome horroroso? Via de regra, eu não confio em uma mulher que ostente roupas de nylon, mas a vovó deve ser perdoada devido ao fato incontestável de nada saber sobre as vitais inclinações da moda e ser completamente desprovida de qualquer sombra de estilo. Assim sendo, zombar ou debochar seria pura crueldade, coitada, ela não tem ideia da magnitude de sua insensatez.

Abençoada seja, ela é famosa nas imediações de Pangbourne por sua consagrada especialidade: o preparo da maravilhosa Torta Banoffee. Verdade seja dita, nisso tenho muita sorte, pois, em toda a sua glória de banana cremosa e caramelo, essa torta é simplesmente uma das minhas paixões mais elementares da vida. Degustá-la, saboreá-la e com ela deliciar meu paladar é meu prazer mais arrebatador e, para ser franco, minha razão de viver. O que mais existe?

Em busca desse prazer e na hora planejada, enveredei-me em duas igualmente entediantes jornadas de ônibus até a casa da vovó. Protegiam--me do vento cortante uma blusa de gola alta e um gorro de pele artificial de Mamãe. Acho que o conjunto ficou encantador e me caiu bem, mas não detectei nem uns poucos comentários de admiração a caminho.

Assim que cheguei ao domicílio de vovó, percebi horrorizado que a noite não havia sido reservada apenas para mim, pois lá estava, se bem que por um breve momento, sua tola vizinha, a infeliz Janice. Uma mulher com aquele tipo de rosto que, uma vez visto, quase nunca é lembrado. Nunca houve uma criatura mais apropriada para ser a garota-propaganda da eutanásia.

Por que Pamela tem contemporâneos tão hediondos? Eu não duvido que Janice tenha sido a tola mais bonita da Inglaterra, mas hoje é apenas uma anciã (60 longos anos) maçante, uma feia desmazelada, cujo crime é sempre supor que é digna de ser o centro das atenções. Ela, feliz, desconhece o fato de que para se estar nessa posição é preciso ser pelo menos um pouco divertida ou interessante; será que é pedir demais? Estou acostumado a simplórios, convivo com minha família todo dia, mas a tediosa Janice ganha a medalha de primeiro, segundo e, por Deus, terceiro lugar.

Era hora de sofrer e sofremos. Sua família enfadonha no País de Gales, suas pechinchas em liquidações e seus monstruosos joanetes foram os assuntos de destaque. Eu preferiria ter sido dilacerado e engolido avidamente por cães selvagens a ter de ficar em sua companhia atroz, mas, como por misericórdia, balbuciando algo sobre não negligenciar seu cão, ela saiu logo.

Ficamos, então, vovó e eu, com nossa agenda tradicional de Ano Novo, um jogo de cartas seguido pela notória Torta Banoffee, enquanto assistíamos a Hootenanny, o show de música folk de Jools Holland, e nós dois concordamos que Dizzie Rascal estava realmente deslumbrante. Uma noite muito gratificante. Desejo uma década de maravilhas escandalosas e prometo ser Oscar para sempre.

CAPÍTULO 7

Dora

Cara, a mãe tem feito ruídos o tempo todo. Ela repete a mesma coisa tantas vezes que eu não escuto mais o que ela diz. Parece aquele barulho que faz no rádio quando a gente está procurando uma estação e não chegou lá ainda. Aquele barulho entre as estações. Interferência. Em geral, eu consigo ter uma vaga ideia do que a estressa. Hoje é alguma coisa sobre revisão e a minha carta de apresentação para a UCAS, o povo que escolhe quem entra na faculdade. Cara, eu sei que tem de ser feito, não sei? É por isso que já fiz metade na escola. Mas, se eu mostrar, ela vai achar um monte de coisas erradas e me obrigar a fazer tudo de novo, então, por que é que eu vou mostrar para ela?

Eu queria que ela pudesse se enxergar quando está surtando, é hilariante. Os olhos ficam arregalados, o pescoço todo vermelho e, batendo na cabeça, ela fala sem parar. Ela parece um orangotango irritado. É tão dramática que chega a ter um ataque psicótico com gritaria e tudo. Quando fala nome feio, cara, ela nem sequer sabe o que está dizendo e sempre pensa na pior coisa que poderia acontecer. Hoje, ela bateu na minha porta e disse:

– Dora, abra a porta agora! Estou falando com esta porta há 45 minutos! Se você não acordar e se der conta de que, a cada segundo bagaceiro que passa e você não escreve a carta de apresentação, aumentam as chances que você tem de vir a ter um futuro super patético, pode ter certeza de que você vai ter uma vida inútil e o único emprego que vai conseguir é carregar aquelas placas imensas de propaganda para cima e para baixo na Oxford Street. Sim, senhora. É isso que a espera!

Ao que parece, essa é minha única opção.

Ela nem sequer sabe como escrever a porcaria da carta. A última vez que escreveu algo parecido foi quando ELA foi para a facul no século passado, pelo amor de Deus, mais de setenta anos atrás. Ela provavelmente escreveu "Eu, Maureen..." Hum. Não sei qual era o nome dela antes de se casar com o Pai... "Eu, Maureen Astrochata, quero fazer parte dessa renomada universidade para aprender tudo de que preciso para ser uma porcaria de analista e, então, dizer a todo mundo como viver e mandar em todo mundo, e convencer a todos de que sou mais inteligente do que eles e cobrar uma fortuna e ninguém vai poder dizer que estou errada porque este método de análise nem sequer é comprovado pela ciência, por isso, não tem como saber se estou fazendo um bom trabalho. Meus hobbies são: falar, gritar, dar ordens, saber tudo, e engordar muito. Eu espero ser aceita porque realmente quero que meu emprego seja mandar em todo mundo e, se não for aceita, vou entrar aí e gritar com todo mundo, então, por favor, aceitem-me. Prometo ser tão falsa quanto possível sempre que puder para que meus pacientes achem que eu sou uma pessoa calma e inteligente que sabe sobre tudo, mais do que eles."

É, mãe, você ajuda muito, eu realmente quero o seu conselho – não!

E, há séculos, ela me incomoda sobre o meu site no Facebook. Ela não tem ideia do que seja o Facebook, ou como funciona, mas ela diz que eu só tenho fotos pornôs de mim mesma lá e, ao que parece, envio e recebo mensagens com "linguagem inapropriada". Como é que ela sabe? Ela nunca leu. Cara, essas são as fotos que eu e a Lottie tiramos uma da outra usando um sutiã tipo muito caro. Assim, não somos as prostitutas que ela pinta.

Ela diz que qualquer velho tarado pode falar comigo, mas a gente tem que convidar as pessoas para entrar na página da gente, e por que eu convidaria um tarado? Ei, mãe que não sabe de nada, sinceramente, você me envergonha com sua ignorância em TI. A secretária dela tem que digitar as anotações que ela faz sobre os pacientes porque ela é tão velha e sem conserto que só pode ter medo de aprender a usar um computador. Acorde, sua astroburra! Todo mundo em todo o mundo tem um computador, exceto você. Até as pessoas que moram em cavernas nas montanhas em Bornéu, ou sei lá onde. Cara, eu aprendi a usar um computador quando era um bebê! Se um bebê aprende, como uma psicóloga infantil treinada não consegue?

O pai diz que vai arranjar algumas pedras e um formão para ela escrever o próximo livro. Quem é que usa papel e lápis para escrever um livro? Até mesmo o diabo do Shakespeare deve ter usado um método melhor. Se a mulher que escreveu Crepúsculo escrevesse a lápis, ela teria demorado uns seis anos para escrever o primeiro capítulo e eu teria morrido esperando. Mãe, faça-me o favor!

De qualquer maneira, eu escrevi mais um pouco da carta só para que minha Mãe ficasse quieta. Agora, eu acho que ficou muito boa. Depois que terminei, li de novo como se eu fosse, tipo, não eu mesma, mas uma das pessoas que analisam esse tipo de coisa, e eu acho que pareço ser uma pessoa decente e honesta que é interessante e muito charmosa. Menti um pouco sobre algumas coisas, tipo, eu disse que sou a melhor da sala, que sou uma excelente oradora, que tenho dez Certificados Gerais do Segundo Grau, os GCSEs, com nota A. Bom, eu só tenho um e é em Artes. Faz de conta que eles vão conferir. Para dizer a verdade, estou muito satisfeita com minha carta de apresentação. Se eu fosse a pessoa que escolhe quem entra na Manchester Metropolitan para fazer Tecnologia dos Alimentos, eu definitivamente me escolheria. Definitivamente.

Cara, eu vou para a facu este ano! É até difícil de acreditar. Liberdade, por fim. Vai facu, vai; vai facu, vai! Eu ainda não sei se vou tirar um ano sabático, provavelmente não, porque a minha mãe disse que, se eu tirar agora, tenho de conseguir um emprego e juntar dinheiro para a viagem antes de ter permissão para ir. Do que é que ela está falando? Para que ela acha que serve aprender a ser instrutora de *snowboard*? Só curtição ou coisa parecida? Não, mãe mais imbecil do que todas as mães imbecis, é para ensinar as crianças e ganhar dinheiro com isso, sua boba! E à noite, eu posso fazer o jantar para os esquiadores e suas famílias nos chalés. Foi isso que a irmã da Lottie fez, eu sei como funciona.

Vai ser muito incrível porque lá tem um monte de caras sarados, não tem? Tem. E, ao andar no vale dos caras lindos, eu terei sempre comigo a minha máquina de fotografia para colocar uma tonelada de fotos de mim arrasando no Facebook e a Lottie vai morrer de ciúme. Ah, vai. Quem sabe o Sam Tyler visite minha página e dê só uma olhada no que ele está perdendo, o retardado. É Sam, lá estarei eu, com um monte de instrutores de esqui totalmente sarados, faz de conta que sentindo sua falta.

A minha mãe diz que, definitivamente, as pessoas que fazem a seleção para a facu vão entrar no meu Facebook para ver quem eu sou de verdade. Mãe, você está delirando, faz de conta que eu vou convidar esses caras para serem meus amigos.

CAPÍTULO 8

Ma

A Dora está determinada a destruir a própria vida. O formulário que ela preencheu para a UCAS está terrível. Gentilmente, ofereci ajuda, mas, hoje, é claro que ela recusa toda e qualquer contribuição e encorajamento. Totalmente equivocada, ela começou a carta de apresentação como se estivesse escrevendo um anúncio para os Corações Solitários. Uma piada, mais ou menos assim: "Loira bonita de 17 anos, com muitíssimo bom humor e uma *scooter*, procura uma facu de arromba com um excelente Departamento de Tecnologia dos Alimentos e garotos sarados com quem aprender, curtir e quem sabe..." Deus do céu.

A seguir vêm a velha pergunta e a temida definição, mais ou menos assim: "Eu me pergunto: o que é uma universidade?; meu fiel dicionário diz que é 'uma instituição de ensino superior onde os alunos estudam para conseguir diplomas e onde se faz pesquisa acadêmica.' Perfeito, é isso mesmo o que procuro, exceto a parte sobre pesquisa, eu não vou fazer isso de jeito nenhum. Assim sendo, Manchester Metropolitan University, eu sou a Dora e acho que fomos feitos um para o outro..." Ah, meu Deus.

E ela continua mentindo sobre muitas coisas, inclusive sobre os GCSEs, e quando eu sugeri que elaborasse a frase "Eu gosto de jogar peteca" (ela não gosta), ela, com muita má vontade, escreveu: "Eu gosto muito de jogar peteca." Ela já colocou a carta no correio, assim sendo, não há mais nada que eu possa fazer a não ser ficar desesperada. Estou desesperada.

Mas as complicações não pararam por aí. Hoje, quando voltei ao trabalho depois do período de férias, descobri que George contratou dois psicólogos juniores para trabalhar conosco, um esquema recomendado pelo Royal College. Ele mencionou o fato antes do Natal, mas era para ser um só que trabalharia alternadamente com cada um de nós. O que já é um inconveniente porque eu fico superconsciente de mim mesma quando tem um auditor de qualquer tipo por perto. Acho difícil ser natural quando estou sendo analisada; as contínuas perguntas e julgamentos me distraem.

Fascinante, de repente, George ter decidido pegar dois. Fascinante em dose dupla é que a que ele atribuiu a si mesmo chama-se Veronica e, com seios muito enormes, faz charminho, pois já aprendeu que George se comporta como um perfeito idiota na presença de meninas que o bajulam e dão risadinha o tempo todo. Como é irritante que ambos sejam tão previsíveis e inconvenientes. Eu espero que façam um trabalho decente com os pacientes e não fiquem apenas na paquera revoltante em público.

O que me intriga é que a Veronica é quem me deixa mais decepcionada. George está apenas salivando como o cão de Pavlov. Ele sempre foi assim. Com ele é pressuposto, obrigatório, quando uma menina bonita demonstra qualquer tipo de interesse nele. Toca o sino, o cão saliva. Ele nem sequer é exigente, qualquer uma serve e elas sempre servem.

Eu nunca vou me esquecer da estratégia ridícula que ele usou com a recepcionista que tivemos antes dessa, em seu primeiro dia de trabalho:

– Que diabos faz uma criatura celestial como você desperdiçando um bumbum tão lindo em uma cadeira de escritório atrás da mesa da recepção, quando você poderia usá-lo para sentar no meu colo e ser adorada? Hein?

Ele achou que estava sendo irônico e sedutor. Não estava. Ele achou que estava sendo engraçado. Não estava. Engraçado foi vê-lo superexcitado, suando riozinhos barrentos de tintura de cabelo Grecian 2000.

Obviamente, Veronica acredita ser a única que pode preencher o grande vazio que a negligência da esposa deixou em George. Jess é a esposa muito sexy que ele claramente adora, em quem se apoia e com quem ainda está casado. Não vejo negligência, aliás, muito pelo contrário. Seguro nos confins do evidente amor dela, ele desenvolveu uma espécie de ego poderoso, uma autoconfiança que lhe permite viver sua fantasia de garanhão pretensioso e totalmente inofensivo. Um pouco patético, sim, mas nada de novo, ele tem a mesma natureza porosa ao emocional que a maioria dos homens.

Diante desse relacionamento entre Veronica e George, como fica o trabalho? George, com seu ego inflado, talvez goze de mais autoconfiança e, assim, comporte-se como um espécime exemplar de psiquiatra inteligente para chamar a atenção? Quem sabe ele se pavoneie usando seu físico atarracado e sua mente poderosa. Ele é inteligente e tem o poder. Uma combinação imbatível. Acho que o poder é afrodisíaco para ele e para as mulheres. Tenho que admitir que, no trabalho, ele sempre é, no mínimo, maravilhoso. Sempre. Tenho que reconhecer que já aprendi muito com ele.

Mas Veronica, coitada, é apenas a próxima em uma fila interminável de mulheres despreparadas. Além disso, por que ela está traindo outra mulher, Jess, que não lhe fez mal nenhum? Ah, sei lá. Será que sou apenas uma tola que, com ciúme, julga? Eu cresci na época em que lutávamos pelo reconhecimento de nosso intelecto e de nossa personalidade ALÉM DE, e não em vez de, nossos seios fabulosos. Luta essa que ainda não está vencida, por isso fico bastante decepcionada com mulheres dispostas a serem apenas veículos da luxúria dos homens. Claro que é muito bom ser alvo do desejo masculino, sem dúvida, já ansiei e, felizmente, recebi minha cota, mas só isso é muito pouco.

Quem sou eu para julgar? Eu sou uma pessoa cujo trabalho é perguntar, persistentemente, por que as pessoas se definem como o fazem e por que se relacionam com os outros desta ou daquela maneira. Então, eu vejo o comportamento de George e Veronica como parte da antropologia social. Apesar de me deprimir, acho fascinante. Além do mais, esses dois em especial prescrevem técnicas e pedem a outras pessoas que monitorem o comportamento delas todo dia. É o trabalho deles. Será que eles se autoanalisam? Duvido. Eles estão basicamente interessados em tirar a roupa um do outro...

Eu ainda não conheci o meu estagiário. Soube que seu nome é Noel. Aparentemente, ele foi passar o Natal fora do país e volta semana que vem. Ele terá de chegar trabalhando, porque a agenda estará superlotada, como sempre, depois das obrigatórias festas natalinas em família.

Falando em agenda, preciso falar com George sobre Lisa. Ela é muito querida, uma excelente recepcionista, mas, pela frequência com que fala sobre treinamento em técnicas de sobrevivência, eu acho que a cabecinha dela já está em outro lugar e temo perdê-la logo para uma selva, deserto ou ilha para a qual ela tem se preparado tão cuidadosamente. Hoje de manhã, de sua mesa, em uma sala de espera cheia de gente, ela me forneceu todos os detalhes de "como preparar uma caça na selva". Agora eu sei mais detalhes do que gostaria de saber sobre como sangrar, esfolar, eviscerar e cortar em pedaços um animal.

– É vital, Ma, nunca desperdiçar o sangue, porque tem um monte de vitaminas e minerais, inclusive sal, que, de outra maneira, fariam falta em uma dieta de sobrevivência. É fato que, quando os canibais bebiam o sangue de seus inimigos, aparentemente, enxergavam muito melhor.

Assim sendo, posso não precisar mais de óculos se beber abundantes quantidades do sangue da Lisa. Só um pensamento... Enquanto isso, é melhor manter abertos nossos olhos inferiores de quem não bebe sangue e procurar uma nova recepcionista.

CAPÍTULO 9

Oscar

Eu preciso encontrar um alfaiate competente. Preciso. Eu não estou satisfeito com o reles estilo, patético e insignificante, que encontro em Pangbourne, muito menos em Wokingham e, pelo amor de Deus, espero não ser forçado a descer a um abismo cultural maior e ir a Reading, uma cidade grande, a capital do inferno. Se alguém estiver à procura de um mínimo vestígio de elegância, não o encontrará nesses portos do mal. A dita moda nesses lugares infernais é tão sem cor, sem nenhuma individualidade. Tudo é repetido, uniforme, sem graça. Eu considero a feiúra que eles estão dispostos a mascatear uma espécie de moléstia. A doença do pior mau gosto. Um mal de proporções pandêmicas que parece ter se espalhado como fogo por toda a nossa verde e agradável Terra.

Semana passada, tentei comprar uma simples gravata. Teria sido mais fácil adquirir a alma de Dalai Lama. A loja de roupas de cavalheiros onde entrei é muito conhecida. Presumir-se-ia que o objeto do meu desejo não fosse tão raro, mas os maus criados que lá trabalham demonstraram uma intolerável falta de educação com seus repetidos risinhos e sussurros insultantes. Bem, não eram bem sussurros. Eles não eram inteligentes que chega para isso. Eu ainda não havia encontrado criaturas com uma ausência tão completa de inteligência e com tão monumental incompetência. Autênticos malandros pretensiosos.

Eu me recuso a me comportar como se minha predileção por gravatas alegres seja uma espécie de segredo vergonhoso. Simplesmente não permitirei que os intelectualmente perdidos determinem a minha estética pessoal. O valor de me vestir com bom gosto é óbvio para mim. Tão óbvio quanto a infestação generalizada dos conhecidos moletons com capuz que, sem dúvida, destruiu o bom gosto em nossa, hoje muito prejudicada, cultura de alta costura. Não me demorarei nesse assunto, pois tenho medo de me afogar em meu profundo mau humor. Basta dizer que me despedi e saí da Burton sem olhar para trás. Eles JAMAIS lucrarão com o não desprezível dinheiro da minha mesada. Desde o Natal tenho 52 honrosas libras sobrando. Separar-me deles significa o fim do que poderia ter sido uma relação gratificante para as duas partes, mas, certamente, *je ne regrette rien* – sem arrependimentos.

Minha busca por um príncipe entre alfaiates e fornecedores de roupas para cavalheiros continua em ritmo acelerado. Assim, sugeri a Papai que me acompanhasse em uma excursão a Londres em busca de um traje. A aquiescência e a evasão em sua réplica foram, certamente, revigorantes. Papai insistiu que estaria viajando não como meu companheiro, mas meramente como meu motorista. É claro que ele está certo. Embora ele seja uma pessoa muito boa, definitivamente, não somos almas gêmeas. Verdade seja dita, eu muitas vezes pondero se de fato temos um laço sanguíneo, pois há tão pouco em comum.

É evidente que existem irrefutáveis semelhanças genéticas. Dele, tenho o nariz, os olhos, o queixo e a mesma estatura. Também temos o mesmo cabelo claro, a mesma cor dos olhos e de fato as mesmas mãos. Minha maneira de andar, no entanto, é inteiramente própria. Papai tem um trotar pesado. Eu prefiro me movimentar com um pouco mais de graça.

Fontes seguras já me disseram que minha presença física pode ser descrita como "interessante", "imponente", e "grande". A princípio, fiquei ofendido com a última, mas eu era muito jovem na época em que foi proferida, tinha apenas 14 anos, ao passo que agora, aos 16 anos e 2 meses completos, sou muito mais resiliente. Uma vida inteira de coragem e determinação recaiu sobre mim desde então. Eu, hoje, aceito "grande" como um incontestável elogio. E, é claro, sou grande. Acredito dar à minha grandeza certo algo mais, como a altivez de alguém vinte anos mais velho. Como Stephen Fry ou Winton Dale, quem sabe?

Ambos são homens muito finos que, obviamente, têm a seu dispor competentes mestres da moda, e isso, querido diário, é o que eu preciso encontrar. Um famoso alfaiate, um mestre do tecido de renome. Para Londres, papai, o mais rápido possível!

CAPÍTULO 10

Dora

Estive pensando. Será que ir para a Manchester Metropolitan fazer Tecnologia dos Alimentos não é um erro gigantesco? Eu sei que, tipo, a experiência seria de fato legal, mas será que eu não estaria desperdiçando meu tempo se não é o que eu realmente quero fazer? Eu estaria deixando de fazer o que eu quero de verdade fazer por três anos, pelo amor de Deus, e pode ser que eu nunca tenha essa chance de novo e, se eu realmente quero ser uma cantora, tenho que começar cedo.

Eu já perdi muito tempo. Na minha idade, a Adele já cantava há três anos ou coisa parecida; ela já estava conquistando seu público. Meu público é menos mil ou coisa parecida? Cara, pergunte para qualquer um, ninguém ouviu falar de mim. O que é totalmente culpa da minha mãe porque eu de fato pedi para ela reservar uma sessão em um estúdio de gravação como presente de aniversário ano passado. Ela deu todas as desculpas de sempre: "Você já escolheu a música?"; "Quem são os músicos que vão tocar com você?"; "Você sabe que custa 1.922 libras, mocinha?"; e todo esse tipo de porcaria, as coisas que ela sempre diz para me impedir de seguir minha carreira de cantora.

Mas, cara, quem foi que ganhou o concurso de canto da escola na 9º ano? Quem foi aceita no coral? Quem foi convidada para ser uma das cantoras do coro de Judith Taylor na banda da escola, Girls For Hire? Foi você, mãe, sua gorda? Ou fui eu, que tenho uma voz "única" e "incomum", como o sr. Solomons disse, e ele é o Professor de Música, então, ele deve saber.

Cara, não estou viajando na maionese. Eu já pensei muito sobre isso e eu sinto que o meu destino é um dia viver o meu sonho e ser tão famosa quanto a Cheryl Cole. Não tenho mais 13 anos, vou fazer 18 em agosto, então, eu me conheço. Eu sei quem eu sou, o que eu sou e o que eu posso ser. Se os chatos dos meus pais não ficassem me impedindo, tipo, arruinando o meu sonho cada vez que eu falo nele...

A Lottie diz que eu realmente canto bem, melhor do que qualquer um no American Idol e muito melhor do que a Susan Boyle. Quem é ela? Eu sei que parece uma ideia maluca, mas eu acho que vou no X Factor. Eles fazem testes em Londres, é fácil, é só pegar o trem e ir. Só espero que eles estejam lá no sábado, porque o povo na escola anda prestando atenção nas nossas faltas. Tipo, por causa das provas.

Tenho que escolher uma música, mas acho que eu já sei que vai ser Beautiful da Christina Aguilera, porque sei a letra e porque eu me identifico tanto com essa música... O povo diz que a gente tem que sentir a música e, essa música, eu sinto de verdade. Porque essa canção diz: "De vez em quando eu me sinto insegura por causa de tanta dor, tanta vergonha", e é exatamente assim que eu me sinto desde que o Sam terminou comigo.

A Lottie é a única que sabe como eu estou mal. As outras pessoas acham que eu não me importo, porque é isso que eu digo, mas... Por que ele terminou comigo? Por que eu sou feia? Bem, eu sei que sou, mas não sou tão feia quanto algumas pessoas. Por que eu tenho zero de personalidade ou coisa parecida? Eu conheço muitas meninas que são muito mais interessantes do que eu e mais engraçadas e mais bonitas e tudo mais. Será que é por que eu uso óculos? Eu vou fazer aquela coisa com laser, mas não já porque a minha mãe diz que meus olhos têm que crescer primeiro ou coisa parecida.

O pior é que eu acho que ele teve razão em terminar comigo porque, para dizer a verdade, ele pode conseguir coisa bem melhor do que eu. Bom, pelo menos, eu fiquei com ele seis semanas. Ele é o cara que eu namorei mais tempo. Quem sabe eu encontre alguém mais do meu nível agora.

Talvez eu não devesse querer um cara tão legal, aí ele vai ficar comigo um pouco mais, porque ele também não vai ter muita opção. Eu preciso de uma pessoa que goste do outro como eu. Alguém que seja como a Christina diz: "Cheio de lindas coisas feias."

CAPÍTULO 11

Oscar

O fato é que minha vida seria muito melhor se nos mudássemos de mala e cuia para Londres. É onde me sinto em casa, meus queridos, é tão óbvio. A ideia de permanecer na chata Berkshire é absolutamente desumana, inimaginável para dizer a verdade. Não, eu me recuso.

Cada visita que faço a Londres faz-me lembrar de que estou vivo. Podemos viver anos, aliás, como eu tenho vivido, sem realmente viver. Viver é a coisa mais rara do mundo. A maioria das pessoas apenas existe. Como meu querido pai que, aparentemente, é um ser humano vivo para todos os fins e propósitos, com todos os sinais e definições, mas que, francamente, mal existe como pessoa.

Carinhosamente, ele concordou em me levar para a nossa linda capital para procurarmos um alfaiate capaz, mas ele praticamente destruiu a alegria do passeio tagarelando continuamente. Eu sei que ele tem boas intenções, mas temos muito pouco em comum e acho indescritivelmente tedioso responder às constantes perguntas sobre minha escola, meus amigos, minha vida, meu futuro. Será que algum dia, eu me pergunto, engajar-nos-emos em uma conversa sobre os méritos de um bom charuto ou sobre a ocasião própria para usar um smoking? Duvido muito.

Apesar de tudo, ele é um homem suficientemente bom e muito gentil. Tenho uma propensão a ficar enjoado em carros e na maioria das vezes não passo muito bem na estrada M4. Esse passeio de carro foi particularmente desagradável, pois tive de lidar com várias crises violentas de vômitos. O papai foi especialmente atencioso e, a cada incidente, dava leves tapinhas nas minhas costas e me passava os lenços úmidos que ficam no Volvo para esse fim. Tomamos refresco em todas as oportunidades, inclusive no Heston Services, a minha parada menos favorita. Ali papai também entrou em ação e mostrou sua bravura e proteção paterna quando eu estava saindo do banheiro e, como tantas vezes antes dessa, alguns rapazes jovens e vulgares começaram a zombar de mim. Ao que parece, minha calça xadrez amarela, de alguma forma, ofendeu-os mortalmente. O papai foi rápido em repreendê-los com um gentil "andem seus patifes, deixem-no em paz", inicialmente, mas, como isso não bastou, ele empregou o breve e eficiente "FORA! AGORA!", que deu certo. Às vezes, para dizer a verdade, é útil tê-lo por perto.

Não tão bem-sucedida foi a nossa incursão na Savile Row e na Jermyn Street. Há muito tempo eu sonhava com o momento em que entraria em um desses santificados halls das maravilhas feitas sob medida. Um fornecedor adequado de roupas masculinas. Eu estava cheio de antecipação, excitado e sem fôlego. Um sino tocou em cima da porta do primeiro estabelecimento em que entramos e o cheiro do lugar era, ah, era divino. Cheiro de tweed e loção de barbear cítrica e sapatos novos de couro. O perfume do estilo. Expliquei que eu estava procurando um bom terno para usar de dia e, possivelmente, um fraque? Papai sentou-se e leu o Independent enquanto esperava. Ele não parecia nem um pouco envergonhado.

O assistente maravilhoso, sr. Berry, fez um grande esforço para me mostrar todos os tecidos esplêndidos em que meus trajes poderiam ser cortados. Tecidos com riscas e zigue-zagues e xadrez do Duque de Windsor, lãs e sedas e linhos. Cada um de mais rara beleza que o anterior. Concordamos que nunca se deve usar marrom na cidade, que isso seria outré. Também discutimos os méritos do chapéu correto em cada estação. Quando escolher um Panamá, um Homburg ou um simples Fez? Qual é exatamente o chapéu mais adequado? Maravilhoso. Ele tirou minhas medidas e, sob minha orientação, desenhou um esboço brilhante do traje exato que eu queria. Enfim, alguém entendeu as minhas necessidades e pôde servi-las magnificamente.

Eu estava prestes a fazer o pedido quando a espinhosa questão do pagamento surgiu. Por que sempre tem de ser tão vulgar? Em voz baixa e grave, o sr. Berry explicou que o terno custaria "cerca de 800 libras" e o fraque, cerca de "1.200 libras, senhor". Perdi o fôlego com o choque e, embora o silêncio fosse quase insuportável, não tive opção. Eu não tinha palavras.

Havia apenas o ar, sem som. Minha respiração ficou entrecortada e tive de me sentar para me recompor. Foi quando papai interveio e explicou que na minha carteira só tinha 41 libras.

Sr. Berry, muito gentilmente, mostrou-nos a escolha de adornos para o pescoço na minha faixa de preço e eu escolhi uma esplêndida gravata de seda vermelha. Papai acrescentou os necessários 12 libras às minhas 41 libras para comprá-la e saímos precipitadamente. Consegui virar a esquina, longe dos olhos do sr. Berry, antes que mais um violento episódio de vômito tomasse conta de mim. E eu ainda não estava no carro!

Acho que vou continuar usando trajes comuns por enquanto. Esses alfaiates de Londres, embora, sem dúvida, maestros conduzindo suas orquestras de estilo, também são, francamente, aproveitadores.

CAPÍTULO 12

Ma

Que azar o meu. Justo quando estava entrando no ritmo de trabalho depois do Natal peguei uma gripe horrível. A família inteira está curtindo me tratar como se eu tivesse pegado uma infecção por um vírus capaz de destruir o planeta, do porte de uma hiperpandemia. Todos eles estão usando máscaras, como a que meu marido usa quando pinta, e minhas luvas de borracha.

É claro que o Peter personalizou a dele e adicionou um roupão que usa de trás para a frente e uma velha touca de banho florida. Ele se acha dramático e perfeito. Na verdade, ele parece funesto. Parece-se com a mãe no filme Psicose. Não é uma visão reconfortante quando a gente está se sentindo vulnerável. Eu de fato não teria forças para combatê-lo se ele viesse me apunhalar com a navalha de Sweeney Todd, O Barbeiro Demoníaco da Rua Fleet. Eu não acho que ele faria isso, porque ele simplesmente não suportaria a ideia de sangue respingado. Seria muita sujeira. Quando eu ficar boa dessa gripe, acho que vou pedir a George que fale com Peter, algumas consultas para tentar descobrir exatamente o que está acontecendo com esse negócio todo de "Oscar".

Deus do céu, essa gripe é terrível. Será que é a idade ou esse vírus está de fato mais forte? Antigamente, pegar uma gripe queria dizer dor, febre e catarro por uns dois dias e de volta à vida normal, pronta para outra. Começou, terminou. Agora, quer dizer pelo menos uma semana de cama, totalmente imprestável e com vontade de chorar. Eu acho que os constantes acessos de choro têm a ver com a enorme sensação de impotência que a falta de força física deixa. Sinto-me fraca. Ah, não, estou chorando de novo. Pelo amor de Deus, Ma, controle-se.

Durante esta doença miserável, a família realmente teve que cuidar de mim. Liderados pelo meu marido, eles se organizaram em turnos para me trazer várias formas de sustento e distração. Oscar trouxe uma bandeja muito bem-arrumada, com uma toalha de papel rendada e uma flor em um vaso, um prato de biscoitos e camarões frios, prontos para serem servidos, da Marks & Spencer, que para ele é o máximo da sofisticação, "um fruto do mar". E ele me informa que o óleo de peixe faz bem para o cabelo, as unhas e, mais importante, o Q.I. Esse último é, ao que parece, o que mais me faz falta. Camarões são peixes? Não faço ideia. Ele também me disse que informou ao médico que ele acha que eu estou com gripe suína crônica e citou vários sintomas que eu simplesmente não tenho, como transpirar muito. Como resultado, agora eu não posso ir lá pegar antibióticos porque tenho que permanecer em isolamento e quarentena monitorada.

Oscar está adorando isso, o drama de tudo isso. Ele quer cuidar de mim, mas somente se for como Bette Davis cuidou de Joan Crawford em uma cadeira de rodas no filme "O que terá acontecido com Baby Jane?". Só se eu estiver glamorosamente doente e totalmente dependente. Hoje de manhã ele me trouxe um leque e uma liseuse da loja da Oxfam. A "liseuse" é um antigo casaquinho de crochê verde limão, uma monstruosidade toda manchada, com fitas que amarram na frente. Tem cheiro de cânfora, caramelo e cigarro. É nojento, mas ele se recusa a lavá-lo porque "diminuiria a história e a inerente beleza desvanecida da coisa." Então, eu me sentei na cama, abanando-me e sentindo-me grata pelos biscoitos. Pelo menos o meu marido prepara um caldo de legumes decente e, embora goste de se referir a mim como "m'lady" com mais frequência do que seria engraçado, ele me conhece o suficiente para me trazer papel e lápis para a minha tentativa diária de fazer palavras cruzadas, que em geral termina da mesma maneira desastrosa que a minha tentativa de resolver um sudoku básico.

Dora veio noite passada com algumas batatas fritas sabor camarão (o que é isso com meus filhos e camarões?) e salgadinhos de queijo que comprou com sua mesada. Fiquei emocionada. Excepcionalmente, nós quase tivemos uma conversa, pela primeira vez em muito tempo. Ela sentou na cama e, embora não conseguisse olhar para mim, respondeu minhas perguntas. Mal-humorada, evasiva, com respostas monossilábicas, sim, mas, de qualquer maneira, eram respostas.

Eu: – Como foi o dia?

Ela: – Tudo bem.

Eu: – O que você fez?

Ela: – Fui para a escola.

Eu: – Aprendeu o quê?

Ela: – Coisas.

Eu: – Que coisas?

Ela: – Coisas.

Eu: – Como vai a Lottie?

Ela: – Tudo bem.

Eu: – Como você está?

Ela: – Na mesma.

Eu: – Preocupada com alguma coisa?

Ela: – Sim.

Eu: – Quer me contar?

Ela: – Não.

Eu: – Quer que eu cale a boca?

Ela: – Sim.

Esse foi um progresso monumental. Nós até conseguimos ficar em um silêncio bastante confortável enquanto eu tentava comer a revoltante batatinha com sabor de camarão. Sem falar nada, ela foi até o espelho grande no guarda-roupa e eu a vi inspecionar-se. De forma estranha, ela não estava ciente de minha presença. Ela costumava fazer a mesma coisa quando era pequena: olhar-se no espelho e inspecionar com cuidado o cabelo, a pele e as linhas de seu corpo. Claro que, quando ela era pequena, estava vivendo uma aventura de descoberta, explorando o mistério das várias partes de seu corpo que não conseguia ver sempre, como as costas, as orelhas e dentro do nariz. Lugares novos e secretos. As revelações eram muito excitantes e sua curiosidade não tinha limites.

Porém, naquele momento, testemunhei um tipo totalmente diferente de exame minucioso. Devagar, ela assumiu ares preocupados enquanto, claramente decepcionada, condenava cada centímetro de seu corpo. Eu podia ver que ela achava que de fato nada estava certo. Nada. Ela beliscou, deu um tapinha e cutucou com o dedo todas as imperfeições que via. Até mesmo os ombros e os dedos são desprezíveis e ofensivos para ela. Foi chocante vê-la odiar-se tanto. Ela odeia seu próprio reflexo.

A ironia é que Dora é bonita. Eu sei que ela é minha filha e, sim, talvez eu perdoe suas imperfeições com muita facilidade porque – por quê? – algumas dessas imperfeições físicas são as mesmas que eu vi em mim mesma anos atrás? As bochechas gordinhas, os joelhos cheinhos, os quadris arredondados? Facetas que hoje sei serem MUITO atraentes em jovens, mas que a cegueira egocêntrica da juventude nos impede de ver.

O fato é que Dora é uma beleza real, uma jovem linda, cheia de vida, mas com tão pouca autoestima que ela se nega um pouquinho de aprovação. Só seria preciso um pouquinho. O menor fragmento. E ela poderia se construir a partir desse fragmento. Tentei levantar sua autoestima dizendo-lhe, totalmente verdade, o que eu vejo – uma jovem vibrante e saudável que é linda, com um belo corpo e a pele de um anjo.

Disse mais uma vez, enquanto eu tinha essa pequena janela de oportunidade e ela estava quase me escutando, como eu não gosto do cabelo dela oxigenado. Como, infelizmente, ela arruinou o cabelo, que parece palha, vulgar, e como eu preferia seu cabelo natural com cachos castanhos. Pensando melhor, olhando para trás, ter falado isso pode não ter sido uma boa ideia, pois Dora, com muita raiva, saiu de forma brusca do quarto. Sim, eu poderia ter agido melhor e ter parado de falar enquanto estava ganhando, enquanto ela estava me ouvindo.

Mas, pelo menos, nós tivemos alguns momentos de reforço positivo e, com um pouco de sorte, é disso que ela vai se lembrar... Eu espero...

CAPÍTULO 13

Dora

Obrigada, mãe, por arruinar a minha vida. Estou feliz que você tenha pegado essa gripe, você de fato merece e eu espero que você morra asfixiada em seu próprio catarro. Poxa, eu até comprei batata frita e tudo para você. Você é superegoísta! Como você se atreve a me dar mais esse estresse? Como se eu não estivesse estressada o suficiente, pelo amor de Deus. Tenho o estresse da escola, o estresse da facul, o estresse do teste para o X Factor, o estresse do Sam, o estresse de dinheiro, o estresse dos créditos do celular, o estresse das minhas fotos no Facebook e, agora, o pior de todos, o estresse do cabelo!

Estou cansada de ter que repetir tantas vezes. Escute aqui, sua astrochata, EU TENHO QUE TER ESSE CABELO! Se você tiver cabelo castanho encaracolado na porcaria da minha escola, NINGUÉM fala com você. Ponto final. Você é uma leprosa. É uma retardada. É uma retardada leprosa de cabelos castanhos e encaracolados. E, tipo, pode morrer de solidão na mesma hora, porque é isso que vai acontecer de qualquer jeito. Escolha, mãe: cabelo loiro ou a morte?

Talvez você prefira que eu morra? Então, você não teria de olhar para o meu "cabelo de palha" o tempo todo. Ah, sim, então sua porcaria de vida seria muito melhor. Admita. Você conseguiria trabalhar e escrever sem a distração irritante da sua, como é mesmo o nome? Ah, sim – FILHA!

Desculpe aí por existir, desculpe aí por estar viva, desculpe aí por ofender você com o meu cabelo e o meu rosto e tudo mais em mim e pelo meu corpo que você detesta olhar. Será que é tarde demais para você escolher no catálogo de filhos uma que seja mais perfeita? Então, você poderia me devolver e pedir uma filha perfeita com cabelo castanho encaracolado, que se parece com uma vassoura horrível, com pernas, e que se encaixa muito bem com você em sua família que faz de conta que é imaculada, sem falhas nem defeitos. Deus nos livre que uma analista de crianças tenha uma filha com tantos defeitos medonhos. Cabelos loiros – que horrível!

E pare de me chamar de "cópia plastificada". Eu não sou plastificada. Eu posso parecer plastificada para quem olha, sim, mas isso não é nada. Plastificada de verdade é vazia por dentro, e é justamente o que eu não sou, se você apenas parasse e prestasse atenção. Por dentro, mãe, eu sou muito genuína. Sou 143% natural. E você, é?!

CAPÍTULO 14

Oscar

Quem imaginaria que um simples erro poderia vir a ser o portal para o meu nirvana pessoal? Quem poderia prever que algo tão maravilhoso pudesse acontecer em uma quinta-feira? Em Pangbourne? Mas espere um pouco, pois a pressa é a arqui-inimiga do prazer, preciso explicar o milagre de hoje desde o início.

Mamãe é tão singular. Eu não posso deixar de admirar a resistência que ela tem a toda essa tecnologia "ultramoderna". Eu mesmo resisti o mais que pude, mas aceitei a inevitabilidade de tudo isso e tenho feito uso do conhecimento e das vantagens que um computador pode trazer. Todos nós somos mais ou menos bárbaros nesses tempos confusos que irrefletidamente chamamos de "modernos", mas não temos outra opção e, para ser franco, eu prefiro não incorrer na ira do sr. Gilicone, meu irascível professor de TI. É melhor mantê-lo calmo. Perturbado, ele é um perigo, e pode tornar minha vida intolerável caso imponha-me mais um regime severo de detenções e restrições nos intervalos das aulas. Afinal, é só no intervalo das aulas que tenho a chance de encontrar-me com Os Fascinantes.

Quem são eles? Ouço você chorar, meu querido amado diário? "Quem são Os Fascinantes?" Veja bem, uma vez que Os Fascinantes é uma associação exclusiva, secreta e de elite, eu não deveria, por direito, contar-lhe. No entanto, tenho certeza de que um dia, quando eu for bem conhecido, estes poucos rabiscos serão, sem dúvida, publicados como tomo de um apontamento que devo edificar a você. Prometa-me, porém, manter segredo, pois o lema de Os Fascinantes, "semper arcanus", significa que falar sobre isso quer dizer perecer. Eu não posso perecer. Não, não. Tenho muito a oferecer, sou fólios a serem escritos. Não posso privar o mundo da minha pessoa, seria puro egoísmo.

Quanto a Os Fascinantes, fundei essa instituição como um conclave à excelência. Não foi difícil identificar os membros em potencial, pois na minha escola há uma escassez perene de qualquer coisa remotamente excelente, em especial, de seres humanos. Por fim, selecionei três, contando comigo. Eu sou o presidente. Roddy Hargreaves, no mesmo ano que eu, é o vice-presidente, e Wilson, da 9º ano, também é membro. Roddy traz para nossas alegres reuniões um extraordinário conhecimento de teatro musical, um espírito amável, assim como o fato de tocar piano.

Wilson foi admitido por causa de uma única qualificação: sua beleza arrebatadora. Ele parece ter vindo diretamente do céu para a 9º ano. Certamente, um ser tão perfeito não pode ter sido feito por meros mortais. É muito provável que os anjos, de alguma maneira, sejam responsáveis por sua criação.

Eu, é claro, elegi-me. Todos nós concordamos que ser só é mais do que suficiente.

Quando o tempo permite, reunimo-nos todas as quartas-feiras perto das árvores próximas ao campo de tênis. Quando chove, recolhemo-nos no armário no fim do Salão Grande, onde o equipamento de ginástica é armazenado. Há espaço suficiente para os nossos propósitos. Nosso *rendez-vous* típico consiste de uma senha (em geral o nome da pessoa mais fascinante no noticiário daquela semana), seguindo-se uma discussão de quinze minutos sobre tudo o que nos fascina. No final, nós juramos lealdade a Afrodite, a mais encantadora de todas as deusas antigas, damos um beijinho um no outro e nos apressamos em voltar para a sala de aula. Não tenho dúvidas de que este ritual encantador faz com que toda a minha experiência naquele lugar terrível, vulgarmente conhecido como escola, seja um pouco mais suportável. É um dos meus maiores prazeres e muito necessário para a minha sobrevivência.

Assim, reitero. Eu não quero que, de jeito nenhum, o sr. Gilicone tenha qualquer motivo para me fazer perder o encontro de Os Fascinantes, e o intervalo das quartas-feiras é quando as detenções e os castigos acontecem. Então, esforço-me para atender às demandas extenuantes da lição de casa de TI do sr. Gilicone. Essa, e apenas essa, é a razão por que eu sei como usar um computador. Continuo desconfiado dessa máquina. No entanto, eu sempre entro no Google para perguntar quem pode ser considerado parte de Os Fascinantes e, em mais de uma ocasião, a sugestão mais popular que ele apresenta é alguém chamado Paris Hilton. E eu não concordo.

Entretanto, com meus conhecimentos rudimentares de tecnologia, eu ultrapasso de longe a capacidade de Mamãe. Acho que isso não vai mudar mais, pois Mamãe é tão desesperada e irreversivelmente velha. É inacreditável, ela vai fazer 50 anos em outubro. Ela sobreviveu a tudo isso. Cinquenta! Meu Senhor. Será que ela consegue sobreviver muito mais tempo sem se tornar um estorvo e começar a perturbar a ordem pública?

Caso ela fique enferma, é claro, oferecer-me-ei para ajudar, mas apenas na estrita condição de companheiro ou entertainer. Eu, por exemplo, com o maior prazer, leria para ela os clássicos em voz alta ou regá-la-ia com as histórias dos últimos escândalos e fofocas maliciosas. Eu, de maneira nenhuma, em nenhuma circunstância, tocar-lhe-ia ou cuidaria de quaisquer necessidades físicas. Esse é o trabalho de mulheres, maridos e empregados pagos. Nenhum entre Os Fascinantes deve executar tais tarefas servis e degradantes. De qualquer maneira, Mamãe não desejaria isso. Ela adora quando a divirto e é isso que eu faria. Esperemos que, para o nosso bem, a decrepitude recaia sobre ela mais tarde em vez de mais cedo.

Assim sendo, vamos ao fortuito "simples erro". Devido ao problema de saúde que acometeu Mamãe esta semana e sua falta de conhecimento tecnológico, a Desmiolada Dora e eu concordamos em, uma por vez, pegar várias pastas em seu consultório e trazer para casa durante seu confinamento. Hoje era a minha vez. Foi-me muito bem especificado no café da manhã pelo Papai que eu fosse à clínica depois da escola com esse único propósito, o que fiz, direitinho, apenas para encontrar na recepção a Lenta Dora que, equivocadamente, recebia as pastas mencionadas. Será que é possível um mortal viver, respirar, andar e falar sem o benefício de um cérebro? Se assim for, a Gorducha Dora é, realmente, um exemplo impressionante.

Nesse meio-tempo, a questão mais premente era convencê-la de que ela estava errada e que sua vez era no dia seguinte. Irredutível perante qualquer argumento razoável, ela insistiu que estava certa. Eu posso ser mais alto, maior e, sem dúvida, mais brilhante que a Obsoleta Dora, mas, infelizmente, ela é mais violenta e menos controlada. Uma vida inteira levando beliscões e socos dolorosos ensinaram-me a manter distância e sempre permitir-lhe a vitória. Desta forma, mantenho pele, olhos, cabelo e todas as extremidades intactas. Essa é a minha escolha, a civilizada. Como Papai vinha pegar o encarregado da tarefa – eu –, decidi aguardar com a Enfadonha Dora e desfrutar de uma carona para casa.

Foi quando vi Noel pela primeira vez.

O que é a tentação. Justamente no momento em que eu acreditava que Wilson personificasse a beleza em todos os sentidos, aparece Noel e sou obrigado a postular a pergunta: "É a beleza suficiente?" Até hoje, Wilson foi, de fato, suficiente. Olhar para ele era toda a jubilosa subsistência de que eu precisava. Mas Noel...

Ah, Noel. Como você chegou aqui? Será que Papai Noel deu-lhe seu nome e o deixou vir com ele no trenó da Nova Zelândia na véspera do Natal para que você pudesse ser o melhor e o mais brilhante de todos os presentes?

Em geral, para ser franco, eu não ligo para sotaques nasalados, mas emanando de você, Noel, de alguma forma, é uma doce melodia. Mel. Elixir. Quais foram as primeiras palavras que trocamos? Ah, sim.

– Eu não conheci sua mãe ainda, mas estou ansioso para conhecê-la. Aqui estão as pastas que ela pediu. Dê meus cumprimentos à sra. Battle.

Sim. Sim, Noel, serão dados. Farei o que me pede.

Deixe-me contar-lhe tudo, diário. Noel é alto, forte e loiro. Não o loiro da Desonesta Dora. Loiro genuíno. Como Marilyn Monroe. Ou o Arcanjo Gabriel. Ou Adônis. Ele tem cerca de 30 anos de idade, um belo queixo e lábios carnudos. E olhos verdes da cor de um suculento kiwi. E usava calças de linho. Linho! Em Pangbourne! Aleluia! Divino. Por fim, a resposta às minhas orações. Ele parece ser totalmente inabalável, mesmo ante a perspectiva de trabalhar com Mamãe, o que pode assustar até mesmo o mais ousado dos homens. Ele apertou minha mão e não exagero quando digo que houve, sem dúvida, um sorrateiro frisson entre nós. Algo misterioso e importante que falava das maravilhas que estão por vir...

"Como vai, meu caro senhor? Posso mostrar-lhe todas as coisas fascinantes por aqui...?"

CAPÍTULO 15

Dora

Ah, Deus do céu. Meu irmão é um mega débil mental. A nossa mãe diz que ele é excêntrico ou coisa parecida e é só uma fase, mas eu tenho vergonha dele! Não consigo acreditar que somos irmãos. Principalmente hoje. Primeiro, ele encheu o saco sobre quem tinha que pegar as pastas de nossa mãe na clínica, tipo, de quem era a vez. Idiota. Depois, quando o cara novo estava dando as pastas para a gente, ele ficou lá parado como um retardado e não disse nada, tipo, nem uma palavra! Obrigada, Pete, por deixar tudo para eu fazer. O cara só estava tentando ser legal.

Ele é australiano ou coisa parecida. Parece com aquele cara velho, o Crocodilo Dundee, e fala como ele também.

Ele disse:

– Uau, vocês são tão altos! Eu não esperava que as pessoas fossem tão altas aqui na Inglaterra, não sei por quê.

O que ele esperava? Anões? Tipo, da época vitoriana ou coisa parecida?

– A sua mãe também é alta?

O Peter não respondeu, não falou nada, só ficou lá e olhou para o Noel como um bobo, então eu tive que dizer:

– É. Ela é muito alta. Tão alta quanto um prédio de apartamentos.

Felizmente, ele riu, porque a nossa mãe disse para sermos simpáticos já que ela tem que trabalhar com ele durante um ano ou coisa parecida.

Tinha uma garota nova lá, chamada Veronica, que está trabalhando com George. Ela é bem bonita. A nossa mãe deveria ter escolhido ela. Por que não colocam as meninas com as meninas e os meninos com os meninos?

Dá para ver que o George adora se exibir para a Veronica. Ele fez aquela coisa para ela, quando ele olha para a gente por cima dos óculos e faz que a gente se sinta a única pessoa importante no mundo. Assusta. Ele fez isso comigo uma vez, eu não gostei. É assustador. Acho que ele só gosta de fazer de conta que é o tal. Tipo, "Eu sou o chefe e por isso você vai ter que fazer o que eu quiser." Certo. Ele não é o meu chefe e, de qualquer maneira, "ei George, eu conheço sua esposa, Jess, lembra? Foi ela que me ajudou com o projeto sobre o Shakespeare no 1º ano do Ensino Médio. Ela é bem legal, então, o que você pensa que está fazendo olhando por cima de seus óculos para a mega peituda Veronica?" Seu cabeça de bagre! O esquisito do meu irmão de 16 anos é mais maduro do que você! Cara, comporte-se como um adulto. Como o meu pai. Ele não sonharia em se comportar dessa maneira. Talvez porque ele não precise que as pessoas olhem para ele o tempo todo. Ele não se importa se ninguém repara nele. É assim que ele é, "Sr. Olho Por Cima dos Óculos."

O meu pai fez fajitas hoje à noite. Eu absolutamente AMO fajitas. Eu casaria com uma se pudesse. Hum... Porque uma fajita, além de ser deliciosa, nunca deixaria ninguém na mão nem terminaria o namoro, nada disso.

Vi o Sam hoje. Ele estava na cantina pegando um doguinho. Ah, a gente costumava fazer isso juntos e ele sempre escolhia o mais queimado. São os favoritos dele. Ele diz que esses são os rejeitados do mundo das salsichas, tipo os não amados que ninguém quer, aqueles que cometeram algum tipo de crime contra os salgadinhos.

Sam sempre protege os injustiçados. Essa é uma das razões pelas quais eu me apaixonei por ele, apesar da Kitty Cook, a chefe das plastificadas da minha sala, ter dito que ele é um astrofeio. Ela não o conhece como eu, ela só se preocupa com a aparência das pessoas. Superficial, não? Veja bem, ela é uma plastificada e essa é a primeira regra das plastificadas: ser superficial. Nenhum conteúdo é necessário. A gente deve ver tudo o que as pessoas são só de olhar, certo? Eu posso ser loira, mas você não pode ver tudo o que eu sou...

De qualquer maneira, foi estranho ver o Sam. Foi como se ele soubesse que eu estava lá, mas, tipo, não conseguia olhar para mim. Cara, ele pegou o celular e começou a falar só para não ter de falar comigo. Ele fez de conta que o celular tinha acabado de tocar, mas não tinha, porque, se tivesse, eu teria ouvido o toque, que é a música de Missão Impossível e que toca muito alto. Ele nunca deixa no silencioso. Ele simplesmente começou a falar, claro, com ninguém...

– Alô. O.k. Certo. Eu vou. Certo. Mesmo? O.k. Certo. Certo. Certo. Eu também. Isso. O.k. Tá... Tá bom.

Cara, eu fiquei com vergonha. Entendi, Sam. Você não quer falar comigo. Certo. Será que ele tem, tipo, vergonha de ter saído comigo? Eu posso ser ruim, cara, mas foi mal Sam: eu não tenho vergonha de ter saído com você e você é que é o anão com pernas curtas! Eu nunca faria ele se sentir mal, então, por que ele está fazendo isso comigo? Talvez fosse melhor se ele falasse comigo e dissesse um monte de coisas em vez de fazer de conta que eu não existo. Como é que eu deveria me sentir? Lixo total. É assim que me sinto.

Para dizer a verdade, eu me sinto mal. Tipo, meu estômago. Eu coloquei uns camarões que o Peter comprou na fajita e acho que eles estavam vencidos ou coisa parecida. Eu achava que a gente sempre podia comer os camarões que estivessem na geladeira. O meu pai disse que eles colocam o prazo de validade para assustar a gente. Obrigada pelo consolo, pai, mas estou sentindo umas coisas ruins acontecendo aqui dentro. Vou para a cama.

CAPÍTULO 16

Ma

Estou exausta. Que noite. Já estava sentindo-me um lixo no fim dessa gripe. As crianças trouxeram minhas pastas aqui para casa e trabalhei na cama a maior parte da noite, apesar da cabeça ainda estar latejando. O meu marido fez um chocolate quente maravilhoso, com cravo e uísque de malte, que deu certo, e eu estava quase cochilando quando a Dora chegou para o que agora se tornou rotina, a batalha noturna.

Eu acho que ela ainda está se sentindo mal sobre o que aconteceu com o namorado no Ano Novo, mas não é isso que ela diz. Hoje, ela começou com um discurso retórico sobre a necessidade de fazer mais luzes no cabelo, que já está totalmente arruinado, e depois me acusou de ser condescendente quando eu disse que ela é bonita.

– Você é uma grande astrochata, mãe! Eu preciso da porcaria das luzes. É a única coisa que faz que as pessoas não olhem para todo o resto de mim, que é horrível. Olhe as minhas pernas, são indecentes! Eu sou tão revoltante. Estou tão gorda! Olhe a porcaria dos meus quadris. É como se eu estivesse usando os quadris de alguém em cima dos meus. E os meus braços! São tão repugnantes, parecem um pedaço de carne ou coisa parecida. E os meus pés. Olhe só. Não são pés, são dois pedaços de bagatela... Não, quero dizer tripa de vaca... Como chama? Bucho! Dois pedaços de bucho pegajoso. Com unhas. Ui! Se você não consegue ver como eu sou horrível, você deve ser cega, surda e muda. E se você não for, tem que ter notado que eu sou horrível e asquerosa, então, você é uma grande gorda mentirosa porque diz o contrário, não é?

De qualquer maneira, é claro, foi tudo minha culpa. Parece que fiz com que ela se sentisse sem valor e feia. Ela saiu correndo do quarto quando meu marido chamou dizendo que as fajitas estavam prontas e, quando estava saindo, lançou um último insulto:

– Você me deixa enojada, sua mentirosa.

Respirei fundo para me tranquilizar, pois esses mísseis irracionais de palavras são projeções de sua própria insegurança e ela se sente mais leve quando os lança contra mim e ela não pode me diminuir se eu não permitir; respirei fundo algumas vezes e consegui dormir. Não tenho ideia de que horas eram quando meu marido foi para a cama, só sei que ele estava lá quando acordei de repente, lá pelas quatro horas da madrugada, e Dora, ao lado da minha cama, chorava dizendo:

– Mãezinha, mãezinha.

Acendi a luz e ela estava em pé, tremendo, coberta de vômito de camarão.

– Eu vomitei, manhê!

De repente, foi como se ela tivesse 2 anos e, num piscar de olhos, estávamos as duas quinze anos atrás. Meu marido pulou da cama e logo foi limpar o quarto dela. Eu enchi a banheira e coloquei espuma de banho Matey, tirei a roupa dela e a coloquei no banho. Acariciei seu cabelo e ensaboei suas costas enquanto seus soluços lentamente transformaram-se em lamentações, depois em choro, depois ficou chorosa, depois choramingava de vez em quando e, por fim, ficou calma e tranquila. Lavei a camisola dela e fiquei assustada com a quantidade de pequenos pedaços de camarão que estavam entre a carnificina. Malditos camarões.

Eu a enxuguei e até rimos quando passei talco nela com a esponja cor-de-rosa que ganhei de meu marido no Natal. Rimos mais ainda quando a vesti com uma das minhas antigas camisolas. Ela parecia tão pequena dentro da minha camisola. Meu marido trouxe chá doce e eu a levei de volta para a sua cama recém-feita e dei-lhe um beijo de boa noite. Então, esse relacionamento, a mãe e a criança pequena, ainda está intacto... Que interessante. Encantador. Mas estou exausta.

CAPÍTULO 17

Dora

Noite passada, eu vomitei como se fosse uma baleia azul jorrando água pelas narinas. Hoje, vou ficar na cama. Meu pai telefonou para a escola e eles disseram que, se eu fizer alguns dos meus trabalhos em casa, tudo bem, não vou ficar tão atrasada. A única coisa de fato importante que tenho de fazer é compor uma canção para a aula de Música. Deve ser fácil, porque eu canto o tempo todo. E, se os The Saturdays conseguem escrever uma música, eu definitivamente consigo! Eu deveria ter feito em etapas no último trimestre, mas não tive tempo. Agora, só tenho até a próxima sexta para entregar.

Acho que eu vou escrever sobre o amor e, tipo, estar com o coração partido. Isso eu consigo sentir de verdade. Talvez comece assim:

Ah, baby, eu estou tão triste
Ah, baby, voce me deixou tão braba
Voce vai se arrepender por me deixar
Ninguém mais vai te amar
tanto.

Depois, o coro seria, tipo:

Eu te amo tanto assim, tanto.
Eu te amo tanto... ah.
Eu te amo tanto assim, tanto
Eu te amo muuuito.

Eu posso até colocar um pouco de rap, como a Alesha Dixon, tipo:

"Diga, baby, diga – quem é a menininha que te amou? Ela sou eu e eu fui embora. Então, você vai chorar a noite toda. Venha me encontrar, baby, na minha casinha. Venha me encontrar amor – chorando como um rato. Dane-se!"

Acho que vai funcionar. Quem sabe mais um ou dois versos. Bom, já fiz isso e agora eu posso ler a última Heat e quem sabe assistir a Cash in the Attic. Meu pai vai voltar para casa na hora do almoço para me trazer alguma coisa para comer e dar uma olhada em mim, porque a minha mãe ainda está de cama.

Meu pai me perguntou o que eu queria para o almoço.

Eu disse: – Pop Tarts.

Ele disse: – O.k., mas não diga para a sua mãe.

Ele vai comprar. Minha mãe não nos deixa ter isso em casa porque parece que só o contato com os malditos substitutos do açúcar ou coisa parecida envenenam a gente. Papai vai ter de ir ao supermercado Tesco e trazer escondido. Será que ele trabalha perto do Tesco? Não sei. Não tenho ideia de onde ele trabalha. Acho que é em algum lugar do outro lado de Reading ou coisa parecida. Ele faz alguma coisa, tipo, com computadores. De qualquer maneira, definitivamente, ele vai comprar Pop Tarts. Sem dúvida nenhuma. Se meu pai faz uma promessa, ele cumpre. Faltam 3h55 para o almoço. Contagem regressiva para a decolagem das Pop Tarts.

Mas acho que vou comer uns Jaffa Cakes enquanto espero...

CAPÍTULO 18

Ma

Ainda de cama. Tempo demais para pensar. Estou convencida em estar à beira da menopausa. A pré-menopausa. É mais ou menos como estar na linha de partida, a gente sabe que tudo vai começar a qualquer segundo, mas ainda está no limbo com apenas alguns sinais como companhia.

Não é nada do que eu imaginava ser. Definitivamente, tem a ver com o cérebro da gente, a mente. Parece que estou empregando métodos muito diferentes para processar a informação. Métodos que demonstram uma pequena, mas perceptível, perda de memória ou certa confusão que eu não tinha antes. É como se eu estivesse fazendo concessões para ser um pouco mais lenta. Sei, por exemplo, que agora é um pouco mais difícil processar dez pensamentos ao mesmo tempo. Consigo controlar oito, mas não dez.

Parte do problema está, é claro, em não querer admitir isso, especialmente no trabalho. O que posso dizer?

"George, uma palavrinha? Só um aviso. Eu, simplesmente, não sou mais tão inteligente e rápida como costumava ser e tenho certeza de que vai aumentar e ficar muito pior. O.k.? Obrigada."

Estou operando dentro de uma espécie de névoa cor-de-rosa que embaciou os cantinhos da minha pessoa. Ironicamente, é claro que só agora eu percebo que esses são os pedacinhos de mim de que mais gosto. Esses são os cantos frágeis e mais perigosos do labirinto que é minha mente, onde sou mais inexperiente e onde tenho menos equilíbrio. É onde faço experiências e sou um pouco insana e muito assustada. Eu sinto que essa névoa está insistindo para que eu volte para o centro do labirinto que, mais seguro, mais resistente, é onde tenho o sólido apoio do hábito e da familiaridade.

O mais alarmante é perceber que talvez eu tenha chegado ao meu limite. Até agora, eu nunca, nem uma vez, questionei ultrapassar meus próprios limites intelectuais e, às vezes, até físicos. Agora, eu acho que, lenta e inconscientemente, cheguei e toquei esse perímetro e nunca irei além dele. Como aqueles grandes tubarões em aquários enormes que sempre nadam para as bordas do aquário e, embora vejam outras margens, não podem ir até lá. É um truque cruel da natureza. Eu tenho a energia, fortalecida por anos de experiência, tenho até um chassi de sagacidade, mas o vidro é muito grosso. Essa é a cabeça. O corpo é outra história, muito diferente. Ao passo que o cérebro tem sido um processo lento, suave, quase imperceptível, a mudança do corpo tem acontecido em uma velocidade alarmante. Aliás, tudo em um dia. Duas terças-feiras atrás.

Fui até o espelho para fazer a maquiagem. Quando comecei a passar a base hidratante, percebi que não reconhecia o rosto que olhava para mim, não inteiramente. Vi bastantes vestígios do rosto que eu conhecia e tive certeza de que de fato era eu. Mas... O que eram aquelas dobras e pregas e manchas e grandes poros abertos? De quem eram aquelas coisas? Imediatamente, ocorreu-me que pertenciam a – a Pamela. A minha mãe! Eu já tinha visto aquele mapa geológico em um rosto, muitas vezes, mas nunca no espelho. Não é que eu não goste do rosto da minha mãe, é só que pertence a ela, não a mim.

Virei o espelho para o lado que amplia a imagem e senti o que só pode ser descrito como um verdadeiro horror. O tipo de susto que faz a gente morder a calça com o bumbum. Que diabos era aquilo que eu via? Quanta coisa mudou. Nada era como eu imaginava que seria. Eu esperava falta de elasticidade e rugas, sim, mas não aquele mapa. Minhas feições pareciam ter sido colocadas em um torno que, durante a noite, apertou com força de bochecha a bochecha. Assim, a maioria das linhas transformou-se em pregas profundas que vão de cima para baixo no meu rosto. Hã?! Sulcos ao lado do nariz, da boca e do queixo, fendas na minha testa e, o mais estranho de tudo, rugas verticais imensas nas minhas pálpebras que vão da sobrancelha até os cílios. O quê?! Eu nunca vi isso antes no rosto de ninguém. Isso me dá a aparência de um telhado de zinco. Estou bem projetada para canalizar a chuva. A chuva jamais vai entrar no meu rosto, não senhor. Os canaletes e as calhas faciais no meu rosto vão cuidar disso.

Também parece que cresceram pálpebras embaixo de minhas pálpebras. Como se pele derretida tivesse saído debaixo das sobrancelhas e agora estivesse caindo até os cílios, que mal conseguem suportar o peso. De onde veio toda essa pele? Será que, escondida embaixo do couro cabeludo e das orelhas, esperava os meus 50 anos para atacar? Bem, não bem atacar, mais como se espalhar. Meu rosto se rendeu. Duas semanas atrás, ainda estava lutando, mas agora ele quer um descanso permanente. Não posso dizer que o culpo. Ele de fato teve que trabalhar duro com todas as reações e expressões e tudo mais. Isso sem levar em consideração a erosão do tempo.

Então, eu tenho o rosto da minha mãe.

Será que minha mãe estava dentro de mim o tempo todo? Será que ela estava escondida sob a minha pele, tão perto da superfície que, quando o tempo retira as camadas, ela vai se revelando cada vez mais, como uma esfinge que surge na areia? Eu não sei como trabalhar esse sentimento. Minha vida tem sido um exercício de exorcismá-la de dentro de mim. Eu tenho, com muito empenho, tentado não me tornar minha mãe. Ela é uma pessoa boa em muitas coisas, mas eu não queria herdar os defeitos. Eu queria reconhecê-los, identificá-los e, então, mudar. Eu queria seguir em frente, além dela, criar a minha pessoa, a minha maneira de ser.

Algumas das coisas que eu queria alterar nem sequer são falhas, são facetas da natureza dela que apenas me irritam, como sua tolerância sem fim, sua aceitação passiva, sua atração por tragédia e drama e sua capacidade aparentemente infinita de lidar com as coisas. É irracional e desagradável de minha parte achar tudo isso chato. Mas eu acho. E, agora, descubro que ela estava à espreita todos esses anos, dentro de mim. Ela está fisicamente chegando mais e mais a cada dia, assim, será que, um dia, ela acabará arrebatando meu corpo? Caráter, personalidade, alma e espírito, todos consumidos por um enorme monstro-mãe? Um parasita de proporções gigantescas que vai me comer, que tem me comido todos esses anos, lenta e progressivamente, sem que eu soubesse?

Ah, Deus, ajude-me. Eu sei que diabos isso significa! Isso significa que eu estou ligada a ela. Apegada a ela. Ainda. Quer eu queira, quer não. Estou amarrada. Mas será que eu estou presa? Não, porque é aí que entra em jogo o meu livre arbítrio. Ter o rosto dela cada vez mais evidente no meu, como uma máscara, é uma coisa (e não é uma coisa tão terrível – o rosto dela é bem simpático, muito atraente, se profundos sulcos verticais que chegam até os tornozelos forem o seu forte), mas eu não tenho que me tornar ela. Eu sou adulta. Ao que parece, eu posso ser quem eu quiser ser e escolho ser inteiramente eu. Então, sai para lá, Pamela, porque eu estou passando!

Enquanto isso, vou passar um creme milagroso que custa exorbitantes 79 libras e que estou perfeitamente consciente de que não vai funcionar, para tentar rebocar algumas das valas mais profundas desse pobre rosto que está rachando. Gastar o dinheiro vai fazer com que eu me sinta melhor. Pelo menos dessa forma eu estou, ativamente, fazendo alguma coisa. Afinal, eu mereço...

Ah, Deus do céu. Será que eu mereço?

CAPÍTULO 19

Oscar

Não como. Durmo muito pouco. Simplesmente respiro. Não vivo uma vida digna de ser vivida. Sou a concha vazia do meu antigo eu. Vou de fato desaparecer em um mês. Só há tempestade e calamidade dentro de mim. Eu entreguei meu coração. Está inteiramente entregue. Dê uma olhada dentro de mim e vai descobrir apenas um vazio em forma de coração, um lugar onde o coração costumava ficar. O coração não está mais em seu lugar. Ele habita outra pessoa. Outra pessoa que tem pouca ou nenhuma ideia de tê-lo roubado. Um ladrão, um ladrão inocente. O ladrão do meu afeto. Aquele que é a maravilha das maravilhas. Aquele inteligente, querido e deslumbrante caro senhor. Atrevo-me a chamá-lo pelo nome? Atrevo-me a deixar que meus lábios dancem ao pronunciarem seu nome? Ah, eu sou um rapaz bobo, bobo. Sim. Eu falarei. Dancem lábios, dancem.

Noel

Calma... Calma... Calma. Noel, Noel, Noel. Ah, que turbilhão estonteante quando os lábios se movem. Noel. Tem-se de formar um beijo com os lábios para dizê-lo. Noel. Ah, detesto todos os momentos acordados sem sentido em que não pronuncio seu nome. Noel. Há algo maroto nele... Noel. E de anjo, poderia eu sugerir? Noel. Deixe-me morrer com seu nome em meus lábios e morrerei feliz. Noel. Perfeito em todos os sentidos. Noel, meu querido Noel. É absurdo imaginar a vida sem você, Noel. Ah, quando se está tão apaixonado, o encanto é insuportável. Estou morrendo de você, Noel, estou em êxtase com você. Eu te amo, poxa. Eu te amo!

CAPÍTULO 20

Ma

Ainda não me sinto totalmente bem, não estou 100% radiante, mas não consigo ficar em casa nem mais um dia. Ontem comecei a odiar o cheiro abafado do meu ser doente e da minha cama. Estou convencida de que, se a gente fica mais ou menos uma semana apodrecendo na cama, a cama pega a doença, que fica em sua estrutura e no tecido. Se a gente não se recupera logo e se levanta, a cama toma uma atitude direta e passa a doença para a gente de novo, só que dez vezes pior, mais virulenta, como um castigo pela nossa covardia patética de ficar na cama.

Enfim, hoje eu me levantei e saí. As pernas, um pouco enferrujadas, ficaram surpresas com a ação repentina e rápida, mas, uma vez no carro a caminho do trabalho, tudo parecia normal. A mesma velha jornada, passando pelas mesmas lojas, a escola, o campo de críquete e o memorial de guerra. Às vezes me pergunto se meus olhos não ficam cansados de olhar exatamente as mesmas coisas neste caminho todos os dias. Eu acho que poderia fazer este caminho com os olhos fechados. Aposto que conseguiria, eu sentiria a estrada, não sentiria? Instintivamente, eu saberia quando e quanto virar a direção, quando colocar o pé no acelerador, frear e começar de novo. É óbvio que a imprevisibilidade de outros carros pode representar um problema, ou também um pedestre perdido, mas, caso contrário, eu tenho certeza de que poderia fazer isso. Quem sabe, bem cedo em um domingo de manhã, quando não tem ninguém por perto? Será que eu teria coragem? Será que, dessa maneira, eu estaria me testando? Será que eu seria tão irresponsável? Não combina com a minha maneira de ser. Será que eu ficaria com muito medo? Preferiria sentir-me segura? O que eu escolheria fazer se não estivesse com medo? Se eu não quisesse sentir-me segura e sensata? Sim, então, eu faria. Definitivamente...

Mas, por ora, lá estava eu, dirigindo para o trabalho como em qualquer outro dia. Eu queria encontrar meus pacientes. A maioria cancelou na semana anterior, quando soube que eu não estava lá. Sei que eles precisam da terapia, mas não posso deixar de me sentir um pouco feliz porque eles preferiram esperar até que eu voltasse. Parece que George cobriu para mim sempre que necessário e o estagiário ficou junto. O meu estagiário, não a dele. Fico contente com isso. De fato não sei o que alguns dos meus adolescentes achariam da Veronica, extremamente bem dotada e usando pouca roupa. Como se concentrariam com aqueles seios no consultório? O pior é que eu suspeito que ela talvez adore a atenção. Eu gostaria de poder defender o direito que ela tem de se vestir da maneira que quiser no trabalho. Eu, certamente, defenderia esse direito para mim, mas como legislar para os irresponsáveis?

Ah, cale a boca Ma, escute só a sua amargura. E se ela simplesmente for sexy e pronto? Por acaso isso significa que ela deve ser banida de nossa profissão? Não. Claro que não, mas eu não posso deixar de achá-la inadequada, por mais inteligente que possa ser, porque ela faz uma escolha consciente de usar sua sexualidade feminina em todas as interações com homens e rapazes. Ela, é claro, nunca aprendeu a se comportar de outra maneira.

Na universidade, nós costumávamos chamar isso de DCR. "Diferentes Com os Rapazes." Era como chamávamos as mulheres que constantemente traem todas as outras ao serem submissas; coquetes provocantes que fazem com que todas nós percamos décadas de evolução. Esse comportamento é totalmente errado neste local de trabalho em particular. Bem, em qualquer local de trabalho, a menos que seja um clube de *strip-tease*. Por favor, Veronica, faça-me um favor, não ensine esses jovens a interagirem com você só neste nível tão frívolo. Por favor, mostre sua inteligência, cubra sua comissão de frente e só brinque de ser "leiteira" no quarto, onde você pode fingir tanto quanto quiser. (Para mim, esse é o lugar onde não se deve fingir, mas cada uma sabe o que é melhor para si.) Pelo menos não use esses truques no trabalho, com caras que você sabe que não conseguem resistir. Tenha mais classe do que isso. Não dê a profissionais céticos como eu, e em especial aos homens, razão para dizerem que você é leviana. Fácil. Uma gatinha. Vulnerável. Insignificante. Em vez disso, use sua inteligência de valor inestimável e surpreenda-nos sendo formidável, ciente das consequências. Ah, por que isso me incomoda tanto? Em vez de ficar reclamando, é melhor eu continuar com meu trabalho e deixar de lado Veronica e seus métodos. Só não com os meus pacientes, obrigada.

Fui recebida por Lisa, que, a menos que eu esteja muito enganada (inconcebível), quando disse "Bom dia", foi mais tosca que um Gruffalo que fez um curso de atualização. Para ser franca, não é a primeira impressão que se deve ter de uma clínica de bem-estar infantil. É o comportamento ideal para um destemido explorador sobrevivente. Cada vez mais, ela parece ser a criança desafortunada de Bear Grylls e Ray Mears. Uma união inimaginável, pura sobrecarga de uniformes camuflados. Pouco a pouco, ela está adotando seu uniforme ecológico como a roupa de todo dia e, como eu estive fora uma semana, parece que se tornou padrão muitíssimo rápido. Hoje, ela estava usando calça de combate, botas e uma camisa bege de manga curta. Ela parecia um membro da equipe júnior de um parque de safári. Nada nela diz: "Sou a recepcionista. Seja bem-vindo, como posso ajudá-lo?" Tudo nela diz: "Se você me provocar, vou atacá-lo e, com os meus dentes assustadores, vou te comer." Assim sendo, nós temos uma matadora na recepção e uma rameira no consultório. Aí vêm as meninas...

Meu consultório estava como eu o havia deixado, exceto por algumas pastas a mais sobre a mesa e 126 e-mails para serem respondidos. George apareceu e me deu um abraço de boas-vindas.

– Ah, a divina sra. Battle retornou para pôr um fim ao nosso caos e iluminar todos os nossos marotos cantos escuros! Bem-vinda, Ma, velha companheira de guerra. Senti muito a sua falta.

Ele estava usando uma camisa com flores de Paul Smith que eu já o vi usar antes, mas só quando ele quer impressionar. Veronica está, é claro, sendo impressionada em alto estilo.

Ela deu uma passadinha ligeira e acenou da porta.

– Oi, Maureen, que bom vê-la!

Estava com uma blusa indiana turquesa decotada com lantejoulas na linha do decote e calça branca. Talvez ela ache que estamos prestes a lançar a nossa clínica em um cruzeiro no Mediterrâneo? Chega. Quieta. Morda a língua, sra. Boca de Sapo.

George me convidou para uma reunião com os estagiários antes da primeira consulta. Peguei o meu bloco e fui para o consultório dele. Eu amo o meu bloco. Bem, eu amo a capa de couro do meu bloco, que está bem surrada, pois já serviu na linha de frente por quase trinta anos. Foi um presente de formatura do Marido. Ela se acomoda muito bem no meu colo, segura o bloco em seu lugar e tem um suporte para a caneta. Ela não deixa que o paciente veja o papel, mas não é hostil. Está usada, mas resiste como um amigo de confiança, meu e dos meus pacientes.

George estava sentado à sua mesa e nós sentamos nas poltronas – eu, o docinho turquesa e Noel, minha nova sombra. Ele parece ser bem agradável, não muito convencido, mas bem confiante. Eu gosto de neozelandeses, eles têm uma jovialidade interessante. A Dora tinha dito que ele se parecia com o Crocodilo Dundee. De maneira nenhuma. Ele parece mais um sério jogador de críquete. Alto e magro como eles, tem um jeito tranquilo de ser. Ele inspira respeito. Sim, acho que nós vamos nos dar bem e, afinal de contas, é só por um ano. Ele só vai me irritar se for muito carente, intrusivo ou arrogante. Estou com as minhas fortificações mentais prontas, caso precise usá-las. Mas, até agora, não houve necessidade. Graças a Deus.

CAPÍTULO 21

Dora

Coisas que eu odeio em mim:

1. Sou gorda.

Rosto GORDO, nariz gordo, pescoço gordo, orelhas gordas, olhos gordos, barriga gorda, braços gordos, quadril gordo, coxas gordas, os joelhos mais gordos do segundo grau, barriga da perna gorda, pés gordos, dedos dos pés gordos. A única coisa que não é gorda é o cabelo, que é a única coisa que eu queria que fosse gorda, queria um cabelo cheio.

2. Sou feia.

Os olhos não estão na mesma altura e são muito pequenos. Uma cicatriz em cima da sobrancelha, de quando caí da scooter. Pintas repugnantes. Caspa. Dentes irregulares e amarelos por mais que eu os escove. Oito queixos. O pescoço parece um prepúcio. Eu acho, ainda não vi um de verdade. Os braços parecem braços de um lutador gordo e velho aposentado. Celulite por tudo. Seios muito pequenos que apontam para fora. Os bicos dos seios são diferentes um do outro e parecem damascos secos. NUNCA poderia mostrá-los. O tronco é muito comprido para o comprimento das pernas. A parte do meio do corpo é muito nojenta, tipo, parece que três pessoas feias foram coladas com fita adesiva. Não posso mostrar.

Bumbum – muito feio. Parece que eu o comprei no balcão da padaria. Não acho que possa ser normal. Tem dobras demais. NUNCA poderia mostrar para ninguém. As pernas parecem troncos de árvore, sem forma. Os tornozelos têm uma cor estranha, com manchas vermelhas e brancas. Os pés são enormes, parecem mais nadadeiras do que pés. Os dedos do pé viram para baixo, quase não aparecem. Mãos, dedos da mão, e unhas – deformados.

3. Tenho pelos em todos os lugares.

Pareço um lobisomem mexicano. As sobrancelhas são muito grossas e os pelos são compridos demais. Pelos no lado do rosto, como o Mr. Darcy do filme Orgulho e Preconceito. Pelos em cima do lábio. Pelos fininhos no queixo. Pelos nas narinas. Os pelos nas axilas são tufos repulsivos. Pelos finos

nos braços. Pelos no bumbum – crescem para o lado e são duros. Pelos no meio do bumbum! Não muitos, mas tem.

Ah, Deus, eu sou desprezível. Não pareço humana. Pelos nas pernas, em toda a perna. Pelos nos dedos do pé, como os *hobbits*. Todos os pelos da parte de cima, eu raspo com o aparelho de barba do pai, que é bem afiado. A minha mãe diz que é para tirar com cera, mas como é que vou esperar tanto tempo para que cresçam? Pelos em todo o corpo. Sou feita de pelos.

4. Pele.

Pele seca nos joelhos, cotovelos, couro cabeludo, pés.

Pele oleosa em todo o rosto.

Eczema nos cotovelos, joelhos, atrás dos joelhos.

Pintas – em todo o rosto, nas costas.

Escaras – no couro cabeludo, uma no braço, duas nas pernas.

Celulite – barriga, pernas, parte de cima dos braços.

Cor – a maior parte é tipo cinza claro ou vermelho. Exceto o bumbum, que é estranhamente marrom e roxo.

5. Cabelo – normalmente um castanho horrível e encaracolado.

Com luzes claras, que são muito feias, porque eu não tenho dinheiro para fazer tantas vezes quantas é preciso e então aparecem as raízes e fica tããããão chulo. O alongamento *clip-in* é de cor diferente e embaraça, fica feio. Descolorir deixou o cabelo todo seco, por isso não dá para fazer chapinha direito nem dá para colocar os rolos gigantes. Fica lá na cabeça como se fosse um chapéu de cabelo horrível, comprido e seco. Não posso nem prender, porque daí aparece o castanho das raízes. Tão completamente repugnante que eu tenho que esconder tudo embaixo de um gorro de lã. Conclusão – sou uma garota Gollum do filme O Senhor dos Anéis, chula e repugnante. Não é de admirar que eu não tenha um namorado. Nem mesmo eu sairia comigo.

Eu sou detestável.

Horrível.

Feia.

CAPÍTULO 22

Oscar

Apesar de a minha mãe ser uma mulher muito boa, nos últimos tempos chamou-me a atenção o fato de ela não estar familiarizada com um pequeno amigo que costumo chamar de "bom gosto". Ela falhou, por completo, ao não notar a beleza deslumbrante da estrela mais brilhante de todo o firmamento que está trabalhando com ela na clínica. Minha mãe agora pode ser oficialmente categorizada como esteticamente cega, surda e muda.

Pobre querida infeliz. Ela vai perder tanta coisa. Temo que ela simplesmente deixe de ver a magnificência esplêndida das coisas gloriosas da vida. Ela vai morrer tendo vivido a mais jeca de todas as vidas. O que é nada menos do que uma tragédia, em particular porque sua avançada idade indica que ela não tem tempo suficiente para deter essa lamentável espiral. Sua vida terá sido uma série de episódios sem graça e sem cor. Um após o outro, como as badaladas da desgraça. Dim. Dom.

Não importa. Eu arquitetei o mais criativo de todos os planos e a enfadonha querida Mamãe, coitada, não suspeita da sagacidade da minha astúcia. Ofereci meus serviços a George, assim, voluntariamente, vou fazer alguma coisa chamada "arquivar". Não sei ao certo o que essa tarefa envolve, mas já ouvi Mamãe falar disso. Acredito tê-la ouvido referir-se a vários alunos pré-universitários empregados para fazer isso. George, amável como sempre, disse que eu poderia começar na próxima semana, terça-feira depois da escola. Terça-feira! Ah, terça-feira, por favor, seja meu "dia de notícias boas". Por favor, leve-me para perto do meu amado, para estarmos um na órbita do outro em uma mesma constelação. Faça com que o consultório de Mamãe seja a galáxia onde eu sou a Terra e ele é o Sol.

O que vou vestir? Preciso parecer casualmente elegante. Elegante, sem ter feito o menor esforço. Mal posso acreditar que no nosso primeiro encontro eu estava vestindo o uniforme da escola. Não me favorece de maneira nenhuma e é muitíssimo monótono. As regras da escola impedem-me de personalizá-lo muito, embora eu às vezes coloque uma pochette vistosa no bolso superior do blazer e, se a caminho da escola encontro uma flor que combina (carrego uma tesourinha para esse fim), melhor. Até agora, não fui repreendido por essa tentativa de élan, mas fiquei de castigo pelo aparentemente hediondo crime de vestir uma camisa lilás e um colete bordado no Dia do Orador. Não pude resistir. A ideia de subir no palco para pegar o certificado de "melhor leitor" e o voucher do livro vestindo nada além do obrigatório – a triste calça cinza, uma camisa branca e o blazer verde sem imaginação do uniforme – encheu-me de pavor. O que as pessoas pensam? Que eu sou algum tipo de autômato, um robô que entra na fila? Em uma ocasião tão auspiciosa? Uma ocasião que implora ser homenageada com cor e bom gosto. Esses são os meus dois companheiros e também, é claro, o meu grande mestre – o estilo. Não há uma única autoridade na escola que me faria deixá-los, meus verdadeiros professores, meus gurus.

Acho que usarei minha camisa de linho branco plissada na frente e minha calça xadrez amarela. O conjunto parecerá casual, mas, ao mesmo tempo, provocante. Ele sentir-se-á obrigado a me notar, mas não saberá bem por quê. Grandes babados, punhos franceses, laços, lenços e tiaras podem esperar um pouco na minha caixa de acessórios. Serão usados mais tarde, quando a mosca já estiver presa na teia. Por ora, sutileza deve ser a palavra-chave em minha viagem até a Estrela do Norte – o meu Noel.

Falando em vestir-se e como fazê-lo adequadamente, hoje a Sebosa Dora apareceu com uma nova e horrível panóplia, uma roupa de muito mau gosto. A sirigaita entrou na sala ostentando uma camiseta rosa que deve ter sido feita para uma criança de 4 anos de idade. Sem nenhuma arte na forma, justa demais nos seios, mostrava a massa de gordura mole no estômago. No peito, o fluorescente logotipo estampado anunciava que ela era uma "Artista de Filme Pornô". Encantador. Não só é sórdido, mas extremamente impreciso. A Boba Dora é mais virgem que a virgem Maria.

CAPÍTULO 23

Ma

A reunião de pais na escola de Dora foi segunda-feira à noite. Na escola de Oscar (ainda acho difícil chamá-lo assim) foi quarta à noite. Como sempre, duas experiências opostas.

Torna-se cada vez mais evidente para mim que a educação que oferecemos a nossos filhos é um jogo com regras injustas. Se você jogar pelas regras injustas, é um sucesso, como o Oscar, mas, se você é uma pessoa para quem as regras não são apenas injustas, mas também impenetráveis, como para Dora, é um fracasso. Não parece ser um sistema em que se mede o crescimento pessoal ou a realização pessoal. Uniforme, usam medidas padrão para todos. Você passa ou reprova em cada prova. Se você estava "reprovando" espetacularmente, mas agora está "reprovando" por apenas um pouquinho, não faz diferença. Você está reprovando. É tudo o que importa. O sistema de provas não elogia melhoras. Fico furiosa em todas as reuniões de pais na escola de Dora há sete anos. Identifico e atribuo cada indelével ruga em minha testa a um ano. Estou esperando para ver o sétimo sulco aparecer – a marca de "pais frustrados".

A escola de Dora, Brook's Meadow, é, imagina-se, amigável e prima pela arte e pelo esporte. A razão pela qual optamos por levá-la para lá no 6º ano, uma escolha MUITO cara, foi porque Dora se sentia no inferno na escola em que estava antes. Sabemos que Dora não é especialmente acadêmica, para dizer a verdade, mas eu acredito que ela é mais bem dotada intelectualmente do que ela ou a escola lhe creditam. Ela aprendeu muito cedo que, se você anda em uma marcha mais lenta do que os outros no processo de aprendizado, se você é o último dos moicanos, um dos últimos a atingir as metas, por fim os professores se cansam e o deixam para trás. Esse sistema propicia um refúgio para os preguiçosos e para os não tão inteligentes.

Eu acho que Dora se encaixa mais no primeiro do que no segundo porque, de vez em quando, quando está de fato motivada e interessada, abre totalmente a cortina e mostra o tesouro que existe no cérebro dela, ela nos permite vislumbrar por um momento quanta coisa brilhante guarda lá. Para dizer a verdade, um monte. Se você é ignorante, não tem como fazer seu tesouro brilhar, mas, se você o esconde, como ela faz, o tesouro está lá o tempo todo. É o dever, e deveria ser o prazer, dos professores localizá-lo e ajudá-la a exibi-lo.

Algumas vezes, aliás, muito poucas, eu consegui entrar e ela me deixou ver, por um momento, o que esconde. É nessas horas que eu fico cheia de orgulho. Não tanto pelo que ela tem lá, mas pela coragem que teve de mostrar, até mesmo para mim. Porque ela sabe, por experiência própria, que é bem provável que o que ela tem, não seja suficiente. Isso é o que tem acontecido, assim, ela escolhe esconder, não mostrar. É confortável e familiar deixar escondido e, estranhamente, ao esconder, ela tem o bônus de um status social maior – o de não pertencer, de ser a rebelde talvez perigosa e destemida. É legal ser uma das anoréxicas ou, então, um dos que não se incomodam com nada.

Como ela conseguiu QUALQUER UM dos GCSEs em sua antiga escola eu não sei e, de fato, isso prova que ela é basicamente inteligente. Eu acho que ninguém naquela escola apreciou a força que ela precisou ter para conseguir somente comparecer no dia da prova. Para Dora, ela estava entrando em um campo de tiro ao alvo onde ela era o alvo e as provas a tinham em mira constante. Mas ela foi e, todas as manhãs, quando a deixei na escola nos dias de prova, seu conflito interno era evidente: fazer e reprovar ou não fazer e reprovar? A fuga lhe daria mais credibilidade e viria com o bônus adicional de controle e poder. A presença significaria perder o respeito ao admitir que ela, afinal de contas, se preocupa com o resultado.

E veja o resultado! Ela passou em quatro. Com nota C, mas passou. E, então, ela conseguiu um A em Artes! Absolutamente incrível. Graças, nesse caso em particular, a seu atento e simpático professor de Artes, Ray, que percebeu que ela estava tentando sabotar a própria nota ao recusar-se a entregar um trabalho, um projeto sobre os pais, um lindo retrato em arte pop do meu marido. Ela havia trabalhado muito nesse projeto, mas achou que tinha pouco ou nenhum mérito. Ela previu o fracasso. Mesmo de algo tão bom.

Assim, essa foi a Dora que levamos para Brook's Meadow. Dissemos a eles que ela estava a ponto de desaparecer e eles nos convenceram de que esse era "exatamente o tipo de criança que acolhiam". O diretor nos assegurou que essa era a oportunidade que ela teria de se reinventar, de mostrar quem era e de participar plenamente, se assim o escolhesse. Eu sei que ela estava animada com a perspectiva de se tornar essa nova e motivada pessoa e nós a apoiamos nessa positividade, mas eu também sabia no meu coração que seria difícil mudar da noite para o dia. Ela teria que mudar os hábitos de toda uma vida. Uma vida curta, mas, mesmo assim, uma vida inteira.

Impotentes, nós a vimos lutar com eles durante o primeiro ano e voltar aos mesmos velhos padrões de comportamento, impetuosamente determinada a se autodestruir. Ela estava sempre em detenção. Detenções que ela se recusava a fazer, gerando ainda mais detenções para as quais ela não comparecia e assim por diante. Arrancando os cabelos, os professores nos chamaram para várias reuniões excruciantes. Meu marido foi o meu salvador nessas reuniões. Ele me guiou, calmo e tranquilo, sempre que eu estava pronta para escrachar, defender, explicar demais ou apenas chorar de tristeza e desespero. Certa vez, senti a mão calma dele no meu braço quando o sr. King perguntou se achávamos que Dora poderia "atingir os níveis mínimos em nossa escola?" Esse era o problema, ali em "nossa escola". Não é a escola de Dora, é a escola deles. Onde Dora talvez não fosse tão bem-vinda? Onde talvez não fosse o lugar dela? Não se encaixava?

Meu marido me lembrava sempre de que era apenas uma escola e que, legalmente, Dora não teria que estar lá e que o que importava era a felicidade dela. Ele repetia:

– Ela está bem e é saudável. Não usa drogas. Não é alcoólatra. Não está grávida. Ela é linda. Você é linda. Tudo é lindo. Cale a boca.

Ele estava certo demais.

De qualquer maneira, nestes últimos meses ficamos de fato animados ao ver as mudanças em Dora. Por vontade própria, ela vai à escola todos os dias. Inédito. Como posso explicar para eles que, no mundo de Dora, uma tentativa fenomenal está em andamento? Ela está realmente tentando, da sua própria maneira, relutante e mal-humorada, participar da vida. Entrar. Incluir-se. Do nosso ponto de vista, essa é uma mudança sísmica e estamos acenando com bandeirinhas para comemorar. Para dizer a verdade, eu decidi fazer algumas bandeirinhas e enviá-las para o sarcástico sr. King, o preceptor de sua turma, para encorajá-lo a comemorar conosco as poucas presenças, em vez de censurá-la pelas faltas.

Então, por fim, aqui estamos no último ano e Dora parou de nadar contra a maré e está muito mais engajada. Antes tarde do que nunca. Eu meio que queria que ela pudesse começar de novo no 7º ano e desta vez acreditasse que a escola não é um inferno onde os demônios sempre cutucam os alunos com os tridentes de ferro quente que são os testes, exames ou trabalhos de escola chamados SATs. O trabalho de escola substituiu leggings como número dois na minha lista intitulada: "As coisas que são desnecessárias, diabólicas e totalmente erradas."

Mas, chega de reclamar. A reunião de pais da Dora foi o costumeiro ficar lá em pé, sem prazer nenhum, esperando a vez de ser levemente padronizada por uma série de górgones e dragões. Claro que, para mim em particular, há sempre uma pressão adicional. Eu sou uma analista de crianças. Eles ensinam crianças. De duas uma:

1. Eles sentem prazer ao presenciar a desgraça alheia: eu tenho uma criança imperfeita. Uma criança que não posso "salvar" ou "tratar". Eles saboreiam isso. Deleitam-se.

OU

2. Eles se sentem ameaçados pela minha análise da forma como entendem a minha criança. Em outras palavras, eles acham que vou usar o jargão de psicologia para conseguir o que quero. Eles acreditam que eu superestimo minha criança e os problemas dela.

Talvez um pouco de ambos, mas SÓ um pouco. Quando se trata de Dora e reuniões de pais, sou apenas a mãe, e é isso que me deixa impotente. Eu não consigo vê-la sendo atacada. Definitivamente, levo isso para o lado pessoal porque vejo o que a falta de cuidado dos professores provoca nela e eu sinto por ela.

Não foi tão ruim quanto nas outras vezes. Apesar da mesma ironia e pena da maioria, eles tiveram que reconhecer que ela tem se esforçado mais para atingir os níveis A e conseguir os certificados necessários. O complicado labirinto da escolha das matérias a serem feitas só até os níveis básicos, os AS, e quais matérias continuar me deixa perplexa, assim como a todos os outros pais.

Às vezes, Marido e eu estávamos repetindo apenas "sei" para fazê-los parar de explicar. Nós não "sabemos" coisa nenhuma. Dora e os professores terão que tomar essas decisões. Se ela continuar com Artes e tirar as notas de que precisa para entrar na universidade que escolher, o resto não me importa. Hoje, ela quer ir para a Manchester Metropolitan fazer Tecnologia dos Alimentos. Tudo bem por mim. Cozinhar? Sim, por favor. Em casa, ela só fez uma única omelete, cujo recheio de anchova não foi uma escolha muito feliz, mas, se ela acha que é isso que quer fazer, que assim seja.

Os cinco minutos que tivemos com o professor de música foram reveladores.

– Olá, sr. e sra... – Ele olhou sua lista, procurando furiosamente. – Battle. Ah, sim, Dora é adorável. Que garota amigável e musicalmente muito talentosa.

Meu marido contribuiu com:

– Pois é. Nós achamos que sim.

Eu dei a ele um olhar que dizia "cale a boca", que funcionou.

– Neste trimestre, a Dora tinha que compor uma música original. Ela entregou o trabalho um pouco atrasado, mas entregou. Então, não vamos nos esquecer de dizer viva. Viva!

Ficamos paralisados com o otimismo do professor.

– É verdade que a música é um pouquinho... Como devo colocar? Hum... Insossa. Sim, um pouco, genérica, com muitos "ah, baby," como sempre, mas é de fato promissora, então, um grande viva. Viva! Sim, muito promissora, isto é, até os versos dois e três, que são:

Doces sonhos são feitos disso
Quem somos nós para discordar?
Viajar o mundo e os sete mares
Todo mundo está procurando algo.
Alguns deles querem usar voce
Alguns deles querem ser usados por voce
Alguns deles querem abusar de voce
Alguns deles querem ser abusados por voce

Ele perguntou se achávamos a música familiar?

– Só um pouquinho – nós concordamos.

Ele, então, colocou que, se fosse um exercício de plágio, era muito pobre. Ela só tinha se dado ao trabalho de mudar as palavras "sou eu" para "somos nós" na segunda linha. Acho que, talvez, ela tenha se distraido assistindo a Cash in the Attic na televisão e não se deu ao trabalho.

Depois da reunião, meu marido e eu fomos a um pub e não pudemos deixar de rir o caminho todo. Ah, Dora. Como nós amamos você em toda a sua esplêndida ingenuidade.

A reunião de pais do Oscar no St. Thomas não poderia ter sido mais diferente. Ele teve algumas detenções, basicamente por não seguir as regras do uniforme da escola, ou ser um pouco prematuro e arrogante ao manipular alguns dos professores menos experientes. Ele sempre acerta, ele sempre consegue identificar os babacas. Tivemos de concordar com isso. Seu julgamento é nítido e preciso. Ele fareja qualquer um que seja falso ou pretensioso. E realmente os confunde. É um verdadeiro excêntrico e, como tal, único, então o sistema não tem um lugar onde se sinta confortável com ele. Eles gostariam de se livrar dele, pois é embaraçosamente diferente, uma vergonha, mas eles podem lidar com isso porque ele é inteligente. Ele atingiu a meta de todas as notas A, é o campeão de xadrez, o herói de oratória e o rei dos questionários nas gincanas. Eles não podem se dar ao luxo de perdê-lo. As estatísticas não seriam tão boas sem ele. Assim, ele é perdoado por tudo, enquanto Dora é perdoada por nada. Revoltante.

CAPÍTULO 24

Dora

Ah, santo Deus. Que dia incrível! Só para provar que a gente não deve julgar um livro por seu título, porque eu NÃO sabia que Nana Pamela era tão incrível assim. Tudo o que eu tinha que fazer era deixar a Caca lá na casa dela. Ela vai ser castrada amanhã e a Nana Pamela, que mora mais perto do veterinário, vai levar a Caca. A minha mãe não consegue lidar com isso, fica toda estressadinha com qualquer coisa que a cachorra tenha.

Mas, o que é castrar? Eu acho que é tirar os ovos para que ela não engravide mais. Tomara que coloquem um daqueles cones imensos que eles põem na cabeça dos cachorros para eles não lamberem o corte. Ela usou um quando quebrou a perna, foi mega hilariante. Ela batia em tudo e a gente podia chegar por trás e dar um susto nela. Tão engraçado...

Eu queria que ela não fosse castrada. Seria bem legal se ela tivesse filhotes. Eu adoraria. Minúsculos dentinhos e uma minúscula linguinha quente lambendo o rosto da gente. Tenho certeza de que encontraríamos uma casa para todos eles. Todos os meus amigos iriam querer um, especialmente se os cachorros fossem tipo muito pequenininhos e coubessem na bolsa da gente. A Caca é bem pequena, border terriers são pequenos, mas ela teria que cruzar com um chiuaua ou algo parecido para que os filhotes fossem de fato muito pequenininhos. Será que um cachorro já cruzou com um gato? Daria um bichinho muito lindinho.

O cachorro pai teria que ser branco porque a Caca é marrom e, se o pai fosse preto ou marrom e pequeno também, os bebês seriam bem pequenininhos e marrons. E a Caca teria um monte de cacas pequenininhas. Seria melhor se o pai fosse branco, porque daí os filhotes seriam mais parecidos com cachorros. Eu adoro cachorro que cabe na bolsa. Principalmente quando a bolsa, a coleira e o casaco do cachorro são cor-de-rosa e com purpurina. É tão meiga. Eu sei que é totalmente coisa de plastificada querer um minicachorro, mas é só disso que eu tenho inveja nas plastificadas. Só isso. Tipo, um cachorro muito pequenininho.

Mas, quando eu estava na Nana Pamela, ela fez chocolate quente e me perguntou tudo sobre o Sam. Foi tão bom porque, apesar da Mãe e do Pai saberem o que aconteceu, eles não falaram comigo de verdade sobre isso. A Mãe talvez ache que foi coisa de adolescente e, tipo, não é importante, mas é importante porque ele foi o cara que eu namorei mais tempo, tipo, eu quase transei com ele e por isso ele é especial. Nós não transamos, o que agora me deixa bem feliz, mas ele queria de verdade, duas vezes. Então, eu poderia ter transado.

Bom, eu estava contando tudo sobre ele para a Nana Pamela e ela escutou de verdade. Foi muito legal. Eu fiquei olhando para o rosto querido dela, que sempre me olhou daquele mesmo jeito, sempre interessada no que eu estou dizendo e nunca falando sobre ela o tempo todo como a minha mãe. E ela não tem um telefone que toca o tempo todo, nem tem que escrever ou cuidar de outros adolescentes que são mais interessantes do que eu, a porcaria da sua própria filha. Então, eu falei tudo sobre o Sam, a escola, a Lottie e todo o resto. E fiquei de cara quando ela disse:

– Diga, filhinha, vocês fizeram aquilo?

Ah, Deus do céu. Assim, sem mais nem menos.

Então, nós começamos a rir e foi bem legal. Eu disse para ela que nunca fiz isso e, então, a gente continuou a falar sobre isso e ela disse que gostaria de jogar uma espécie de jogo em que eu faria QUALQUER pergunta que eu quisesse sobre sexo e ela teria que responder dizendo a verdade. Mais ou menos assim:

EU: – O.k. Quanto tempo dura o sexo, de verdade?

NANA PAMELA: – Bem, os beijinhos e coisas do estilo podem durar um século, mas a coisa em si, em geral, dura uns cinco minutos. Se você tiver sorte.

EU: – Mesmo? Eu achei que demorava horas.

NANA PAMELA: – Não, amor. Só se vocês forem Sting e Judy, a adorável esposa dele, e, mesmo assim, a maior parte das vezes é só papo. Depois vêm mais alguns intermináveis momentos de ficar lá só olhando um para o outro. Eu espero.

EU: – Como é que a gente sabe se é boa nisso?

NANA PAMELA: – Todas as meninas são boas nisso. Ser uma menina quer dizer que você é, então, boa nisso.

EU: – Dá para usar aquele filme plástico de cozinha como preservativo?

NANA PAMELA: – Não, nunca faça isso. E também não faça o contrário, nunca guarde sanduíches em um preservativo.

EU: – O que é um preservativo feminino?

NANA PAMELA: – Uma má ideia.

EU: – A gente deve deixar um cara colocar, você sabe o quê, no bumbum da gente?

NANA PAMELA: – Você é quem decide, mas, para mim, essa é a saída, não a entrada.

EU: – Pode acontecer de ele fazer xixi dentro da gente em vez da outra coisa?

NANA PAMELA: – Não. Nunca. Os homens têm uma espécie de encanamento que diz para eles exatamente o que fazer e quando. A única vez que dá errado é quando os cérebros deles acham que estacionamentos e entradas de loja são banheiros.

EU: – A gente deve acreditar quando eles dizem que os sacos deles estão enchendo e podem se voltar contra o corpo deles e envenená-los ou até mesmo explodir se a gente não ajudar?

NANA PAMELA: – Não. Mas você pode se oferecer para furá-los ou cortá-los com alguma coisa afiada para facilitar a drenagem. E, então, veja o que eles dizem.

EU: – Quando eu devo dizer sim e ir até o fim?

NANA PAMELA: – Quando o menino for muito legal com você. Quando ele amar você e se preocupar com o que você sente e não insistir que você deve fazer isso antes de estar pronta. Quando você tiver certeza de que ele vai entender como esse momento é importante para vocês dois. Quando você puder dizer, de verdade, que ele é um cara muito legal que acha que você é muito incrível e quer que esse momento seja muito especial...

Daí, a Nana P começou a chorar e eu não sabia qual era o problema. Mas ela me disse que estava tudo bem, que tinha se lembrado de como o vô Ted era legal quando eles eram novinhos. Eu não consegui acreditar quando ela me disse que eles fizeram isso quando tinham 16 anos! Ah, Deus do céu. Em uma duna de areia em Dorset! E parece que depois que tinha acabado, eles ficaram lá deitados e ele disse que ela era "uma joia mais transparente que a água" e a Nana P me contou que um diamante bom mesmo é bem transparente, tipo, como a água. Ela disse que se sentiu "nas nuvens" e é isso que eu mereço, porque eu sou maravilhosa. Está bom. Mas como a gente pode "se sentir nas nuvens" tendo joelhos gordos? Depois nós comemos um bolo *upside-down* de abacaxi, delicioso, que ela fez porque sabe que é o meu favorito. Ela disse que tinha 122% de certeza de que não iria aumentar a gordura dos joelhos.

CAPÍTULO 25

Oscar

Então, terça-feira, por fim, dignou-se a chegar. Fui escravo da terça-feira por uma semana, ela foi minha senhora. Que senhora cruel. Como ela pôde me provocar assim e frear o tempo de propósito? Os dias esvaíram-se devagar e, como uma tartaruga preguiçosa, zombavam de mim com sua impertinente demora. Toda a vida passou em câmera lenta. Eu estava à beira da melancolia aguda quando, como que por magia, a segunda-feira anunciou o advento glorioso e iminente da terça-feira.

Como se acordadas pelo sino da escola às 16h15, minhas glândulas sudoríparas nas axilas começaram seu ataque, umedecendo primeiro a camisa da escola e depois a camisa de linho branco com plissado na frente que eu tinha vestido no banheiro, onde vesti também a calça xadrez amarela e os sapatos de bico fino que furtei do fundo do guarda-roupa de meu papai. Ao inspecionar a mencionada camisa, reparei que era menos do que branca, na verdade, poderia ser mais precisamente descrita como cinza. Infelizmente, não um arrojado e corajoso cinza. Mais como: "Fui jogada na máquina de lavar roupa com uma descuidada e nova meia preta."

Já foi dito antes, a mais pura verdade, que Mamãe não é especialista em lavar roupa. Todos na família já fomos, em algum momento, vítimas de sua inépcia nesse ato, epítome de suas habilidades femininas. Ah, eu. Eu não tinha opção a não ser marchar em frente vestido em cinza fosco. Não vacilei e confortou-me o fato de que a minha irreprimível perspicácia e meus brilhantes comentários e observações seriam o foco do meu querido Noel, não a minha camisa decepcionante.

Enfiei meu uniforme na mala da escola e passei alguns instantes cuidando da minha higiene pessoal. É a marca de um cavalheiro entrar em cena bem preparado e perfumado. Um generoso jato do desodorante de meu papai ajudaria a estancar o fluxo das axilas e, se não o fizesse, pelo menos, perfumaria a área que ofendia. Passei a água de lavanda da Pamela no pescoço e no rosto e gel para assentar o incontrolável cabelo. Deixei quieto meu queixo, onde tive o prazer de observar um pequeno, mas significante, emblema da minha hirsuta masculinidade. Olhando-me nos espelhos quebrados, eu estava deslumbrante. Infelizmente, tive que vestir o blazer horrível para sair da escola (regra), mas eu sabia que estava bem-vestido.

A jornada para o consultório de Mamãe foi um prazer. Poderia ter demorado muito mais tempo se eu houvesse sido condenado a andar na calçada, mas eu tinha uma passagem para andar nas nuvens. Meu passo era leve, meu transporte, o ar, e minha companheira, a alegria. As batidas do meu coração acelerado ajudaram-me a apressar o passo, a essência de Noel me chamava. O céu estava mais azul, o Sol mais brilhante e as flores, mais coloridas do que nunca. Tudo estava verdejante e fresco. Embora eu seja um homem de porte grande, naquele momento, era apenas uma nuvem sendo levada pela mais doce e suave das brisas. Saltitante, eu deslizava para o meu destino. Para o meu amor. Para Noel.

Mais rápido do que um piscar de olhos, eu estava na clínica. Então, meu coração bateu forte, recusava-se a ficar quieto ou parado. Meu coração queria conectar-se fisicamente ao dele logo e estava tentando fugir de meu peito para achá-lo. Lisa cumprimentou-me com o bastante ofensivo:

– Ah! Aqui está ele. O Gigante Lorde Supereducado que veio trabalhar entre os mortais!

E levou-me para a sala atrás de sua mesa onde ficam os arquivos.

Lisa está cada vez mais estranha. Ela se parece cada vez mais com aquele australiano louco do crocodilo que morreu de uma picada de arraia. Steve Irwin. Sim, Lisa está cada vez mais parecida com ele. Ocorreu-me que uma explicação inconcebível e terrível para sua estranha metamorfose pudesse ser uma tentativa de seduzir Noel e, para isso, tentar parecer-se com os antípodas. Mas, muito rapidamente, desprezei o pensamento. Era horrível demais para ser ponderado.

Com rapidez, ela me mostrou o sistema de arquivos arcaico que usam lá.

Surpreendeu-me muito o fato de ainda usarem anotações feitas à mão daquela forma, mas suspeito que muito disso tenha a ver com a alergia de Mamãe à tecnologia. É positivamente dickensiano, mas pelo menos o meu trabalho era pateticamente fácil. Colocar os arquivos em ordem alfabética. Sim, eu acredito que sou capaz disso. Na verdade, logo percebi que teria de fingir uma lentidão deliberada para não acabar rápido demais. Inventei desculpas o tempo todo para sair da sala dos fundos e poder ver meu amado.

O pior desses médicos da mente é que trabalham em salas com portas muito bem fechadas. Não é permitido entrar durante as "sessões", nem mesmo para oferecer refrescos. Aprendi isso muito cedo com Mamãe quando, ainda um menino de 13 anos, invadi o consultório e me sentei enquanto ela estava no meio de uma consulta. Eu achava que seria ótimo participar e perguntei se o problema daquela pessoa em particular era alguma coisa com a qual eu pudesse contribuir. Aparentemente um ultraje, fui logo levado para fora e mais tarde, em casa, à mesa da cozinha, ouvi um longo discurso sobre comportamentos apropriados. Que tédio.

Assim, para avistar meu amado e permitir que ele deliciasse os olhos ao ver-me, eu deveria aparecer como se surgisse do nada, totalmente por acaso. Deveria ser muito casual. Nada desencoraja mais um potencial amante do que o cheiro do desespero. Para saber quando ele estivesse se aproximando, eu precisava ficar perto de Lisa na recepção. Assim, tive de inventar inúmeras razões para sair e ficar ao lado dela. Pensei em um número infindável de perguntas para fazer a ela, na maioria pedidos práticos e perguntas banais, como:

– Você gosta de trabalhar aqui?

Ou:

– A que horas você começou hoje de manhã?

Ou:

– Seu corte de cabelo é ótimo, prático.

Mas o assunto morria logo. Eu precisava de perguntas que gerassem respostas mais longas, para permanecer ali com ela mais tempo.

Acertei um veio rico quando, por acaso, perguntei-lhe sobre sua obsessão com atividades ao ar livre e seu estilo de vida de sobrevivência. Com certeza, seu vestuário deveria ter sido a pista, mas, por demais distraído, não pensei nisso conscientemente. Assim, depois de passar quase duas horas ouvindo-a falar sem parar sobre os muitos usos de uma rede, a vida das plantas venenosas e os méritos de assar um coelho em um buraco feito na terra como os Maoris, eu estava exausto. Até então, não havia visto Noel, assim, levantei minha bandeira branca e retirei-me para a sala dos fundos.

Eu tinha pouco ou nenhum interesse em arquivar os documentos, no entanto, deu-me algum consolo o conteúdo dos mesmos, muito agradável de ler. Mamãe escreve muito bem. É óbvio que têm a forma de anotações e, como consequência, são muito precisos, mas, apesar disso, agradavelmente expressos em um vibrante e cativante estilo. A julgar pela imensa variedade de supostos "comportamentos" ali descritos, só posso concluir que ela tem uma santa paciência. As pessoas realmente passam dos limites. O que esses jovens acham que estão fazendo quando falam em voz alta sobre "sentirem-se mortos", "odiar o pai" e "quero me cortar"? Pelo amor de Deus, seus bobos, vão dar uma volta. Animem-se! Parem de deprimir minha mãe e gastar o tempo dela com essa lamúria inútil, seus bebês grandes. Se eu fosse o terapeuta, levantar-me-ia e iria até onde vocês estivessem sentados e dar-lhes-ia um merecido sopapo. Com toda a força da minha mão. Que monte de menininhas choronas vocês são. O mínimo que poderiam fazer seria inventar uma doença com o mero mínimo de originalidade. Que desprezíveis maus modos, relegar sua terapeuta ao torpor do esquecimento.

A leitura manteve-me ocupado pela maior parte da próxima hora, quando Lisa surpreendeu-me dizendo em voz alta:

– É isso aí, companheiros! Hora de fechar. Últimos pedidos, por favor. Agora, os iludidos, os equivocados, e os perdidos devem andar em direção as saídas. Seguidos de perto por seus pacientes. Obrigada e boa noite.

Que horror! O dia terminou e nem um minuto foi passado com o meu querido. Terrível, muito terrível! A Mamãe, ao sair de seu consultório sombrio, ofereceu-me uma carona para casa. Relutei no início porque talvez agora, neste último minuto, eu pudesse vislumbrá-lo. Ah! Aquele querido rosto lindo. Talvez, então, uma vez que o trabalho terminara, ele se revelasse e aparecesse junto com outros, também cansado, no final do dia? Será que ele apreciaria um aperitivo revigorante como Dubonnet e uma limonada em minha companhia em uma hospedaria ali perto? Sentir-se-ia ele grato por uma rápida massagem nos ombros? Indaguei a Mamãe, de modo tão casual quanto ousei:

– O Noel não terminou ainda?

Sua resposta foi breve, mas devastadora.

– Ele não trabalha às terças-feiras.

Maldição.

CAPÍTULO 26

Ma

O creme antienvelhecimento que custou tão caro me deu uma bruta alergia no rosto. E a diaba da cachorra está grávida. É a lei de Murphy, não? Enfim, organizei tudo para que ela fosse ao veterinário ser castrada e ele me dá essa notícia. Eu notei que ela estava um pouco mais gordinha, mas estamos todos um pouco mais gordos. Eu estou gorda e não estou grávida. A Dora está mais gorda e não está grávida...

Ah, meu Deus... Por favor, diga que ela não está grávida! Por favor. Com certeza, não está. Ela me diria se estivesse tendo relações... Ela não teria transado sem me dizer, teria? E, por certo, não com aquele menino. Não me lembro do nome dele – Ben? Tom? –, não com ele, por favor. Ele só tem dois centímetros de altura. Por favor, diga que ela não transou com o Pequeno Polegar sem me dizer? Não, eu realmente acho que ela diria. Há precedentes para termos um diálogo aberto sobre o assunto. Nós já nos sentamos e tivemos uma conversa franca sobre sexo e suas consequências, olho no olho, sentadas à mesa da cozinha, quando Dora tinha uns 13 anos. Sem dúvidas. Os canais estão abertos. Sim. Tenho certeza.

De qualquer forma, o problema da Caca é muito mais urgente. As crianças estão maravilhadas e claro que o meu marido acha "bonitinho" a Caca ter a chance de ser mãe. Sim, todos nós adoramos filhotinhos de cachorros, mas que diabos iremos fazer com eles? Quem vai ficar com eles? Quantos serão? O veterinário acha que nascerão em umas seis semanas, que é justo quando Dora faz aniversário. Ótimo. Duas coisas grandes com que me preocupar ao mesmo tempo.

A Dora quer um "baile de aniversário". O que foi que aconteceu com os adolescentes britânicos? É como se todos eles tivessem tomado, ao mesmo tempo, uma droga que os convenceu de que estão em um filme barato de terror americano. Eu não sabia o que era um baile quando tinha a idade dela. Eu não sabia o que era uma festa do pijama. Eu não sabia que pesadelo era Halloween. Por que todos querem usar smoking e vestidos de cetim barato, pentearem-se como se fossem a um concurso de beleza, usar tiaras e fingir que estão nos Estados Unidos? O que aconteceu com a sidra morna e alguns baseados na casa de um amigo seguidos pelos amassos em um lugar escuro?

Isso é que é festa. Paciência. Acho que podemos fazer o baile medonho. Eu disse para ela que vai ser logo depois do "baile de formatura" da escola (toda a escola, óbvio, tomou a mesma coisa que os faz delirar), mas ela me garante que "dã, será tããão diferente". Como?

Por que é que eu tenho a irritante sensação de que vai dar tudo errado quando se trata de festas infantis? Tudo começou quando meus filhos eram pequenos e surgiu uma competição feroz entre todas as mães para ver quem dava as melhores festas. Admito ter sido atraída como uma mariposa para a luz. As fases foram claras. No início, queríamos ter o melhor palhaço ou teatro de fantoches ou contador de histórias. A mãe de Ruby Bond ganhou fácil essa fase quando conseguiu com a BBC um apresentador do programa infantil Blue Peter. Depois, vieram as festas com temas como ecologia e artes. Faça a sua piñata e pinte um prato de cerâmica. Mais uma vez, a mãe de Ruby ganhou, quando conseguiu que todos os pratos fossem envernizados e entregues aos pais com uma caneca com uma foto adorável da aniversariante. Ela que vá para o inferno, eu ainda estava me batendo para encontrar a sacola certa para colocar as prendas.

No final, a mãe de Nell Barlow superou todas nós quando conseguiu um zoológico inteiro de animaizinhos para a festa e as crianças fizeram coisas como abraçar um coala, tocar uma jiboia e um passeio em um burro para finalizar. Além disso, todas as crianças ganharam um documento dizendo que eram os pais adotivos de um bebê orangotango que tinha até nome. Cada criança recebeu o seu bebê. Droga. Foi aí que desisti de fazer festas. Mãe da Nell, você ganhou.

Tenho que parar de pensar em todas essas coisas irritantes e tratar de escrever meu livro. Escolhi o título, Adolescentes: O Manual. Para conseguir escrevê-lo bem, tenho de me lembrar constantemente de que sou boa no que faço. Eu sei que, basicamente, sou. As pessoas me recomendam. Voltam ao meu consultório. Em alguns casos, trabalhei com duas gerações diferentes de uma mesma família, então, devo estar fazendo alguma coisa certa. Estou fazendo um monte de coisas certas. Não se chega aos 49 anos sem perceber claramente se a gente é ou não bem-sucedida. Uma das facetas do meu trabalho é que, depois de um tempo, a gente desenvolve um "sexto sentido". Muitas vezes, consigo detectar a raiz do problema em algumas poucas frases.

É claro que posso estar errada, mas, honestamente, não com muita frequência. Isso pode ter algo a ver com minha crença, fortemente arraigada, de que praticamente todos os problemas de crianças e adolescentes são causados pelos pais. É claro que meu primeiro obstáculo é que os pais não querem ouvir isso, então, para tranquilizá-los, digo que: A. eles foram muito corajosos por terem ido ao consultório; e B. eles não têm culpa. Normalmente, lá pela décima sessão, direi que é culpa deles. Claro que não uso essa palavra. Nenhuma culpa é levantada em meu consultório. Nunca.

Hoje, estou escrevendo um capítulo chamado "O tempo e o relógio biológico do adolescente". Estou tentando explicar parte da difícil neurociência em termos leigos. Tenho lido sobre o cérebro dos adolescentes e, mais uma vez, fico fascinada porque o cérebro adolescente é diferente do adulto em quase todos os sentidos. Não só ainda não está totalmente pronto em termos de desenvolvimento, como, na verdade, parece que algumas funções estão presentes apenas no cérebro deles. Como a ideia da "sincronia do tempo do adolescente", onde as depressões noturnas e os picos diurnos de secreção de melatonina ocorrem duas horas mais tarde do que em adultos. Isso coloca os adolescentes em sua própria estrutura de tempo, duas horas à deriva do resto de nós, sendo esta, portanto, uma possível explicação para as complicadas manhãs de mau humor e a falta de sono à noite. Embora, francamente, nos meus filhos adolescentes, a diferença seja de anos-luz, não apenas duas horas.

Dora fica no Facebook até as duas da madrugada com bastante regularidade. Eu acordo durante a noite e, na hora, sei que ela ainda está lá. É claro que eu não tive esse tipo de coisa quando tinha a idade dela. Tenho certeza de que teria achado fascinante também. Fico feliz que não tenha sido uma opção para mim. Quanto mais penso sobre o tempo que ela dedica às máquinas, mais percebo, com horror, que no fundo a minha fúria contra computadores é alguma coisa parecida com ciúme. Sinto-me deixada de lado. Fora da vida dela. É um absurdo. Não quero ser a amiga dela. Esse é exatamente o conselho que mais dou para meus pacientes. Os pais que desejam ser queridos por seus filhos estão seguindo um caminho que, fatalmente, vai dar errado. Mas... Eu gostaria de ter um relacionamento mais íntimo, poder falar e escutar e, o mais importante, OUVIR.

Sendo bastante honesta, de fato quero que ela me escute de verdade. Afinal, nada do que a Dora diz é algo que eu não tenha ouvido antes de inúmeros adolescentes. Estou dez passos na frente dela, posso prever o resultado. É tão claro. A diferença em nossa família é que ambos, Dora e Oscar, têm acesso a uma mãe que foi treinada para entender os adolescentes e seus problemas e que sabe que o que realmente importa é ouvi-los e dedicar-lhes quantidades saudáveis de atenção, quando apenas ELES têm importância.

Ah! Meu marido está me chamando para almoçar com eles. Eu não quero almoçar, pelo amor de Deus, não quero conversar, quero escrever meu livro. Quando eu vou receber a atenção que mereço? Nunca.

CAPÍTULO 27

Dora

Tive uma conversa muito estranha com a minha mãe. Às vezes, ela não bate bem da cabeça. Ela não deveria ter licença para fazer o trabalho que faz, mesmo, porque, como as pessoas se sentiriam se soubessem que ela é maluca? Ela deveria ser calma e inteligente, mas, eu juro por Deus, às vezes, ela está tão errada. Na maior parte das vezes é porque ela é uma drama *queen*. Tudo é um grande problema para ela. Ela simplesmente não consegue sentar e relaxar. Ela vai ter um ataque do coração ou coisa parecida se não relaxar.

Tudo começou quando ela me disse que a Caca vai ter filhotes. Viva! Eu, o meu pai e o Peter esperamos por isso há oito anos. Não é justo ela ser castrada antes de ter a chance de ter um filhote, um só, para amar e cuidar. Ela não tem o direito de decidir nada, tudo é feito pela minha mãe, e ela nunca pode escolher. Nós escolhemos o nome dela, a coleira, a cama, a comida, quando ela sai ou quando ela fica dentro de casa, tudo. Agora, ela conseguiu fazer alguma coisa por si mesma. Ela foi lá e fez aquilo com um cachorro. Nós não sabemos com qual, pode ter sido o diabo do poodle da loja de doces, o labrador do parque – qualquer um.

Parece que eles fazem isso muito rápido. Quem sabe a gente devesse fazer a mesma coisa. Conhecer um cara em um parque, olhar e decidir bem rapidinho se sim ou se não, dar uma cheirada nas partes íntimas... Não, isso não. E depois simplesmente acasalar. Pronto. Depois, vai embora sem nem olhar para trás. Obrigada. E vamos embora. Muito bom, obrigada. Tchau. Assim, a gente não ficaria com o coração partido e não se sentiria como uma grande e gorda perdedora por causa de um cara como o Sam Tyler, o menor jaburu do mundo. E, dois minutos depois, a gente poderia fazer de novo com o próximo cara que encontrasse no parque, sem ter que gostar dele, nem fazer luzes no cabelo ou depilar a virilha ou tomar um banho ou comprar roupa nova, nada do estilo. Eles não se importariam. A gente não se importaria. A gente só iria lá e faria aquilo. Para ser honesta, é mais honesto.

E já estou tão cansada da minha virgindade. Eu quero deixar de ser virgem logo. Vou fazer 18 anos e ainda sou virgem! Fico com vergonha.

Mas a minha mãe estava falando alguma coisa, tipo, "o que vai acontecer com os filhotes? Onde a Caca vai ter os filhotes? Vamos precisar chamar o veterinário para que ela não morra..." Blá blá. Entrando em pânico. Eu e meu pai dissemos tipo:

– Vai dar tudo certo. Ela vai saber o que fazer por instinto. Vamos fazer um lugarzinho para ela. Podemos pôr um anúncio no jornal do bairro para vender os filhotes.

Mas ela não estava ouvindo e, de repente, sem mais nem menos, ela me pede para sentar à mesa. Isso sempre quer dizer que tem alguma coisa errada quando não é hora da refeição. A gente NUNCA senta à mesa assim, olhando uma para a outra.

Ela fez de conta que a gente estava em uma conversa normal entre mulheres, tipo, como se a gente fizesse isso o tempo todo – não! Aí, não sei de onde veio, de repente, ela disse:

– Você não está grávida, está, Dora?

Assim, sem mais nem menos. Do nada. A Caca está grávida, então, eu devo estar grávida também? Hein? Do que é que ela está falando? Por acaso a gente pega gravidez de cachorras? Em que planeta ela vive? E obrigada por achar que eu sou uma vadia ou coisa parecida e faço aquilo em qualquer lugar e com QUALQUER UM. E obrigada por esfregar no meu nariz, justo quando estou me sentindo 188% virgem, que ninguém quer transar comigo porque eu sou gorda ou coisa parecida. E obrigada por dizer que eu engordei tanto que você acha que eu estou grávida, mãe que só sabe ofender a gente.

Ela me deixa furiosa. Por que ela é minha mãe? Por que eu não tenho uma mãe como a da Lottie, alguém que escuta a gente e não diz coisas estúpidas o tempo todo só para machucar? Por que eu fiquei com a mãe louca? Meu pai levantou e foi embora quando ela falou aquilo.

– Não, mãe que não entende de nada, eu não estou grávida. Vamos pôr um anúncio no jornal para contar para todo mundo? Tipo, "O sr. e a sra. Battle tem o prazer de anunciar que Dora, a filha deles, hoje, não está grávida." Está bem assim?

Ela continuou falando sobre como ela "tem o direito de perguntar" e que "se conversássemos mais, ela sentiria que é parte da minha vida". Não a quero na minha vida e pronto. Imagine só contar coisas para ela. Só vivo com ela porque tenho que viver. Não vejo a hora de ficar longe dela. Eu a odeio, mesmo. É verdade. Eu a odeio.

Olha só o que ela me fez fazer agora. Tenho de comer este pacote inteiro de Jaffa Cakes para me sentir um pouquinho melhor. Então, obrigada, mãe, por acreditar em mim. Talvez, se você parasse de pensar que sou escória, eu conseguisse gostar de mim mesma um pouco mais e, então, eu conseguiria NÃO comer tantos Jaffa Cakes? Desculpe aí, mas quem é a analista agora?

CAPÍTULO 28

Oscar

De fato. Minha é a sorte de ser tão indescritivelmente decepcionado ao longo de toda a vida. Hoje, fui forçado a aceitar o fato inegável de que até mesmo Os Fascinantes podem-se revelar superficiais. Com exceção da minha pessoa, é claro. Espera-se que uma escolha de membros seja sólida, bem julgada, no entanto...

Reunimo-nos na hora de costume perto das árvores. A senha de hoje era "Audrey Hepburn". Hargreaves sabia muito bem quem ela era, mas Wilson começou uma série de transgressões atrozes ao pronunciar o nome dela como "Angela Hopburn". Que belo tolo ele demonstrou ser. Afirmou nunca ter ouvido falar dela. Assim, seguimos com um *briefing* de quinze minutos sobre os muitos atributos da senhorita Hepburn. Hargreaves empregou termos como: "elegante", "pequena", "chique". Prefiro acreditar que fui um pouco mais eloquente ao aludir-me a ela como "chistosa", "impecável", "graciosa". Eu até ousei propor a perversa palavra: "pertinaz". No frigir dos ovos, eu os reduzi a um silêncio respeitoso com "paradigma". Sim, uma vitória apropriada.

Esforçamo-nos para passar por vários outros tópicos, incluindo a retirada necessária de Anton Du Beke da lista dos dez melhores Ícones dos Fascinantes devido à sua recente ofensiva falta de educação e, claro, a questão sempre espinhosa e controversa que é Peter Andre. Na maior parte do tempo, Hargreaves colaborou e contribuiu, ao passo que Wilson foi inadequado demais, revelou-se patético.

Será que o superestimei totalmente? Talvez eu estivesse cego por sua beleza. Se eu fosse caridoso, lembrar-me-ia de que ele ainda está no 9º ano, o que lhe dá dois bons anos a menos do que temos a minha pessoa e Hargreaves. Ele apenas não viveu tanto quanto nós. A absoluta escassez de conhecimentos dignos de Os Fascinantes, nele, deveria ser desculpável, mas o acho cada vez mais cansativo.

Pode muito bem ser que ele simplesmente desvaneça na presença de Noel. Estou sofrendo de Noelitis aguda, disso tenho certeza. Nem mesmo a calorosa tentativa de Hargreaves para levantar meu ânimo com uma interpretação sussurrada de Someone To Watch Over Me, de Gershwin, funcionou. Meu coração permaneceu pesado e inerte. Aproveitei a oportunidade de uma audiência cativa para recitar alguns versos de uma Ode a Noel, na qual tenho trabalhado.

Ah! Meu coração para e
    uma sonolenta tristeza surge.
Minha mente, como
    se veneno de serpente tivesse sorvido
Ou, então, como
se plena calmaria dos enamorados se apossasse
Dois malfadados, e,
    por isso, separados.

É verdade que devo agradecer a Keats, mas tenho certeza de que ele elogiaria minha tentativa. Wilson pareceu-me triste quando li minhas linhas. Talvez ele pressinta que meu coração foi usurpado por Noel. Eu admito. Tenho febre de Noel. Ajude-me, doutor.

CAPÍTULO 29

Dora

Recebi uma carta hoje de manhã. Bom, não é bem uma carta, é uma espécie de cartão com uma hora marcada – ai, meu Deus – para o meu primeiro teste do X Factor em Londres! Isso é, tipo, uhu! É isso aí, menina. Passei na primeira etapa. Cheguei lá. Posso ir atrás do meu sonho e me tornar a próxima Top Singer da Grã Bretanha.

Não posso, de jeito nenhum, contar para os meus pais. Eles simplesmente não vão entender. Ambos são velhos e já desistiram totalmente dos sonhos que tinham. Tudo o que eles fazem é ir para o trabalho. Seja qual for o trabalho deles. Bem, minha mãe faz terapia com adolescentes e famílias e meu pai... Acho que ele tem um trabalho também. Com computadores ou coisa parecida.

Não, eu não vou jogar a minha vida fora e ir trabalhar no mesmo lugar todos os dias da semana e morrer de tédio. Eu não vou. Eu tenho talento e seria muito errado jogar isso fora e não deixar que as outras pessoas me ouvissem. Como eu me sentiria se só fosse para a faculdade, se eu só me formasse, conseguisse um emprego, uma família, um cachorro e uma casa? Seria o mesmo que me matar. A própria morte. Eu quero VIVER. Eu quero cantar, cantar, CANTAR!

"Eu acredito que posso voar. Eu acredito que posso tocar o céu..."

CAPÍTULO 30

Ma

Um dia interessante. Estou me sentindo um pouco irrequieta, mas não infeliz. Um pouco confusa. Nada sério.

No final do dia, concordei em ficar um pouco com Noel para que ele pudesse fazer algumas perguntas. Até agora ele tem sido a sombra perfeita, pois quase nunca está onde eu possa vê-lo e toma muito pouco do meu tempo.

É claro que a experiência de George com Veronica parece ser bem diferente, mas o George está interessado em arranjar tempo para responder qualquer sombra de pergunta e dirimir todas as dúvidas que sua carente protegida possa ter. Hã, hã.

Noel é prático e, para ser franco, mais profissional. Ele está fascinado pelo fato de que estou entre os poucos que ainda fazem anotações à mão durante as consultas. Eu sempre anoto o mínimo possível, pois, caso contrário, perco o contato visual que é essencial e, honestamente, é um pouco rude ficar escrevendo o tempo todo. Mas eu não acho que ninguém se sinta mal por causa dos meus rabiscos ocasionais no bloco em meu velho porta-blocos. Desde que eu faça minhas anotações completas, após cada consulta, não vejo razão para registrar tudo em um computador. Também acho que, ironicamente, as fichas estão mais seguras em sua forma tangível e, arquivadas longe dos olhos das outras pessoas, ficam mais bem guardadas. O computador me parece muito perigoso, de fácil acesso. George diz o tempo todo que senhas e coisas do estilo são bravos protetores, mas eu prefiro continuar com os meus velhos métodos já testados. Até que alguém me prove que estou errada, continuarei assim.

Noel pareceu fascinado com tudo isso quando nos sentamos para conversar. No início, achei que ele poderia não estar me levando a sério, guardando a piadinha para mais tarde, mas, não, ele estava de fato interessado nos meus métodos, o que é impressionante para um jovem de uns 30 anos. Ele prestou atenção e suas subsequentes perguntas foram a prova de que tinha escutado. Acho que ele tem um pouco de medo de mim. George sempre diz que as pessoas me vêm como Jekyll e Hyde do filme O Médico e O Monstro – calma e paciente com meus pacientes, mas rigorosa e ríspida com todas as outras pessoas. Por mim, tudo bem. Totalmente verdadeiro. Perguntem à minha família. Nenhum deles é meu paciente e, assim, tenho certeza de que concordam que a mãe deles é a malvada sra. Hyde. Estagiários com um pouco de medo da gente não é uma coisa ruim, faz com que fiquem alerta. Noel, porém, parecia lutar com muita bravura contra seus receios para saber mais, assim, resolvi ajudá-lo, apesar de ter muito pouco tempo.

Estou completamente atolada em trabalho, fato que descrevia a ele quando muito tímido me perguntou se eu gostaria de continuar a nossa conversa no pub, porque a Lisa parecia estar nos expulsando de nossos próprios consultórios. Nos últimos tempos, ela chacoalha as chaves violentamente e anda para cima e para baixo anunciando o fim do dia de trabalho. Lisa tem se comportado como a diretora de um presídio. O mais desconcertante é que todos nós, de bom grado, assumimos o papel de detentos. Ou melhor, detentos em regime semiaberto, pois não temos permissão de "ficar" em nossos consultórios depois do rígido toque de recolher que ela impôs. Tenho certeza absoluta de que deveria ser o contrário.

De qualquer maneira, não vi nada errado em tomarmos alguma coisa juntos, pois George e Veronica vão sempre ao The Keys depois do trabalho. Ao que parece, menos neste dia.

Noel comprou as bebidas, sidra para mim e cerveja para ele, e sentamos à mesa perto da porta, a única disponível onde tinha bastante vento. No início, ele continuou com suas perguntas sobre vários aspectos do trabalho, bastante interessado. Não tenho dúvida que ele é brilhante e, definitivamente, confia em sua perspectiva de seguir carreira em psicologia. Ele é menos jungiano do que eu, mais kleiniano, mais interpretativo, mas, apesar disso, é inteligente, eu acho. Até mesmo um pouco argumentativo quando estimulado, do que eu gosto. Tivemos uma boa discussão sobre confidencialidade, ele ficou bastante empolgado.

– O fato, Ma, é que se um garoto, na minha frente, por fim se abre e admite que esteja se sentindo suicida, o que devo fazer? Não contar aos pais? E se for algum tipo de atividade criminosa? Não contar aos pais? Nem à polícia? Nem para você? É muito difícil...

Foi muito revigorante. Ótimo. Estava quase na hora de sair quando falamos sobre nossas famílias. Ele ficou espantado ao saber que sou casada há vinte e seis anos. Não mais espantado do que eu, assegurei-lhe. Realmente estou espantada. Vinte e seis anos com um homem. Até mesmo no altar, quando eu, muito feliz, prometia ficar a vida inteira com meu marido, não quis dizer tanto tempo quanto vinte e seis anos. De repente, eu me dei conta de que já passei mais tempo casada do que solteira. Senti ondas ferozes, alarmantes, de degeneração. Já passei mais tempo "presa" do que "solta".

Noel disse que me "admirava" por "ter ficado apesar de tudo". O que ele quis dizer com "apesar de tudo"? Ele não sabe "tudo" sobre mim. Ele não participou de maneira nenhuma de "tudo", mas, apesar disso, eu me senti grata por sua admiração. Ele não tem como saber nada específico sobre mim. De fato estava falando sobre "tudo" de uma maneira geral. Deve ter sido isso que ele quis dizer. Mesmo assim, seu elogio ficou comigo e o estou usando como se fosse meu casaco favorito.

Ainda estou curtindo. Por quê? Talvez porque não me sinta admirada há muito tempo. "Admiração" é uma palavra formal, eu sei, mas me deixou surpresa a rapidez com que me envolveu e como eu fiquei feliz em ouvi-la. É um cara legal, o Noel. É fácil estar com ele, é fácil ensiná-lo. O tempo voou e, antes que eu tivesse a oportunidade de perguntar qualquer coisa sobre a família dele, percebi que tinha passado a hora de pegar Oscar no clube de xadrez. Vou levar bronca durante semanas... Haverá uma absoluta falta de "admiração" nesse departamento.

CAPÍTULO 31

Dora

A Lottie chegou tããão atrasada hoje. Era para ela estar aqui às 18h, mas ela só apareceu lá pelas 21 horas. Eu vi que minha mãe estava toda estressada, mas ela faz aquele jeito de falsa quando a Lotts está aqui, faz de conta que na nossa casa todos podem entrar e sair quando quiserem porque aqui somos muito tranquilos. Uma "casa aberta", como ela diz. Isso é 108% mentira.

Minha mãe odeia quando as pessoas vêm aqui, porque isso quer dizer que ela tem de fingir a noite toda e daí ela fica cansada. Ela até trouxe, aqui no meu quarto, uma bandeja com chocolate quente e crisps. Ela NUNCA faz isso, mas fez de conta que fazia o tempo todo. Faz de conta que ela traz uma bandeja cheia de coisas gostosas o tempo todo porque "ei, sabe, essas crianças estão estudando taaanto para as provas" e tipo "qual é a dessas provas todas, por que ficar avaliando as crianças o tempo todo". Ela diz que é "desumano e cruel" e "inibe", e que crianças deveriam poder ser apenas "crianças" em vez de serem "robôs de fazer prova". Depois, quando as pessoas vão embora, ela volta a ser como era e diz:

– Você já fez teu trabalho de casa? Tem que ser entregue na metade do trimestre. Você já deveria ter feito! Desligue já a televisão!

Ela volta a ser a rainha do estresse. Por que ela não decide quem é e fica daquele jeito?

Mas a Lottie ficou bem feliz com o chocolate quente e, quando eu disse que era tudo uma farsa, ela disse que a mãe dela faz sempre a mesma coisa e não faz mal porque nós ganhamos chocolate quente, VIVA! Achei estranho a Lottie dizer isso da mãe dela porque, todas as vezes que fui lá, sempre achei a mãe dela tão boa gente. Nunca achei que ela estava fingindo, de jeito nenhum. Ela parece ser uma pessoa naturalmente maravilhosa, e eu queria que a minha mãe fosse como ela.

Acho que a Lotts está dizendo isso só para fazer que eu me sinta melhor. Ela é tão querida. Hoje eu disse que ela era minha irmã por parte de outra mãe e ela concordou totalmente. Eu amo a Lotts de verdade. Nós não temos segredo uma para com a outra. Nós contamos tudo uma para a outra. Eu tenho certeza de que, se alguém fosse dar um tiro nela, tipo em um assalto, eu diria para darem um tiro em mim e não nela e eu pularia em cima dela para que ninguém pudesse machucá-la. Ela diz que faria o mesmo por mim. Ela diz que, se um dia eu não puder ter nenê, ela terá um por mim. Cara, é demais! Tipo, ela usaria o útero dela por mim.

Nós tentamos entender como isso funcionaria e parece que ela teria que usar o esperma do meu marido de alguma maneira. Eu disse que não tinha muita certeza de que gostava da ideia e ela disse que não significaria nada, que ela não iria nem olhar para ele ou ficaria bêbada ou coisa parecida e eles prometeriam que não sentiriam nada um pelo outro quando fizessem aquilo e a única coisa de que a gente tinha que se lembrar é que eles estavam fazendo aquilo por mim. Tipo um presente. Não significaria nada para eles, nada, seria apenas por mim.

Eu não sei se gosto da ideia porque eu amaria meu marido e acho que ele se apaixonaria por ela, em especial se estivessem transando o tempo todo, mesmo que fosse só para me dar um nenê. E, depois, quando o nenê nascesse e eu fosse levá-lo para casa, eu teria que olhar para um nenê parecido com ela o tempo todo. É muito estranho, acho que diria não para isso. Mas não contei isso para a Lotts, porque ela só quis ser boazinha.

Ela acha que eu emagreci e ela está certa porque não tenho feito nenhuma refeição, só como salgadinhos, então, acho que agora vou começar a perder peso aos poucos, especialmente no quadril. Reparei que o meu jeans está mais baixo no quadril, como deveria estar, porque é de cintura baixa e quando estou gorda o cós fica embaixo da barriga e a parte gorda cai por cima e machuca. Jeans não deveria machucar. E, de qualquer maneira, ninguém mais usa calça de cintura baixa, é coisa do passado. A Lindsay Lohan tem uma calça azul de cintura alta que é tão maneira! Quero uma igual, vou procurar. Não em Pangbourne, tenho que ir para Reading. Eu e a Lotts poderíamos ir até lá no fim de semana. Meu pai dá o dinheiro e leva a gente até lá. Minha mãe vai dizer que só podemos ir se "merecermos".

Mas talvez fosse melhor não comprar a calça agora, porque é óbvio que vou perder muito mais peso, então, acho que devo esperar e comprar só um pouco antes do teste do X Factor. A calça será nova e eu vou estar magra, perfeito, não? Vou usá-la no teste.

Poxa, eu e a Lotts tivemos de fazer de conta que estávamos fazendo lição de casa, mas eu estava praticando minha música e ela estava fazendo de conta que era a Dannii Minogue e me dizia o que fazer. Ela adora a música da Christina e diz que fica melhor quando eu canto porque a Christina é bonita, mas quando eu canto é mais verdadeiro, porque quando digo, "Eu sou bonita, não importa o que eles dizem", parece verdade porque ninguém pode dizer que Christina não é bonita, mas eles não podem dizer o mesmo de mim.

O que faz com que eu me lembre de que não vou usar óculos no dia do teste. A Lotts diz que os olhos são o que tenho de mais bonito, então, vou mostrá-los. Ela definitivamente vai comigo. Mal posso esperar, mas a gente não pode contar para os nossos pais porque eles vão pirar. De qualquer maneira, tem muito tempo até lá, porque antes tem as provas na escola, o baile de formatura e a minha festa. Eu mudei de ideia sobre a minha festa porque dois bailes de formatura, um depois da outro, pode não ser uma ideia legal, então, vou fazer uma festa de coelhinhas. Todas as meninas vão se vestir tipo como coelhinhas. Vai ser tão incrível. Depois que a Lotts foi embora, eu escrevi para todo mundo no Facebook contando sobre a minha festa de coelhinhas. Não recebi nenhuma resposta ainda, mas tem muito tempo até lá.

Estou tããão cansada. Vou para a cama sonhar com Simon Cowell arregalando os olhos, como ele sempre faz, ao me ouvir cantar pela primeira vez, e dizendo: "Deus meu, Dora. Nunca ouvi alguém cantar tão bem quanto você. Você é o que esse show está procurando. Você vai ser uma estrela, mocinha. E, mocinha, você tem olhos lindos. E, Dora, você é linda, não importa o que os outros dizem."

CAPÍTULO 32

Ma

Estou tão feliz por Dora ter a Lottie. Antes, ela não parecia ter nenhuma amiga de verdade, então apareceu a Charlotte, que enfrentou as terríveis "plastificadas" e apoiou a Dora quando houve uma encrenca tremenda sobre qual dos shows de vampiros da TV americana era o melhor. Todo o 6º ano parou na hora do almoço para o debate incendiário. Dora fazia parte de um grupo de uma só pessoa, até que a atrevida Charlotte assumiu a causa e expôs o caso de Lua Nova contra o gigante rolo compressor de vampiros triunfantes que é True Blood. Mas quando a Lottie também disse que todos concordavam com a supremacia inquestionável do filme Crepúsculo, o bafafá se dissipou com poucos danos colaterais para ambos os lados.

Nenhuma vida foi perdida na ocasião, apesar de muitas terem confessado que morrer com uma mordida de Robert Pattinson seria sempre um final bem-vindo. Acho que entendo... Mas, não sei. Ele é muito feminino para o meu gosto, como se Jude Law, Orlando Bloom e Bela Lugosi tivessem derretido e suas fumaças combinadas tivessem criado uma prole de vampiros delicados.

De qualquer forma, Lottie foi, e ainda é, a defensora de Dora, a única. É tão bonitinho quando ela vem aqui para elas estudarem juntas. Não que elas estudem, mas pelo menos estão juntas e fazem planos, cochicham e dão risadinhas, exatamente como se deve ser aos 17 anos. A Lottie não se parece com uma provável amiga de Dora. Ela é pequena, parece frágil. Uma garota franzina. Quanto ao aspecto físico, ela é o oposto de Dora e as duas, o tempo todo, inutilmente, desejam se parecer uma com a outra. A Lottie quer ser alta e forte e ter a pele linda e os cabelos lisos da Dora. Danificados, mas lisos. A Dora quer ser menor e mais feminina e ter a beleza mestiça, cor de café, da fabulosamente sardenta Lottie. Ela tem o cabelo mais audacioso que já vi, afro-desgrenhado com cachos compactos que disparam em todas as direções como fogos de artifício. Ela o odeia, queixa-se, diz que é incontrolável, e Dora mal pode esperar para pôr as mãos nele e brincar com ele, prendendo-o, fazendo tranças, alisando-o e colocando trinta prendedores brilhantes de cores diferentes em forma de borboleta. Qualquer coisa que a Lottie deixe Dora fazer, no cabelo, minha filha se delicia fazendo. Dora gostaria de ter mais cabelo, Lottie, menos. Lottie sempre usa chapéus extravagantes ou flores grandes de tecido no cabelo, Dora dorme todas as noites sonhando um dia ser tão casualmente exótica.

Se elas fossem flores, Dora seria um girassol amarelo e Lottie, uma orquídea fúcsia. É claro que nenhuma dessas belas adolescentes consegue ver beleza em si mesma, apenas na outra. Por isso, eu sou muito grata pelos elogios generosos de Lottie, é o único tipo que Dora aceita. Fico realmente feliz quando escuto Lottie elogiando Dora. Viva a Lottie e seu prodigioso espírito generoso!

Eu não consigo não fazer, eu sei que Dora fica braba, mas, quando as duas estão juntas, toma conta de mim um desejo de cuidar dessa amizade de uma maneira maternal. Adoro preparar uma bandeja cheia de guloseimas e levar para elas no quarto de Dora. Pamela costumava fazer isso para mim quando eu estava me preparando para a universidade e era muito bom. Acho que estou tentando mostrar um pouco do carinho que recebi naquela época. Não sou totalmente altruísta, é claro. A satisfação que sinto ao fazer isso é enorme e acho que, lá no fundo, eu adoraria se elas me convidassem para dividir tudo isso com elas. Eu não entraria, é claro, mas seria tão bom pensar que Dora pudesse querer que eu...

CAPÍTULO 33

Oscar

A maior parte do dia de hoje foi bastante desagradável. A Boba Dora exibiu a verdadeira dimensão da sua monumental ignorância no café da manhã ao anunciar, com uma confiança imensa, que de agora em diante só comerá alimentos brancos. Ela afirma que fontes seguras a informaram (a revista Heat, eu presumo) que, se nos limitamos a apenas uma cor singular de alimentos, com certeza perderemos peso. Eu sugeri que o azul seria uma escolha mais sábia já que ela ficaria, dessa maneira, restrita a uma dieta de mirtilos, Smarties azul, e os tóxicos picolés Slush Puppies. Pensando melhor, essa é a categoria de alimentos que a Delirante Dora prefere e ela, sem dúvida, comeria até que sua largura, altura e cintura ficassem chocantemente idênticas.

Seria muito bom se ela conseguisse controlar, pelo menos um pouco, seus impulsos, mesmo porque, em algum lugar, embaixo daquela pança e da aparência plastificada, minha irmã esconde algo que se assemelha a beleza. Então, quem sabe um dia a Medonha Dora possa vir a ser a bem-sucedida Sonhadora Dora.

Estou bem ciente de que não sou nenhum David, mas temo que a injusta verdade seja o que importa menos para os homens. Uma estrutura sólida e volumosa como a minha não é vista como sem encantos. Carrega as marcas de status e importância. Sou um homem de porte notável. Correndo o risco de pronunciar-me vaidoso ou arrogante, acho que posso, com certeza, afirmar que sou uma pessoa com significância. Fisicamente, sem dúvida. A Tonta Dora, hoje, parece ser alguém que não se importa. A ironia por demais evidente é que, de fato, ela se preocupa muito com o que os outros pensam dela. Sei que alguns dos rapazes mais gauche da minha escola a acham quase bonita, mas dizem que ela está sempre se desculpando.

Se a Hedionda Dora soubesse de seu potencial, acredito que poderia desabrochar. No entanto, esta última demonstração de loucura não vai ajudá-la. Alimento branco. O que ela quer dizer com isso? Uma dieta de nuvens?

Depois dessa manhã pouco auspiciosa, tive de encarar o fato de que era terça-feira de novo e eu, inevitavelmente, teria de cumprir minha promessa a George e terminar de organizar o arquivo, apesar de saber que não há nenhuma chance de ver o meu querido. Não cumprir meu compromisso alerta-los-ia sobre a minha paixão, então, devo necessariamente estar lá nas inúteis e infrutíferas terças-feiras.

Eu mal conseguia prestar atenção em Lisa, que insistia em tagarelar sem parar, abençoadamente inconsciente de meu crescente desinteresse. Hoje foi uma verborreia particularmente horrível:

– Certo. Veja. Amputação. Parece improvável, mas, suponha, Peter barra Oscar, que uma pessoa fique com um membro preso em um incêndio. Imagine. Aterrorizante. É necessário agir agora. Primeiro! Aplicar um torniquete improvisado usando as roupas. Segundo! Incisões precisas, tomando cuidado com as artérias importantes. Terceiro! O corte correto dos músculos e retração da pele é fundamental para uma boa recuperação. E é bom que seu companheiro se recupere rápido, cara, acredite, para ajudar você a espantar os animais selvagens que, com certeza, estão por perto e atacarão para matar assim que o fogo apagar e eles sentirem o cheiro de sangue.

Todos os pormenores, ao que parece cruciais, foram explicados em detalhes. A ponto de causar náusea, induzir vômito. Senti-me tentado a amarrar as artérias de Lisa e, fazendo uso do que ela me havia ensinado, cortar-lhe a língua. Em vez disso, fui aos poucos andando em direção à porta e por fim entrei na sala dos fundos.

Só faltavam as cinco últimas letras do alfabeto para arquivar, o que quer dizer, por misericórdia, não muitas. Fiquei interessado nas duas gerações da família Vickers, pacientes regulares, com depressão e pouca autoestima no centro de suas várias dificuldades. Os problemas da família Walker mantiveram-me entretido por algum tempo, inclusive um episódio de automutilação com uma faca Stanley. Eu tinha quase acabado meu trabalho quando notei uma pasta na letra "W" fora de lugar. Ao olhar mais de perto, achei interessante o sobrenome ali escrito ser "Wilson". É claro que tive de ler, apesar de Wilson ser um nome bem comum e, assim sendo, muito improvável que essas pessoas fossem parentes do meu Wilson em particular.

O caso era mais do que trágico. Parece que, quando o menino Luke tinha 3 anos, ele e seu pai estavam pescando linguados no mar quando foram pegos por uma maré alta em um banco de areia. O menino, a mando de seu pai, subiu nos ombros dele para ficar fora da água. Na praia, a mãe e o filho mais velho pediram ajuda, mas o irmão mais velho, que tinha 12 anos, não conseguiu esperar e nadou freneticamente até os dois para ajudar. Quando chegou onde o pai e o irmão estavam, descobriu que a perna do pai estava presa no fundo lamacento do oceano e não conseguia ajudá-lo a soltá-la. Nesse meio-tempo, a maré subia muito rápido e começava a passar por cima da cabeça do pai. O irmão mergulhou repetidas vezes para tentar soltar-lhe a perna e, sem sucesso, perdeu a vida nessas tentativas. Quando o barco de resgate chegou, encontrou Luke boiando precariamente nos ombros de seu pai que morrera afogado.

Afoguei-me em lágrimas ao ler essa história tão triste, contada à minha mãe pelo próprio Luke. Como alguém pode se recuperar de tal desastre? Constatei que Mamãe havia sido incrivelmente sábia em sua análise do lastimável sentimento de culpa desse menino. As notas baixas na escola e a total falta de sucesso, que tanto preocupavam a mãe, deviam-se à tragédia. Ele, muitas vezes, previa seu próprio fracasso e assim vivia uma profecia que se autorrealizava. Tinha consultas com Mamãe uma vez por semana e estava tentando, aos poucos, sair dos pesados grilhões da miserável culpa que sentia. Pobre Luke. Meu coração chorava por esse pobre e triste pequeno.

Então, olhei os detalhes de contato no topo da última página do arquivo. A mãe de Luke, que uma vez por mês estava presente nas consultas, Karen, é cozinheira de cantina na minha escola! A mãe de Wilson é cozinheira da cantina na minha escola. LUKE WILSON. Eu nunca soube seu primeiro nome. Os alunos no 9º ano não usam seus primeiros nomes. Luke é Wilson.

CAPÍTULO 34

Dora

Certo, eu TENHO de terminar o meu trabalho de Artes até o final desta semana, então, eu vou fazer uma lista de todas as coisas de que preciso para o baile da escola e para a minha festa antes de começar o trabalho da escola.

Baile de Formatura:

1. Vestido de baile roxo (abaixo do joelho, sem alças, com saia de gaze)
2. Bolsa combinando com o vestido (pequena, mas que caiba o telefone)
3. Sapatos que combinem com o vestido (salto de pelo menos 8,5 cm)
4. Sutiã com aros e sem alças. 36DD
5. Calcinha combinando. Sem aros
6. Aplique da mesma cor do meu cabelo, para enrolar e prender
7. Tiara ou flor ou prendedor de cabelo brilhante
8. Jaqueta curta ou aquela coisa de pele falsa que a gente coloca nos ombros
9. Meia-calça (não precisa, se eu estiver bronzeada)
10. Cílios postiços com purpurina
11. Joias – colar, brincos, anéis (que pareçam caros ou pedir emprestado para a Mãe)
12. Marcar bronzeamento, cabeleireira, manicure completa
13. Alugar limusine ou ver se posso ir com alguém
14. Arranjar uma máquina de fotografia. Só tenho a do meu telefone, que é uma porcaria
15. Carregar e pedir emprestada a vídeo gravadora do pai
16. Arranjar um namorado ou alguém para a noite

Minha festa. 18 Bonanças da Coelhinha:

1. Reservar um salão grande em um hotel
2. Roupa de coelhinha. (roupa comum, sexy, com orelhas de coelho e rabinho)
3. Meia-calça rendada
4. Sapato (salto de pelo menos 10 cm) preto, brilhante
5. Brincos grandes (argolas, mas não cafona)
6. Tiara (escrito ANIVERSARIANTE)
7. Bolo enorme (com uma estátua engraçada que pareça comigo) OU um monte de cupcakes bem coloridos e brilhantes
8. Contratar DJ (não deixar minha mãe fazer isso)
9. Luzes de discoteca
10. Alugar karaokê
11. Alugar uma limusine Hummer para me levar
12. Um monte de cerveja, vodka, coca etc.
13. Copos (com guarda-chuvinhas, cerejas etc.)
14. Crachás com "Dora tem 18 anos" impresso para todo mundo
15. Tentar alugar um conjunto de meninos ou algo do estilo (tipo um antigo como Blue para ficar mais barato?)
16. Arranjar alguém para fazer um filme (com um monte de gente me desejando felicidades e dizendo coisas legais sobre mim. Eu vou ficar surpresa e chorar quando eles passarem o filme – filmar isso também)
17. Organizar comida (oito porções família de Kentucky Fried Chicken?)
18. Arranjar um namorado ou alguém para a noite

CAPÍTULO 35

Ma

Eu vi minha imagem na janela do banco na hora do almoço hoje. Por um minúsculo milésimo de segundo, não reconheci o reflexo. Em primeiro lugar, estava se movendo muito rápido e só vislumbrei por um momento uma forma, como às vezes a gente vê um passarinho voando rápido na direção de um arbusto. Rápido, súbito, como se não estivesse lá. Foi só depois que eu tinha passado e processava o que tinha acabado de ver que percebi que eu estava me movendo bem rápido, na verdade, eu estava andando no mesmo ritmo daquela coisa cinza que tinha acabado de ver na janela do banco. Na vitrine. O reflexo na vitrine. O reflexo.

Então, deveria ser eu.

O choque desta percepção me fez desacelerar o passo até que por fim parei. Bem em frente a uma imobiliária. Eu me virei para olhar de novo, desta vez em uma vitrine diferente, cheia de anúncios de casas para vender pendurados em plástico transparente atrás dos quais ficava um escritório com ávidos e atraentes jovens corretores sentados às escrivaninhas. Eu não estava olhando para eles, estava confirmando minha suspeita de que o reflexo que eu tinha visto era, na verdade, eu. A coisa cinza pálido estava de fato olhando para mim com olhos assustados em um rosto parecido com o meu, mas muito mais velho, mais parecido com o da Pamela. Sem dúvida. Era sem dúvida eu, só que não a pessoa que eu me imaginava ser.

Eu achava que, se alguém olhasse para mim, veria uma mulher acima da média em altura, com um bom corte de cabelo, curto e escuro, estilo francês, um rosto longo com olhos grandes e bem verdes (muito elogiados), um nariz fino e uma boca grande com dentes bonitos. Um rosto que diz que sou inteligente, mas não intimido. Nunca me vangloriei de ser alta, então, não acho que seja aquele "alta e, portanto, mais importante que você" tipo de pessoa, mas sempre achei que minha imagem dissesse às pessoas que assumirei o controle se for preciso, que não sou alguém com quem se deve brincar.

Eu não ando na última moda e é claro que tenho que usar roupas apropriadas para o trabalho, mas, mesmo assim, eu tenho certeza de que tenho bom gosto. Sei como usar roupas simples e clássicas nas tonalidades certas. Uso azul e verde sutis e marrom. Gosto de uma pashmina e, ao contrário de muitas mulheres altas, gosto de usar salto. Adoro joias, o que marca a presença. Colares grandes de âmbar e olho de tigre estão entre meus favoritos. Prefiro meias à calça-meia (principal razão do meu marido me pedir em casamento) e uma caneta-tinteiro a uma esferográfica. Uso perfumes cítricos e frescos, nunca sândalo ou almíscar. Sempre tenho um casaco muito bom pelo qual estou preparada para gastar o salário de um mês a cada dois anos.

Hoje eu estava usando esse casaco bem caro, o que é uma das razões pelas quais fiquei tão chocada ao ver uma mulher de meia-idade, cansada, com um casaco barato, olhando para mim. Um casaco cinza triste que caía mal. Como eu poderia ter entendido tão mal o cinza? Eu pensei que era elegante, misterioso, um rico cinza atemporal para pessoas ricas que têm muito bom gosto. Não é, envelhece, é insípido e fraco. Meu casaco é insuficiente e eu também. Tudo o que sempre tive medo de vir a ser estava lá, olhando para mim. Ao que parece, sou, enquanto, inutilmente, tinha medo de vir a ser. Eu parecia cansada e desesperada. Eu parecia ter sido atacada pela vida. Isso não deveria acontecer nunca, deixe para lá o tão cedo. Em meu reflexo vi roupas de mau gosto vestindo uma mulher. Tenho o tamanho, mas pareço uma mulher de pouca atitude. Como assumi que tinha um pouco de poder? É evidente que sou um desastre.

Por que ninguém me disse isso? Por que meu marido não mostrou nenhum sinal de choque ou horror? Por que a Pamela não me olhou com as sobrancelhas franzidas para me avisar? Será que aconteceu muito devagar, imperceptível, e foi por isso que não vi? Vi o meu rosto se rendendo, mas quando é que toda a minha pessoa desistiu? Eu estou andando neste corpo, acreditando que estou bem respaldada, mas, claro, fui abatida e ninguém me contou. Será que é porque só olho em espelhos pequenos, então, não vi o efeito no corpo inteiro?

Eu estava tão chocada com a visão de mim mesma que, apesar de ter tentado ir embora e escapar do reflexo, eu tinha que voltar para a vitrine, confirmar que o que eu tinha visto era mesmo verdade.

Por fim, um dos jovens e bonitos corretores emergiu da escuridão do outro lado do vidro e sorriu para mim. Ele estava murmurando alguma coisa... O quê? Sorria e acenava. Ah, Deus do céu, ele achou que eu estava olhando para uma das casas nos anúncios na vitrine, quando eu estava olhando para mim mesma. Ele veio até a porta e me convidou para entrar. Eu estava tão surpresa com o que tinha visto e tão envergonhada com o que ele pensou que eu estava olhando, que, por alguma razão inexplicável, entrei humildemente. Quarenta minutos depois, saí de lá com detalhes sobre lindos chalés que estavam, ao que parece, na minha faixa de preço. Meu horário de almoço inteiro foi perdido com um rapaz de quem eu não gostava, olhando para casas que não quero, fingindo ser uma pessoa que não sou. Que diabos está acontecendo? Foram quarenta minutos que não vão mais voltar em uma vida que já está com seis meses de atraso.

Corri de volta à clínica e passei os preciosos poucos minutos que sobravam do meu horário de almoço no banheiro, passando furiosamente mais maquiagem no rosto em uma vã tentativa de estancar o horror.

Fiquei surpresa porque nenhum dos meus pacientes da tarde entrou em estado de choque, então, eu só posso deduzir que estou certa em achar que o declínio tem sido gradual e ninguém quer ser o primeiro a notar. Ou talvez, pior, nenhum deles jamais de fato prestou atenção em mim. Eles me escutam e me ouvem, mas não me veem – será que é isso? Eu me tornei invisível? Será que eu seria mais eficaz como simples áudio? Será que é tão difícil olhar para mim que fica mais fácil olhar através de mim, assim como a gente faz quando está cara a cara com uma pessoa desfigurada? A gente meio que olha além; nos distraímos com a importância do que estamos dizendo em vez de enfrentar a dificuldade de olhar para a pessoa.

Ninguém está olhando para mim, eles não estão me vendo. Eu sou um fantasma.

CAPÍTULO 36

Oscar

Esta semana, ando de mãos dadas com o senhor Arrependimento e sua mãe, a senhora Vergonha. Como eu posso ter sido tão mesquinho com Wilson? Tenho sempre feito críticas inconvenientes. Desci a profundidades desprezíveis de arrogância como quando o destituí de sua posição na presença de Hargreaves.

É verdade que Wilson tem-se revelado um rapazola cansativo, sem dúvida, mas eu não sabia do tamanho de sua tristeza. Um sofrimento que, sem dúvida, devorou sua autoconfiança e alegria de viver. Como ele pode aprender qualquer coisa quando sofre de uma dor tão profunda?

Eu sou um incompetente e desajeitado tolo insensível. Em geral, não sou tão singularmente desprezível, mas, neste caso, fui o mais desagradável infeliz do mundo. Eu deveria ser espancado por freiras violentas e ter os olhos arrancados por pica-paus loucos. Deveria ter o coração arrancado por lobos pardos e agradecer a um lenhador bêbado por arrancar-me os membros com um machado sem corte. Eu sou um detestável babaca traiçoeiro que deveria, no mínimo, ser assassinado agora.

Wilson é um príncipe arrebatador, o mais lindo dos lindinhos. Eu deveria adorá-lo e enchê-lo de presentes no dia dos namorados.

Mas não posso. Estou embriagado por outro. Estou preparado para morrer à mercê dessa paixão gananciosa. Noel. Ele é a chama. Eu sou a mariposa.

CAPÍTULO 37

Dora

Acho que comer só alimentos brancos está dando muito certo. Funciona 120% e tem um monte de coisas deliciosas que eu posso comer. Só nas últimas vinte e quatro horas, comi pão, massa, maionese de ovo, rosquinhas, chocolate branco, milk-shake de baunilha, algodão doce branco, marshmallows, queijo branco, leite, e um monte de outras coisas. O surpreendente é que, quando a gente come, fica com a barriga cheia, tipo não quer comer mais nada até o lanche ou a próxima refeição. Minhas roupas não estão largas ainda, mas tenho certeza de que nos próximos dias os quilos vão começar a sumir. Mal posso esperar.

Até agora, esta é a semana mais chata da minha vida. Todo mundo resmunga sobre as provas o tempo todo, na escola, em casa, em todos os lugares. Fazer revisão, aprender, fazer provas, ir para a escola, estudar. É tudo o que escuto. Eu gostaria de descansar um pouco, tudo bem? Ouvi no rádio que, se a gente parar tipo 15 minutos a cada hora, ajuda a estudar melhor. Então, se a gente estudar seis horas:

15
15
15
15
15
15
____
90 minutos

Eu só acho que é melhor usar esses 90 minutos de uma vez só, logo após o almoço, mas NÃO, parece que é um pecado e um "total mau uso do tempo", de acordo com minha mãe. Por isso, eu fiz um plano de estudos hoje de manhã. Peguei cartolina, canetas com ponta de feltro, purpurina etc., e na hora do lanche eu tinha terminado. Ficou lindo. É uma das melhores coisas que já fiz. Usei canetas com ponta de feltro para fazer a grade e tecidos de cores diferentes para indicar os dias e as matérias.

Depois, peguei algumas das fitas da gaveta onde minha mãe guarda as coisas para fazer pacote de presente e liguei as matérias com as horas de estudo. Fiz portinhas em cima de todas as matérias e, então, aparece uma pequena surpresa quando levanto e vejo – ah, tá bom, hoje de manhã tenho que estudar Teoria da Economia do Lar, que será que tem hoje à tarde? É como um calendário de advento gigante e, no fim de cada sessão de revisão, colei uma caixa de fósforos com uma sugestão de lanchinho dentro (só comida branca, é claro).

Então, digamos que estudei Artes durante quarenta minutos, abro a caixa e, tadá! "Oi Dora! Você merece oito chocolatinhos brancos. Um presentinho por ter estudado tanto." E embaixo de cada dia tem uma espécie de portinha de cartolina que desliza que fiz com fita adesiva e Post-its para eu abrir quando terminar. Lá escrevi coisas do tipo: "Muito bem, Dora! Pode assistir a um episódio de True Blood. Você merece!" Depois, coloquei provérbios e mantras para me animar, tipo:

AQUI, NÃO FAZEMOS COISAS PERFEITAS!

EXAMES SÃO PARA A ESCOLA, NÃO PARA A VIDA!

ESTUDE, SUA PREGUIÇOSA!

Quando terminei, entrei no Facebook para contar para a Lottie e coloquei fotos para todo mundo ver. Ficou tãããão legal. Agora, todo mundo quer um, então, parece que estarei bem ocupada durante o fim de semana. Eu tenho uma ideia bem legal para fazer um para a Lottie. Vou colocar só coisas de pele porque ela adora pele, vai ficar TÃO parecido com ela.

Eu odeio provas. Por que a gente tem que fazer provas? Os professores são hipócritas. Eles dizem para a gente que é importante fazer as matérias porque aparentemente "abrem nossos horizontes", mas olhe para eles! Que foi que eles fizeram? Eles aprenderam a porcaria da Geografia na escola, depois foram para a facu para aprender mais Geografia e agora eles ensinam Geografia para um monte de alunos que odeiam Geografia. Sim, senhor Parker. Abriu os seus horizontes.

E estou cheia de hormônios, por isso é impossível fazer revisões mesmo que eu faça um lanchinho a cada quarenta minutos. E estou com dor nas costas e não enxergo bem e estou com cólica. De qualquer maneira, o relatório da minha avaliação psicológica diz que eu sou uma aluna sinestésica, por isso, não é para os professores me darem notas, eu tenho que fazer mapas mentais. Eu já disse isso para eles, mas, não, eles dizem – continue, Dora, estude um monte.

– EU FARIA SE CONSEGUISSE, SEUS DÉBEIS MENTAIS!

De qualquer maneira, não tenho por que fazer as provas, porque nada do que aprendi, exceto em Música, vai me ajudar. Perguntem para a Leona Lewis quando foi que ela usou o que aprendeu em Estrutura da Língua. Nunca. Se eu passar no teste do X Factor e for para o próximo nível, eles vão ver só...

Quando eu for uma megaestrela, vou até a escola e vou pedir para o diretor para fazer uma reunião com todos os professores. Quando eles estiverem todos lá, sentados com suas xícaras especiais de café e seus biscoitos integrais, eu vou dizer:

– Muito obrigada por me ensinar Matemática, Inglês, Geografia, História, Economia do Lar, Artes e todo o resto, mas sabem o quê? Eu não usei nem uma única palavra do que vocês me ensinaram e sou uma megaestrela e, a cada três minutos, ganho mais dinheiro do que todos vocês juntos em um ano. Estudem ISSO! Tchau!

CAPÍTULO 38

Ma

Hoje foi um dia cheio de surpresas. Sou alérgica a surpresas. Nada me deixa mais aflita do que uma surpresa. É bom que uma surpresa seja uma surpresa, porque eu ficaria muito ansiosa se soubesse da surpresa.

Aliás, o início do dia não foi uma surpresa. O café da manhã, as crianças, o Marido, a Caca – tudo igual. Às vezes, essa familiaridade faz com que eu me sinta segura. Ter certeza de que meu marido irá até o armário da cozinha com a intenção de pegar o cereal integral, mas sucumbirá ao ver pão ou croissant ou, então, o que sobrou do jantar da noite anterior. Se ele consegue controlar sua vontade e escolhe o cereal integral, com o rosto triste, senta-se à mesa e lê o Independent com sua jaqueta no encosto da cadeira. É como se lhe fosse negada a última coisa boa da vida. Mas, se sucumbe à tentação e come o que de fato quer, como uma criança marota que acabou de sair do castigo, ele pula e brinca à nossa volta, faz-nos rir e nos dá beijinhos. Simples e pequenos, prazeres tão fáceis de ter, são as coisas mais importantes na vida para ele. Para mim, ele deveria abandonar todas as tentativas de comer comidas saudáveis e, então, ser feliz, mas, todas as manhãs, ele faz a mesma coisa. Oscar perguntou-lhe uma vez por que ele se incomoda com a escolha de comida mais saudável.

Marido respondeu:

– Bem, como o pai desta família, eu sou o protetor, o provedor, o que põe a comida na mesa.

Não pude evitar, ri quando ele disse isso.

– O que eu sou? Um enfeite? Acho que, se fizer as contas, vai descobrir que eu ajudo bastante, moço...

– Fique quieta, mulher das cavernas ou, com a minha clava, terei que lhe ensinar respeito. Eu sou o homem aqui. Sou o chefe desta caverna e, como tal, é minha obrigação ficar por aqui o máximo de tempo possível.

E começou a pular em volta da mesa imitando um homem das cavernas, mas mais parecia um orangotango do que um Neandertal.

– Eu saio, mato o tigre dente de sabre com as minhas próprias mãos e, ug ug, trago para nós comermos. Vou buscar pedras imensas muito longe e as coloco em volta da nossa casa fazendo um muro para nos proteger dos outros homens das cavernas e dos ataques dos animais selvagens. Ug. Ug. Esta é a minha função, ug ug, eu tenho que comer cereal integral para ficar em forma e viver muito.

Ele já perdeu a forma há muito tempo. Embora, alguns anos atrás, tivesse uma excelente forma física. A paixão por todas as coisas que têm a ver com rúgbi o deixava em forma. Aliás, eu acho que jogadores de rúgbi têm de estar mais em forma, porque eles certamente testam seus corpos tomando litros de Guinness no pub depois de cada jogo. Eles têm que ter uma condição física privilegiada para combater esses efeitos. Ele fez isso com muito sucesso por muitos anos, mas agora tem a aparência de quem toma rios de Guinness. A barriga, as bochechas de buldogue, as coxas grossas que, aliás, complementam a aparência de jogador de rúgbi – o nariz quebrado, o pescoço grosso e a barba implacável que nunca está TOTALMENTE feita, pois, um segundo depois de ele ter feito a barba, ela já está lá sob a pele pronta para sair, tendo a testosterona como combustível.

Ao contrário de muitos de seus companheiros fortões, meu marido é um pequeno milagre porque ainda tem cabelo na cabeça. Montes de cabelo. Cabelo grisalho, espesso, duro, tipo “posso usá-lo para limpar as panelas do jantar”. É um cabelo guerreiro, espartano. Não vai morrer sem antes lutar e matar.

O curioso é que, apesar dessa aparência de ex-jogador de rúgbi, da altura, costas largas, pescoço grosso e nariz meio quebrado, ele não é mais imponente. O tempo passou e, como eu, ele não se tornou nem mais atraente nem menos atraente – apenas de meia-idade. É como se as feições dele tivessem sido roubadas pelos anos, lavadas demais e, depois disso, devolvidas. Ele ainda lembra o homem que conheci só que os traços ficaram mais suaves.

Para o café da manhã, Oscar prefere Coco Pops ou qualquer cereal infantil colorido, seguido por montanhas de pão torrado com muita manteiga e geleia. Mas a geleia tem que ser servida com a colherinha de prata que ele ganhou no batizado. Dora era de fato viciada em Pop Tarts. Durante uns cinco anos ela se recusou a experimentar outra coisa, mas desde que começou a dieta de alimentos brancos também ataca o pão branco. E passa marshmallow branco em cima. Ui! Caca hoje de manhã comeu croissant e pão com geleia e, de sobremesa, Coco Pops. Como eu queria que eles entendessem que a Caca é uma cachorra e não a lata de lixo.

Enfim, depois de uma banana, que é o meu café da manhã favorito, dirigi até a clínica. Meu trabalho nunca é chato, muito pelo contrário, mas, às vezes, a rotina da minha vida – os cafés da manhã, as brigas, as mesmas caras em volta da mesa, o mesmo velho caminho para o trabalho, esquerda, direita, esquerda, segunda à direita, passar pelos mesmos velhos lugares, lojas, escola, campo de críquete, memorial de guerra, deixa-me irritada.

Eu tinha a esperança de que escrever meu livro seria diferente, mas até isso parece ser um exercício de reproduzir a mesma informação com a qual trabalho há anos. Acho que todos nós ficamos um pouco cansados de nós mesmos de vez em quando, não?

ENTÃO, pelo menos foi um pouco diferente chegar à clínica e descobrir que George tinha planejado uma surpresa. Nós iríamos ter uma reunião de apoio à tarde. Nenhum de nós tinha pacientes marcados, assim, George decidira que, como já estava mais quente, faríamos um piquenique no rio e teríamos nossa reunião ao ar livre. Quando me dei conta, eu estava resistindo à ideia com desculpas tão patéticas como:

Não estou usando roupas adequadas.

E se o tempo mudar, nós temos guarda-chuvas?

Um mosquito pode morder um de nós e a mordida pode infeccionar.

Podemos nos cortar com a grama.

Pode ter cobras... ou pior... ratazanas.

A decepção no rosto de Noel e Lisa fez com que eu parasse com a minha chatice e, quando vi o esforço da Jess em preparar um piquenique esplêndido para os colegas de trabalho de seu marido, todo o trabalho que ela teve para fazer toda aquela comida, senti vergonha por ter sequer questionado.

E lá fomos nós, espremidos na perua de George. Fiquei um pouquinho irritada quando entramos no carro porque, sim, eu admito, senti ciúme de Veronica, que sentou na frente com George. Na frente. Onde os pais sentam. George e eu somos os pais, não somos? Então, eu percebi como era absurdo pensar assim, e ficar espremida entre Lisa e Noel no banco de trás não foi tão ruim.

Ah, quero uma pessoa engraçada todos os dias. A gente não consegue não amá-los. Eles nos fazem rir com eles, é impossível resistir. Não me lembro da última vez em que ri tanto. É inebriante. Lembrei-me da frase de JM Barrie que meu pai sempre repetia, mais ou menos assim: "Aqueles que trazem o Sol à vida dos outros não podem mantê-lo longe de si mesmos." Acho que é isso. A Lisa tem o Sol. Ela assumiu o papel de comandante do tanque com suas instruções de navegação em voz alta ao humilde, lento, e cego motorista do tanque, George. Ela nos levou para o local do piquenique lendo o mapa de uma maneira impressionante.

Atravessamos um campo enorme até encontrarmos o lugar que George queria na beira do rio e arrumamos nosso piquenique. Foi diferente e maravilhoso compartilhar conselhos e ouvirmos uns aos outros enquanto bebíamos cava, um vinho frisante espanhol, e comíamos o delicioso pão de tomate com prosciutto da Jess. Eu nunca teria imaginado que uma clínica ao ar livre pudesse funcionar tão bem, mas funcionou. Ainda bem que George não me incluiu no planejamento da surpresa porque eu certamente teria tentado fazê-lo mudar de ideia.

Surpreendentemente, eu gostei até da Veronica, quando ela mostrou vulnerabilidade e admitiu falta de confiança em sua análise de uma família em especial. Ao explicar o caso, notei que ela respeitou a confidencialidade, meu pesadelo particular. O sigilo profissional tem que ser mantido, em particular em uma comunidade de uma cidade pequena como a nossa. A maioria das pessoas se conhece, podemos perder a confiança de nossos pacientes de maneira muito fácil, basta um descuido. Veronica entende isso e agiu de acordo. Eu até gostei da análise que fez – astuta, usa metáforas líricas e literárias para ajudar a esclarecer uma teoria difícil. É criativa, merece o crédito, mas ainda está dando em cima de George, o que é cansativo, em especial quando ele está, literalmente, dirigindo.

Depois de mais ou menos uma hora, terminamos a reunião e ficamos só conversando. Lisa nos deliciou com histórias engraçadas de sua família maluca em Brighton, e Noel nos contou como ganhava dinheiro extra trabalhando como guia de turismo na Nova Zelândia, onde levava um monte de fãs do Senhor dos Anéis para visitar os diversos lugares onde o filme foi filmado.

– Eu fiquei cansado de levá-los aos mesmos lugares, de fazer os mesmos passeios. Às vezes, tinha uma dúzia de jipes tipo hobbit na mesma estrada e todos gritavam ao mesmo tempo. Acabaram com a fantasia. No final, eu os levava aonde eu queria e inventava histórias sobre as filmagens. Histórias melhores do que as reais! Fiquei muito bom nisso. Inventei personagens fictícios, tipo, inventei alguns nomes para animar as coisas um pouco. Às vezes, eu mudava e confundia as palavras, só para me divertir, como "Boromuff, Rei das Trevas", "O Mágico Gandarse" e "Sam Ganga". Uma vez, cheguei a inventar um personagem inteiro e, dei-lhe um nome, "Quim", ninguém questionou. Aqueles babacas me pediram para descrever Quim, como era a voz dele... E por aí afora.

Eu ri tanto com isso que comecei a resfolegar de uma maneira não muito atraente. As pessoas dizem que de tanto rir a barriga da gente dói e é verdade, minha barriga doía e eu implorava por misericórdia. Foi divertido, estimulante.

Eu costumava rir muito. Meu marido me fazia rir o tempo todo. Eu acho que ele ainda conseguiria. Se tentasse. Acho que parou de tentar. Por que será?

Bem, de qualquer forma, ninguém ali estava tentando, simplesmente eram engraçados. A melhor surpresa de todas foi ver como é fácil relaxar quando a gente não está se sentindo nem velha nem invisível. Foi maravilhoso, de fato maravilhoso.

CAPÍTULO 39

Oscar

No fim de semana, em geral, fico contente com a minha companhia. Quase sempre estou exausto por causa dos trabalhos acadêmicos. Os trabalhos em si não demandam muito, acho o nível da minha escola ridiculamente baixo, mas a quantidade de trabalhos de casa é grande e, muitas vezes, preciso de quatro horas todas as noites.

Não sou um sujeito que pretenda desperdiçar a vida em busca da loucura hedonista, MAS, às vezes, devemos nos permitir a oportunidade de relaxar. A vida não é só cerveja e jogos, eu sei, mas um lazer saudável deve fazer parte da educação de todos os jovens ingleses. Foi com esse espírito que fiz uma exceção à minha rotina típica de eremita no fim de semana e aceitei o convite para a festa do décimo sexto aniversário de Rowe na casa dele nesse sábado que passou.

O que vestir? Se ao menos eu possuísse o paletó de smoking que tanto anseio... Um blazer bem feito com gola de veludo, de cetim paisley com três botões chineses grandes na frente, quem sabe em um rico verde floresta, a cor de um cavalheiro. Ah, seria o ideal. Mas, por enquanto, tenho de me contentar com o velho pijama do papai que personalizei. Resolve o problema, mas deixa muito a desejar. Já comuniquei a meus pais, repetidas vezes, que um paletó de smoking de boa qualidade seria o presente que prefiro a qualquer item insignificante como I-phone, I-jogos, I-não-quero-isso. Será que meu aniversário trará a alegria de um paletó de smoking como presente? Quem sabe.

Por enquanto, tenho de contentar-me com o pijama personalizado e a calça de seda que são a minha marca em todos os festivos eventos sociais. Nessa ocasião, em particular, completei o traje com um dos lenços de Mamãe em volta do qual enrolei um colar de pérolas e correntes e, audaciosamente, pendurei sobre o esterno. De vez em quando, até eu fico impressionado com a minha criatividade.

Essa foi definitivamente uma dessas vezes. Havia algo de um decadente devasso em mim quando saí. Rowe mora em um condomínio em volta de um campo de golfe. A localização faz com que pareça mais chique do que realmente é. Para mim, parece que a propriedade inteira faz um esforço desesperado para impressionar os iludidos. Uma alegre dança social que leva todos a lugar nenhum. Mas Rowe não é responsável pelas aspirações equivocadas de seus pais que, irremediavelmente, pertencem à classe média baixa, assim como eu não sou responsável pelos meus. Os meus, pelo menos, demonstram um mínimo de bom gosto e não vivem além de suas posses, um atributo que admiro muito em ambos. São honestos e enfadonhos, mas não pretendem ser outra coisa, o que é louvável, e temos um acordo mútuo sobre a minha inexorável necessidade de brilhar da minha própria maneira, o que é esplêndido.

Ao me deixar na casa de Rowe, Papai, como se estivesse contando uma piada, falou sobre drogas, álcool etc., o que, apesar de totalmente desnecessário, é muito simpático. Os pais de Rowe, puro bom senso, decidiram não confiar em Rowe como anfitrião de uma festa sem estarem presentes e, acampados no jardim, acenavam com vida para cada convidado que chegava. Rowe, muito envergonhado, puxou a cortina, deixando a sala na penumbra, o que instigou sexo no mesmo instante e, como a festa já estava em pleno andamento quando cheguei, às 21h, a tensão sexual era palpável.

A maioria dos rapazes de St Thomas tem muito medo de confrontar o prospecto de seres vivos do sexo feminino. Estão sempre prontos a falar sobre as inúmeras conquistas que dizem terem feito, e acreditam nas histórias que lhes são contadas, mas, quando a companhia feminina é genuína, são irremediavelmente incompetentes. Tenho muito pouco respeito por todos eles. Nenhum deles poderia seduzir uma menina ou cortejá-la com desenvoltura. Será que nenhum deles jamais passou uma preguiçosa tarde de sábado assistindo a Breakfast at Tiffany's ou Brief Encounter ou Pillow Talk?

Infelizmente, parece que não são necessárias técnicas para cortejar, uma vez que a espécie feminina presente na maioria desse tipo medonho de evento vai com muita pressa aos finalmentes. Antes das cortinas se encontrarem no meio, as meninas já tinham atacado suas presas como formigas, a geleia. Sem dúvida, a manobra delas tinha sido muito bem planejada, pois suas táticas foram muito eficientes. Impotentes, os rapazes não conseguiam resistir e, na maioria das vezes, sentavam-se e com alegria recebiam a atenção que não mereciam.

Estou muito decepcionado com essas hereges. Elas ensinam os rapazes idiotas que nenhum esforço é necessário. Assim, eles continuam a se comportar como grosseiros imbecis, como o tipo que se deve evitar a qualquer custo.

Bem, nada disso me diz respeito, apenas observo com crescente desgosto a orgia definitivamente romanesca que acontece debaixo do meu nariz. Decidi me retirar e sentei no balanço no jardim para refletir sobre a escassez de orgulho dos jovens de hoje e apreciar o pôr do Sol. Os pais de Rowe acenaram freneticamente para mim e acenei de volta, mas respeitamos a divisão de fronteiras e nenhum de nós se aproximou.

O que aconteceu depois não deveria ter me chocado tanto quanto me chocou. Uma a uma, as meninas mais atraentes e populares saíram para o jardim. Parece que se cansam com muita facilidade desses divertimentos licenciosos. Não é de admirar. Não há emoção sem perseguição, sem conquista. É muito fácil para elas e, portanto, sem graça. Os rapazes são infelizes passivos submissos. Assim sendo, capturá-los não traz satisfação, melhor seria celebrar a captura de uma lesma. Não é difícil. Entediadas, saíram para o jardim à procura de algo mais desafiador e, francamente, menos deselegante, assim, zumbiam à minha volta como abelhas em uma flor exótica. Algo em minha nítida falta de interesse por elas as atraía. Eu fui a sereia que as atraiu para as pedras com seu canto. Eu, certamente, sou as pedras, pois não tenho nada para lhes oferecer, exceto minha inebriante sagacidade. Sem se deixarem abater por meu ardil perigoso, elas vieram para mim de livre e espontânea vontade.

Confesso que um dos meus grandes prazeres é ter uma audiência interessada. Essas meninas não estavam apenas interessadas, estavam famintas e, com um apetite devorador, imploravam por um minúsculo fragmento de diversão. Meu discurso franco e livre foi música para seus ouvidos e elas começaram a cacofonia do cricricri das risadinhas sempre que eu pronunciava o mais vago de meus ditos espirituosos. Mais do que tudo, elas adoram fofocas maliciosas, e eu sei muitas e conto com prazer.

Eu não estava totalmente imune aos encantos delas, pois eram bonecas tão deslumbrantes quanto se pode desejar. Fale com essas meninas sobre as maravilhas da passarela e elas vão responder com muitas dicas suculentas sobre moda e beleza. Discutimos incontáveis trivialidades como os últimos delineadores e acessórios, o mérito do cinto largo e condenamos os inventores dos modeladores à vida eterna no purgatório.

Foi uma troca generosa de amabilidades e frou-frou que culminou em um debate intenso sobre a quem jurávamos fidelidade: ao Time de Andre ou ao

Time de Price? Que alegria. Todas ficaram surpresas com a profundidade absoluta do meu conhecimento enciclopédico sobre o grandioso Peter Andre. Pedi a todas as traidoras que voltassem para o Time de Andre e deixassem Price, a sua cruel e inconstante amante. Devemos negá-la, rejeitá-la, desprezá-la! Ela é a goblin que é o braço direito de Beelzebub e não pode triunfar. Só sobre o meu cadáver, mas mesmo assim sem dúvida lindo corpo.

Assim, as meninas e eu conversamos agradavelmente por horas, enquanto a Lua refletia em seus cabelos lavados e brilhantes. O exército de rapazes rejeitados nos olhava de longe com inveja, frustrados. Depois de várias horas, e completamente exauridos de tanto tagarelar, começamos a pensar em ir para casa.

Foi então que, no crepúsculo da noite, no jardim, eu fui firmemente puxado para um arbusto e, de repente, fui o objeto de várias tentativas de unir bocas com duas das mais lindas donzelas. Nunca foi meu estilo ser rude, assim, submeti-me a quarenta frenéticos minutos de abraços fervorosos, furiosas mordidas de amor e um completo trabalho de língua. Tudo muito quente, sôfrego. Eu achei irritantes as mãozinhas delas agarrando e arrancando minha roupa, mas não foi de todo desagradável.

Felizmente, tudo ficou sob controle e, assim, o meu desinteresse permaneceu dentro da minha calça. Eu odiaria que essas damas deliciosas achassem que não tenho bons modos ou que sou ingrato. É só que, ah, meu querido, elas simplesmente não são a areia da minha praia. E receio que não possam sequer segurar uma vela para o meu amado. Eu não poderia juntar-me a elas no caminho para Shangri-La porque estou usando um mapa bastante diferente para chegar lá. Sigo a rota cênica que será mais traiçoeira e mais demorada, mas, meu querido, serei amplamente recompensado por minha labuta no dia em que tiver em meus braços o meu querido Noel. Ele é meu único paraíso, estou absorvido por ele por completo. Há aqueles que vão dizer que estou procurando a Lua no céu ao meio-dia, mas eu de fato acredito que só serei completamente feliz quando estiver sob os cuidados dele e ele sob os meus.

Nesse meio-tempo, suspeito que terei que aguentar várias atenções não solicitadas de damas como essas. Hoje, estou com a boca sensível de tanto beijar e, por isso, vou descansar e deixar os lábios de molho no leite, ao qual acho que vou adicionar um pouco de chocolate em pó para que fique mais tolerável. Rezo para que um dia eu tenha os lábios inchados por causa dos vigorosos e implorados beijos do meu primeiro e único. Estremeço só de pensar.

CAPÍTULO 40

Dora

Ainda virgem.

Meu grande exame prático de Tec. dos Alimentos é na semana que vem e, surpresa, surpresa, minha mãe comprou o livro-texto e pôs na minha cama, assim, não tenho mais "desculpa" para não estudar. Tudo bem, entendi, obrigada. Eu não sou uma idiota total. Eu sei que tenho coisas para estudar. É por isso que estou em licença de estudo, mãe. É a porcaria da minha vida, por que ela não dá um tempo? Ela está lá embaixo nesse minuto e acha que estou estudando. Tá bom.

Bom, eu estava pensando sobre o meu aniversário, tipo em tudo de que preciso para a festa. Fui informada pelos sovinas dos meus pais que é muito caro alugar um salão em um hotel. A Mãe diz que vai custar tipo umas 514 libras, mais uns 30 por pessoa para a comida. Eu já DISSE para levar KFC, mas, aparentemente, o hotel não deixa a gente fazer isso por algum motivo bobo. Então, agora, parece que temos de usar o salão de cima no pub que meu pai sempre vai. É tããão grotesco, mas é melhor do que nada.

Outras coisas que não dá para fazer é a limusine Hummer (muito cara), o filme com tudo sobre mim (parece que é errado pedir para as pessoas fazerem isso antes da hora...) e a banda The Boy (também muito cara). O resto dá e meu pai está vendo alguns preços e já reservou o salão. Também tem alguma grande confusão sobre bebida, porque algumas das pessoas que eu convidei têm menos de 18 anos e não têm autorização para beber. Mas, tipo, eles fazem as outras pessoas comprarem garrafas de sidra no mesmo pub e bebem nos bancos ali do lado de fora todo sábado à noite. E isso é o quê?

Estive pensando sobre os meus 18 anos. Meu pai me deu um folheto com tudo o que vou poder fazer, mas é meio confuso, tipo:

Eu posso: votar – Tá. Mas, e eu quero? Não acredito em política porque os políticos são todos uns mentirosos que pegam o dinheiro da gente para comprar coisas, tipo, castelos. Será que eu tenho que votar? Talvez seja contra a lei não votar, vou perguntar para minha mãe. Se não for contra a lei, não vou votar.

Eu posso: casar – Tá bom. Com quem? E onde? E quando? E quem me quer? E por quê? E para quê? Eu acho que nunca vou me casar. Eu provavelmente vou a um monte de casamentos dos meus amigos e vou chorar e vou ficar sozinha até ser bem velha, tipo meus 37 anos, quando um trouxa sem dentes vai me pedir em casamento porque seremos os únicos dois que sobraram e eu vou dizer sim porque a solidão vai ter me comido por dentro e só terá sobrado metade de mim. Ótimo. "Lá vem a noiva toda gorda, e o noivo vem atrás de cueca e tamanco. Até que enfim, até que enfim, achei um trouxa que gosta de mim."

Eu posso: entrar para as forças armadas com o consentimento dos pais – Mas, e daí, levar um tiro? Muito obrigada, rainha e primeiro--ministro, por me enviarem para o Alfeganistão para sofrer e morrer sem nenhuma razão. Eu sei que os soldados ficam bem maneiros em uniformes, mas isso não chega.

Eu posso: comprar cigarros e bebida – Mas já faço isso há três anos. Para dizer a verdade, eu odeio cigarro, mas eu compro para as outras meninas da escola porque eu definitivamente sou a que parece mais velha. Veja, eu acho que um bebê consegue comprar cigarro na loja da esquina – eles vendem para qualquer um. Fumar é nojento. A Lottie fuma e, às vezes, o hálito dela fica bem ruinzinho. E deixa os dentes amarelos. Ui... Mas eu aaamo beber e vou beber um monte, especialmente no dia do meu aniversário. Eu vou ficar tão bêbada, vai ser muito legal. Karen Burton ficou tão bêbada no aniversário dela que parece que um dos olhos dela pulou para fora. Tão nojento, mas talvez eu só fique bêbada o suficiente para cantar na frente de todo mundo a minha música da Christina. Isso seria legal.

Eu posso: abrir uma conta no banco sem a assinatura dos pais – E colocar o que lá? Já tenho uma conta e me meti em encrenca duas vezes porque passei do limite. E tive que pagar tudo! É tão injusto, como é que eu ia saber quanto dinheiro tinha lá, pelo amor de Deus. Vou abrir uma conta nova, mas só quando eu receber o meu primeiro pagamento pelo meu primeiro disco. Vou pôr o dinheiro lá e dizer para todo mundo: "Ei, vamos tomar champagneyy e comer um monte daquelas comidas chiques bem pequenininhas! Tudo por minha conta, queridinhos!" Vai ser um grande dia. E será em breve.

Eu posso: mudar meu nome – Essa é a primeira coisa realmente boa. Eu não vou passar a vida inteira sendo chamada de Dora Battle. Não, queridinhos, não vai acontecer. Eu sempre quis um nome bem sofisticado tipo Susan ou Terri escrito assim com um i no final. É isso aí. Terri Trent. Algo tipo um sobrenome curto e rápido, com a mesma primeira letra do nome. "Oi, eu sou Terri Trent. E sou uma cantora." É isso aí. Meu autógrafo seria tipo,

Terri Trent

Terri Trent

Terri Trent

Eu posso: ser chamada para fazer parte de um júri – Mas, por quê? Seria bom ouvir todos os mínimos detalhes de um assassinato ou algo assim, mas eu não iria prestar atenção se crianças tivessem sido machucadas. Eu me recusaria a prestar atenção. Bom, a gente fica em um hotel, eu acho, e deve ter um serviço de quarto bem legal. E, às vezes, tem uns caras bem massa lá e dá para mandar bilhetinho para eles quando a gente ficar de saco cheio. Isso seria tão incrível. Especialmente se a gente estivesse no mesmo hotel. Bem legal. Eu quero um pouco dessa coisa de ser júri...

Eu posso: comprar uma casa – Mas, por quê? Tenho tudo o que eu quero em casa. Exceto que minha mãe está lá. E, de qualquer maneira, eu não vou nem ficar muito em casa porque uma cantora viaja um monte e tem os shows e dorme em vários lugares, não é? Não preciso de uma casa.

Eu posso: processar e ser processada – Mas eu não quero ser processada, quero? Assim, eu deixo essa passar, porque eu não sei bem o que quer dizer. A gente não processa alguém que está fazendo uma coisa totalmente errada com a gente ou diz que a gente é muito baixinha ou coisa parecida? Não tenho certeza. Vou perguntar para o Pai.

Eu posso: fazer um testamento – Mas, por quê? Eu ainda não estou morta, estou? E todo mundo pode pegar o que quiser para se lembrar de mim. É só entrar no meu quarto e pegar o que quiser para se lembrar das coisas legais que fizemos juntos. Tenho certeza de que a Lottie vai pegar o meu iPod e as caixas. O Peter vai pegar todas as minhas roupas e cortar e costurar em suas próprias roupas. A mãe... Não acho que ela vai querer nada meu. Ela tem fotos de mim bebê, que é quando ela mais gostava de mim. Definitivamente, depois disso eu fui uma decepção total para ela. Talvez ela queira a minha caixa com as minhas insígnias de escoteira e meus certificados de natação. Assim, ela pode se lembrar de que eu fui boa em algumas coisas. A Caca talvez queira meu edredom. Tem meu cheiro. Um monte. A Caca não se importa, ela adora me cheirar. Dela é quem eu mais vou sentir falta quando morrer. E é quem mais vai sentir a minha falta, porque ela é quem eu mais amo, mais do que todos na família, depois da Nana Pamela. Meu pai vai chorar um tempão. Ele é assim.

Eu posso: fazer uma aposta – Mas alguém tem que me explicar como funciona, porque eu não sei. O que é "50-50"? O que é "cada curso"? O cavalo corre nos dois sentidos? O que é vinte para um? É o time ou a raça? Eu não entendo nada, mas gostaria de fazer isso. Meu pai pode me explicar.

Eu posso: comprar fogos de artifício – Legal! Eu não sabia disso. Vou comprar fogos para a minha festa. Aqueles para queimar dentro de casa. Vai ser um final de festa incrível. Não vou contar para ninguém, vou lá comprar e pronto. Uma surpresa. Viva!

Ah, meu Deus, os passos de elefante da minha mãe na escada, livros, rápido, tenho que parecer ocupada. Por que ela não ME DEIXA EM PAZ?

CAPÍTULO 41

Ma

Depois do meu pânico sobre uma possível gravidez da Dora, percebi que era hora de levá-la para ver a enfermeira para que aprendesse maneiras decentes de anticoncepção. Aos gritos, ela me diz que ainda é virgem, mas eu não tenho a menor ideia do que ela anda fazendo durante a atual falta total de comunicação. Ela só fala em grunhidos monossilábicos e bufa sem me olhar nos olhos. Assim sendo, toda a informação que trocamos é em forma de recados. Se falados, são breves, precisos, e dão algum tipo de instrução. Por exemplo, quando ela quer a mesada, estende a mão ao meu lado, olhando para longe, e diz:

– Mesada... por favor... agora.

Ou

– Xampu... preciso.

Ou

– A Caca está passando mal atrás da porta da cozinha. Faça alguma coisa.

Os recados escritos são em geral deixados em Post-its na geladeira ou ao lado do telefone. Mais uma vez, a informação é concisa e direta. Um Post-it em particular me incentivava: "Deixe-me em paz, sua astrochata!"

Encantador. Não temos nenhum tipo de conversa corriqueira, não há diálogo. Às vezes, quando tem outras pessoas em casa, amigos ou conhecidos, ela, com certa falsidade, comporta-se de maneira a aliviar a tensão e ser sociável. A Dora está presa em um limbo não invejável, entre seus próprios interesses e o que ela sabe que é socialmente aceitável. É a clássica turbulência – as lutas de um indivíduo muito emotivo contra a sociedade convencional – chamada "Sturm und Drang". Nós, a família, somos simplesmente obstáculos nos quais a tempestade tem que bater para que possa se acalmar.

Eu sei que essa é a psicologia relevante, mas, para ser franca, que diabos está errado com ela? Lamento que ela esteja passando por tanta coisa, mas eu deixei bem claro que entendo o processo, por dois motivos:

1. É meu trabalho, como analista, entender.
2. Eu já fui adolescente.

Sei o que está acontecendo e ela também saberia se deixasse a fúria de lado por alguns instantes e percebesse que eu estou certa. Se ela parasse de ser tão desagradável, se me escutasse e seguisse o meu conselho, poderia passar por cima da pior parte desta crise turbulenta da adolescência. Eu posso dar-lhe dicas sobre como evitar tudo isso. Pelo amor de Deus, ela tem todos os recursos de que precisa embaixo do nariz dela, em casa.

Eu sei que ela não é a mais brilhante academicamente falando e, para ser honesta, não me importo com isso, mas eu achava que Dora tinha o bom senso da autopreservação, então, por que ela não vem em direção à luz, em direção a mim? Eu não posso forçá-la. Tudo o que posso fazer é organizar a periferia do caos em que ela se encontra.

Foi o que fiz hoje, marquei uma consulta para ela com a enfermeira sobre o sexo. A enfermeira do sexo. Ah, Deus, minha filha vai ter ou já está tendo relações sexuais. Eu tive relações e a consequência foi a filha, que agora está pronta para o sexo. Mas, para mim, ela só tem 12 anos. Perdi toda a noção de tempo com a Dora. Inacreditável, ela vai fazer DEZOITO ANOS daqui a pouquinho. A verdade é que eu transei pela primeira vez aos 16 anos, mas não vou contar isso para ela...

Acho que é apenas natural que eu pense nessas coisas no dia em que vou fazer um exame de mama e um teste de citologia. Entro em pânico com essas coisas. Sempre marco para bem cedo porque assim quando acordo não tenho muito tempo para ficar temendo o terrível. Já passei por isso muitas vezes. Conheço a rotina. Sei que não mata. Então, por que fico gelada só de pensar nisso? Tremo da cabeça aos pés. Não consigo esconder, não importa quanto eu tente. Eu já me ouvi dizendo, "ui, está tão frio aqui dentro" para tentar explicar a minha tremedeira patética. A enfermeira, em sua débil tentativa de me consolar, sempre concorda que está frio, mas ela é a mesma bruxa sádica que está prestes a colocar meus seios naquela prensa e penetrar meu bumbum assustado com um "alargador de porta-malas", enquanto fala sobre os problemas do governo local e o progresso da passarela na saída onze da M4. É sobre isso que ela fala enquanto me viola e, é claro, eu participo e mantenho a conversa o mais interessante possível para minimizar o horror de tudo aquilo.

De vez em quando, durante o exame humilhante, ela me pede para "relaxar". Eu concordo. Eu deveria relaxar, sim. Ajudaria, sim. Mas como posso relaxar quando estou prestes a ser penetrada por uma mulher que, de outra maneira, só encontro às vezes perambulando pelo corredor de biscoitos no supermercado Sainsbury, onde trocamos gentilezas e tentamos ignorar o fato de que ela sempre espia dentro de mim e vê áreas privadas do meu corpo que nem eu mesma vejo? Eu sempre imagino ver gritos de horror sob a máscara de afabilidade que ela usa no Sainsbury. É como se olhar para mim a fizesse lembrar-se já das minhas regiões baixas. As minhas são piores ou melhores do que as outras? Será que ela, fugazmente, pensa: "Ah, lá está a mulher que tem um bumbum adorável, saudável e todo inteirinho?" Ou será que ela pensa: "Ah, lá está aquela velha que tem uma monstruosa xoxota mutante, aquela de quem tirei as fotos que enviei para as revistas médicas como exemplo de uma aberração desequilibrada", ou talvez ela apenas distribua as fotos em joviais jantares de enfermeiras. Qual dos dois?

Sim, senhora Enfermeira de Mulheres, eu ADORARIA relaxar, mas não consigo, porque eu tenho que ficar tensa o tempo todo para o caso de você quebrar nosso contrato ginecológico e ir longe demais. Você pode me perfurar ou me beliscar, ou me cortar enquanto está cavando de modo todo desajeitado no meu cano de escape. Se isso acontecer, eu tenho que estar pronta para reagir como uma mola, tensa o suficiente para expulsar você agora com o superpoder dos músculos de aço da minha vulva, catapultando você para trás como um míssil, e fazer você ir bater no pôster colorido de doenças transmissíveis na sua parede. É por isso que eu não vou "relaxar"... O.k.?

Até que hoje não foi tão ruim. A máquina de ultrassom de mama não me mordeu tão forte. A sra. "Enfermeira com o Pé no Pedal" decide quanto vai apertar a braçadeira que deixa o peito fininho. Hoje foi "fino como uma omelete", ao passo que, nas outras vezes, quando ela estava particularmente irritada, eu juro que ela definiu "fino como um crepe".

Quaisquer que sejam os horrores desses exames, não são nada comparados à preocupação da espera dos resultados. O único momento feliz é quando a carta que se estatela no capacho da porta da frente com o resultado nega todas as acusações. Lembro-me de um resultado que anunciou "mudanças sutis nas células". Fiquei desesperada até o exame seguinte, cujo resultado indicou que tudo, felizmente, estava de volta ao normal. Desde então, de fato, fiquei mais ansiosa, admito.

Ao chegar em casa, informei a senhorita Dora, via Post-it na porta do quarto dela, que ela tem uma hora marcada com a enfermeira do sexo. Eu vou dormir melhor se souber que ela sabe tudo sobre anticoncepção.

Parei na casa da Pamela a caminho de casa. Foi só uma visita, sem nenhuma razão em particular. Quando abriu a porta, ela me cumprimentou com o mesmo carinho de sempre e fomos para a sala de estar, que é cheia de coisas. Ela estava assistindo a Emmerdale como de costume, mas desligou a TV e colocou a chaleira no fogo.

– Por que você não ligou para dizer que estava vindo, Ma? Eu teria feito um bolo de beterraba para você comer com o chá, sua tolinha.

Pamela tinha razão, eu deveria ter avisado. Entre todos os bolos que ela faz, esse é o meu favorito. Ela o faz para mim há anos. Eu adoro esse bolo.

Assim, comemos biscoitos digestivos com o chá. Contei-lhe sobre o meu dia e, como sempre, ela demonstrou empatia. Esses momentos suaves com minha mãe, quando ela não está brigando comigo, são tão bons, por que não arranjo mais tempo para isso? Por mais que discordemos, e muitas vezes discordamos, ela ainda tem um efeito calmante sobre mim. Ela ainda me faz crescer. Serei sempre a filha, não importa a idade. Acho que esqueço quanto eu preciso disso porque estou sempre correndo, tentando organizar o caos turbulento que é a vida de quatro pessoas.

Sim, ela é gentil e boa e generosa, MAS ela interfere demais. Justo quando eu estava adorando o confortável prazer de ser a filha, ela estragou tudo quando deixou meus problemas de lado e falou da Dora.

– Sabe, amor, não quero interferir, mas estou preocupada com ela, de verdade. Acho que ela está sentindo um... distanciamento de você e, assim solta, acho que ela fica muito vulnerável. Você não acha? Ela precisa se sentir mais... ancorada, essa é a palavra certa. Caso contrário, ela vai ficar à deriva. Mesmo, Ma. Para sempre. E nós não queremos isso, queremos? Pense sobre isso, amor, eu só estou com... medo... que ela esteja indo na direção errada. Só isso. Mais um biscoito?

Que metida! Em primeiro lugar, os sentimentos de Dora são típicos de sua idade e, em segundo lugar, ela não está correndo nenhum "perigo". Será que, por acaso, ALGUÉM da minha família se lembra de que eu sou uma PSICÓLOGA INFANTIL TREINADA? Se alguém sabe como lidar com essas dificuldades do desenvolvimento, sou EU. Eu seria a primeira a notar se algo estivesse muito errado com a minha própria filha. Como eu disse para a Mãe, Dora está passando por uma fase clássica de perplexidade que ocorre quando um adolescente tenta se separar e ainda é muito imaturo. Ela está vivendo em uma bolha de autoconfiança perfurada apenas por sua confusão. Ela e eu estamos envolvidas em uma dança muito complexa. Mãe, você não consegue entender... Não é uma valsa.

No final, fiquei tão irritada com ela que tomei o chá, arranjei uma desculpa e fui embora. Por que ela não deixou as coisas como estavam? Eu estava curtindo tanto o nosso raro momento íntimo e, de repente, do nada, ela sequestrou meu momento para falar sobre algo que ela não entende. Por que ela não me deixa em paz e CAI FORA?

CAPÍTULO 42

Dora

Que falta de consideração marcar uma porcaria de uma hora para uma porcaria de uma coisa sobre sexo com uma porcaria de uma enfermeira, quando eu nem sequer tenho uma porcaria de um namorado e ainda sou uma porcaria de uma virgem? É brabo, hein? Tá... Por que você, tipo, não me dá um soco no rosto, mãe, sua astrochata!

De qualquer jeito, eu não vou. Não é ela que diz que eu tenho de me concentrar na porcaria dos meus exames? Então, me deixe fazer isso. Eu não preciso disso agora.

MÃE, DEIXE-ME EM PAZ. DÁ O FORA!

QUARENTA E TRÊS

CAPÍTULO 43

Oscar

Com cuidado, muito cuidado, pega-se o macaco. Felizmente, fui educado de maneira a não me arrepender da artimanha que fiz para ganhar o meu prêmio.

A Mamãe diz há meses que ela acha que eu preciso de terapia para "analisar" minha afinidade com Oscar Wilde. E ela fala muito, blá-blá-blá, iaque iaque. Esse jargão inútil que ela usa não poderia me impressionar menos, MAS, eis que nasce uma oportunidade dessas asneiras. Admiti que talvez eu precisasse de alguma orientação e que concordo, sob a condição de meu terapeuta não ser o eminente George, como ela sugere, mas, sim, o eminentemente mais adequado Noel. Eu disse a ela que em idade estamos mais próximos e não compartilhamos nenhuma história. Reivindiquei, assim, minha preferência.

Mamãe, abençoada seja, não desconfia das minhas intenções nem dos meus desejos e, portanto, de boa vontade concordou. Eu não poderia ser um infame mais esperto se tentasse e, para ser franco, não tento. Simplesmente sou. O mágico dos mágicos, minha querida. Observe enquanto desapareço, por que não?

Assim, minha própria mãe, sem saber, é a arquiteta do meu destino. Ela até me forneceu um relato muito positivo das proezas dele no mundo de fato incerto da análise de adolescentes. Ela acha que ele tem "potencial". Ela acha que ele é "arrojado" e "de vanguarda". Eu tenho toda a intenção de confiar em seu pensamento de vanguarda e, arrojadamente, mostrar a ele todo o panorama do meu próprio potencial...

A consulta é daqui a dois dias. Perfeito. Nesse ínterim, pretendo hidratar a pele sem parar até atingir o brilho radiante de que vou precisar para cegá-lo com meus encantos irresistíveis. Tenho certeza absoluta de que meus encantos são irresistíveis, mas estou com a pele um pouco seca no momento, com manchas aqui e ali que indicam uma variedade de eczema escamoso. Não tenho dúvidas de que, na hora marcada, na quinta-feira, estarei com a pele muito bem hidratada.

É com muito prazer que anuncio que meu quarto é agora o escolhido santuário da Caca, que fica maior a cada dia. Por que alguém duvidaria que ela escolhesse a minha à companhia dos outros, consideravelmente inferiores, desta família? Fica muito claro para todos que eu sou o óbvio protetor dela, sou o lorde Magnânimo. Que Caca tenha reconhecido isso não é uma surpresa para mim. É com imenso deleite que a hospedo em seu confinamento. Ela se apropriou da minha gaveta de meias, que agora fica sempre aberta e é uma espécie de ninho, onde ela se instalou entre as várias meias, suspensórios, cinta-ligas e outros itens de roupa íntima. Exceto por uma visita ocasional ao jardim para cuidar de sua higiene, espero que ela ali permaneça até o feliz acontecimento.

Vou ser pai. Que emocionante.

CAPÍTULO 44

Ma

Estou em choque.

O que foi que aconteceu?

Aconteceu alguma coisa mesmo ou sou apenas uma imbecil idiota na menopausa? Não sei. Tudo o que sei é que me sinto totalmente perdida. Tremendo. Estou tremendo. Não estou nem respirando direito... Preciso me acalmar. Calma.

Gosto tanto desse pequeno escritório. Gosto de poder me esconder aqui. Preciso de sossego enquanto penso. Vamos lá, Ma, pense. Não é engraçado como, quando a gente de fato precisa pensar em alguma coisa, começa a reparar nos detalhes das coisas pequenas e sem importância? Eu acho que é para evitar que a gente pense sobre aquela coisa importantíssima, que consumirá e comandará toda a nossa atenção e que está bem na nossa frente. Mas olhamos através dela para a prateleira atrás dela, onde achamos tudo muito interessante.

Assim, olho para este escritório e vejo que, para dizer a verdade, acabei ficando com ele só para mim. Ocupei uns noventa por cento do espaço com meus livros de pesquisa e todo o resto da minha bagunça. Acabei pegando o escritório de meu marido que, só agora me dou conta, ficou com um cantinho onde valentemente amontoou tudo o que é dele. O computador está no canto dele. É ele que usa. E as crianças também. Eu odeio o computador. Na verdade, tenho inveja dele. Invejo o tempo que ele rouba de nós como família. Reparo que está meio coberto de poeira – a tela, o teclado. E tem uma espécie de arco-íris refletindo na tela preta. De onde vem vindo isso? A luz deve vir de algum lugar... Algo tipo um prisma? A cortina está aberta, mas não tem muita luz. Está nublado hoje. Não tem nenhum raio direto de Sol. Hum... Será que a tela é feita de mercúrio? Alguma coisa reage à luz dessa maneira. Eu gosto muito dessa cortina. Nós a trouxemos da nossa última casa. Lá, ficava na cozinha. Talvez seja mais o tipo que a gente coloca na cozinha e não no escritório. Rosas vermelhas em um fundo azul claro. Bem retrô. Bem tipo os temas florais de Cath Kidston. Mas, não. Por outro lado, muito feminina. Para o escritório de uma mulher. Veja só, eu estava marcando o território desde o primeiro dia, não estava? Ah! O anjinho de madeira que a Dora fez quando estava na Coombes Infants School. Todo ano, eles faziam os anjinhos para colocar na árvore de Natal. Era para ela pintar o nome dela, como sempre, mas, naquele ano, ela pintou um trêmulo "Mamãe". Ela insistiu, disse a professora. Nenhuma outra criança fez isso, só ela. Ela devia ter uns... 6 anos? Eu fiquei profunda e descontroladamente emocionada e chorei demais. A Dora ficou com medo que eu estivesse braba. Eu não estava braba. Eu estava surpresa por ver como fiquei emocionada. Do coração pequeno dela para o meu coração grande. Uma linha direta. Não está mais lá. Não tem nenhuma linha direta hoje. Nenhuma. Meus livros estão tão desorganizados, tenho que arrumá-los, não consigo ler os títulos. Tem teorias de psicologia, estudos de casos, famosas autobiografias de grandes escritores que eu sempre ganho no Natal e nunca tenho tempo de ler, o livro novo da Annie Proulx, Andrea Levy, Lionel Shriver e Marian Keyesyy. Um livro de citações, um Atlas imenso, e o que é aquilo lá no fundo? Embrulhado? Ah, meu Deus! É uma cópia que ainda não foi aberta do livro horrível sobre sexo da Madonna. Nunca olhei para ele. Meu marido disse que eu deveria guardá-lo embrulhado no papel, pois valeria alguma coisa um dia. Eu queria olhar o corpo nu dela. Mas, não. Tem aquele desenho lindo em tinta, estilo Aubrey Beardsley, feito pelo Peter aos 9 anos. Extraordinário. Peter foi uma talentosa criança precoce. Uma boa cadeira de escritório. O Marido achou no eBay e comprou por causa da minha dor nas costas. Um futon vermelho. Deus do céu. Não uso isso desde que... Bem, nunca usei. A Caca gosta. Tem pelo dela. Cheiro dela. Mas ela não o está usando agora. Dorme no quarto do Oscar, na gaveta das meias esperando... Deus do céu! Os filhotes vão nascer logo. Como é que vai ser isso? Será um caos...

PARE COM ISSO, MA!

Vamos lá.

Pense.

Que foi que aconteceu?

Como foi que aconteceu?

Volte e analise tudo...

Certo. Tomei café da manhã. Normal. Fui para o trabalho como sempre. Mesmo trajeto de sempre. Esquerda, direita, esquerda, segunda à direita. As mesmas lojas de sempre, a mesma velha escola, o campo de críquete, o memorial. Nada diferente até aí. Tudo familiar, a vida de sempre. Parei o carro, entrei na clínica, disse "oi" para a Lisa. Ela me mostrou que estava usando um cinto com coldre onde, em vez de um revólver, carregava o celular. Até agora, tudo normal, muito normal. O carro era o carro que conheço, a Lisa era a Lisa que conheço e eu, a Ma que conheço.

Noel entrou no meu consultório e nós analisamos os casos que ele atenderia durante o dia. Normal. No fim da reunião, ele me explicou que o analista dele se aposentara fazia pouco tempo e me perguntou se eu poderia fazer a terapia supervisionada com ele. Eu sei que todos os terapeutas devem continuar suas terapias pessoais, especialmente os que têm menos experiência, para dizer a verdade, nós encorajamos isso. Sua dedicação me deixou emocionada e, sim, fiquei orgulhosa por ele ter pedido para mim. Não temos nenhum parentesco, ele já está na metade do estágio e provou ser um profissional dedicado. Não existe um protocolo que me proíba de fazer algumas sessões supervisionadas com ele. É totalmente válido, completamente legítimo. Não é comum fazer terapia com um analista na clínica onde trabalhamos, mas de fato já foi feito. De novo, normal. Depois de uma olhada rápida no horário das consultas, pedi a Lisa que bloqueasse a última hora do dia. Normal. Meus pacientes. Normal. Bem, eles não são bem normais, mas é normal estarmos juntos lá. Almocei. Normal. Encontrei uma sardinha no meu sanduíche de atum da loja de sanduíches. Não normal. Revoltante, mas nada de tão sério. Pacientes à tarde. Relativamente normal.

Final da tarde, hora da sessão com Noel.

Ele entrou e sentou.

Ele parecia alto demais para a cadeira. Levantou a calça nos joelhos para ficar mais confortável quando sentou, notei que não usava meias. Tornozelos bronzeados. No começo, rotina. Eu não falei muito, apenas o convidei a falar sobre o que ele achava que precisava falar. Ele me explicou que a maior parte do que tinha feito na terapia até agora se baseava na exploração da perda severa que sofrera na infância. Sua mãe havia morrido e seu pai não conseguiu dar conta e, por isso, entregou-o à avó materna. Era filho único. A avó não era cruel, mas era emocionalmente fria, sempre tinha sido. Era bem idosa e enferma, ou seja, não muito divertido. Desviou o olhar quando me contou como se sentia abandonado. E responsável. Responsável pela avó, responsável pela morte da mãe, responsável pela inaptidão do pai. Um monte de culpa mal direcionada.

Ele parecia ter investigado tudo com muito cuidado, como um terapeuta kleiniano, e falou sobre aprender a não se culpar. Ele também falou que tinha consciência de sua propensão para elogiar as mulheres e ser genuinamente inspirado por algumas mulheres, mas menos, ou quase nunca, por homens.

Fiquei interessada ao reparar que ele reconheceu que há homens notáveis, mas, é possível, por causa da inevitável ausência de sua mãe, ele critica menos as mulheres e chega a elogiá-las patologicamente.

Isso tudo me deixou fascinada, pois, como trabalho quase só com adolescentes, pouquissímas vezes me deparo com complexos de idolatria dessa natureza. Então, eu me lembrei que ele tinha me dito que me "admirava" e sugeri que poderia estar relacionado ao que ele havia dito. Ele ficou muito quieto e, por um longo minuto, com a cabeça baixa, não disse nada. Eu achei que ele estava analisando a sessão e tudo o que tínhamos acabado de discutir.

Então, ele levantou a cabeça, suspirou, e começou:

O amanhecer foi como maçã-verde,
O céu, como vinho verde sob a luz do Sol,
A Lua, uma pétala dourada entre os dois.

Ela abriu os olhos verdes que
Brilharam claros, como flores desfeitas.
Pela primeira vez, ali, pela primeira vez, os vi.

E, ficou em pé olhando para mim, segurando o meu olhar. Desafiando--me a desviar o olhar. Nenhum de nós falou. Eu me senti como se tivesse sido levada para fora da minha vida. O que estava acontecendo? Eu não tinha ferramentas, nem um equipamento, nem uma ideia de como lidar com aquele momento. Então, ele disse:

– DH Lawrence. É verdade, Ma. Desde a primeira vez...

E saiu. Deixou-me sentada sozinha com aquilo pairando no ar. Eu estava imóvel, mas minha mente efervescia. Eu tentei rebobinar na minha cabeça e ver tudo de novo para entender. O quê? O QUÊ? Eu me senti como se tivesse levado um soco. Depois, eu me senti como se quisesse, logo, levar outro soco. Volte e me dê outro soco para que eu possa tentar entender. O que ele quis dizer? Os meus olhos verdes?

Quantos minutos passaram? Três ou, quem sabe, trezentos, antes de Lisa bater na porta para me colocar para fora. Então, de alguma forma, fui para casa. Era como se eu fosse a estrela de um filme sobre mim mesma em um idioma estrangeiro. Era tudo tão chocante e estranho. Talvez a minha vida de agora em diante tenha legendas e seja sempre incompreensível.

Uma vez em casa, vim para cá, meu refúgio, para sentar e olhar. Então, estou aqui.

Minha família está lá fora, na minha casa. Será que tudo está diferente?

E agora?

CAPÍTULO 45

Dora

Só comi merengues e feijão-brancoyy. Ainda estou gorda.

Vou ficar horas no Facebook hoje à noite.

Eu sei que tenho que estudar, mas, poxa, não é minha culpa se minha mãe me levou para ver a enfermeira justo antes das provas. Foi tão incrível. Eu tenho de falar sobre isso.

Na ida, minha mãe não falou nem uma palavra e, lá, ela não entrou comigo porque eu não quis e ficou emburrada lá fora. Eu não sabia que eram tantas as opções. A enfermeira me mostrou TUDO. Ela foi muito boa gente e é supernovinha. Foi bem legal, porque ela falou comigo como se eu fosse uma adulta. Rimos um monte porque eu, bem boba, fiz confusão... Ela me disse que iria explicar tudo sobre controle de natalidade e eu disse que não precisava disso. Ela me perguntou como não. E eu disse que não estava controlando nenhuma natalidade. Então, ela explicou que "controle de natalidade" é só outra maneira de dizer anticoncepção e nós duas concordamos que é um nome bobo.

De qualquer maneira, ela colocou tudo na mesa. Puxa vida! Tem uma proteção para pôr no bumbum (imensa), a pílula (engorda), preservativo (balão velho), preservativo para mulheres (saco de lixo), diafragma (capacete para skatista anão), planejamento familiar natural (calendário e termômetro – precisa de matemática), injeção (uma injeção de verdade com agulha e tudo), implante (microchip), SIU/DIU (um anzol de metal bem pequenininho que põem lá dentro da gente – ai!), laqueadura (cortar as trompas).

Tudo meio grotesco, menos a pílula, que é só um comprimido. Eu disse que era o que eu queria, doze pacotes, por favor, e ela disse que, como eu não estou transando agora, eu deveria ir para casa e pensar sobre as minha opções. Ela foi bem legal. Ela disse que não tinha transado antes dos 20 anos e que eu não deveria deixar ninguém me convencer a fazer nada. Ela parecia a Nana Pamela.

Depois, ela me disse que, não importa o método que escolhesse, eu deveria usar sempre o preservativo, porque os meninos podem transmitir doenças. Deus, os meninos podem ser bem nojentos de vez em quando. Depois, ela abriu um pacote de preservativos e nós praticamos colocar um em uma banana. Foi hilariante. Ela é muito boa nisso, deve ter muita experiência. Não como uma prostituta ou coisa parecida, mas ela de fato sabe como colocar o preservativo em uma banana.

Ela ficou meio séria quando falou sobre as coisas ruins, tipo menstruações difíceis, engordar, dor de cabeça, seios doloridos, dor, enjoo, coágulos, ficar machucada, bumbum dolorido, dor e mais dor. Além de tudo isso, nenhuma das alternativas é 110% segura e a gente ainda pode pegar herpes. Que porcaria. Ela me perguntou, porque eu tinha dito que queria a pílula, se eu sou o tipo de pessoa que se lembraria de tomar a pílula todos os dias na mesma hora. Eu disse que sim e foi quando ouvi minha mãe tossir lá fora, é óbvio que ela estava ouvindo tudo! Que vergonha. Eu fiquei muito braba com ela no carro, quando a gente estava voltando para casa, e ela disse que não era culpa dela se as paredes eram feitas de papelão naquela clínica e dava para escutar tudo. Tá bom. Faz de conta que eu vou voltar lá – não!

Vai ser tão legal no Facebook, eu já disse para todos os meus amigos olharem meu status que vou atualizar em uns quinze minutos. STATUS: DONA DE 20 PRESERVATIVOS NOVOS. Ela me deu vinte! Acho que vou convidar a Lottie para vir aqui em casa e abrir alguns (nunca com os dentes, ela me disse isso bem claro, e nunca com uma tesoura...) para praticar. Vai ser tão engraçado, porque minha mãe come uma banana todo dia no café da manhã e vai comer aquela em que nós pusemos o preservativo. Vai ser gozado. Mas ela merece, por ser a mais metida de todas as mães metidas.

Nós quase não nos falamos quando voltávamos para casa. Aliás, a gente quase não se fala mais. Ela me odeia. E eu a odeio. Bom, pelo menos é igual. Ela me fez duas perguntas que não têm nada a ver. Honestamente. Ela me perguntou se eu sabia como o Peter ficou com todos aqueles chupões no pescoço e um no rosto. Eu disse: sem comentários. A outra foi sarcástica.

Ela me perguntou se eu sabia que as minhas provas serão na semana que vem. É lógico, mãe mentalmente perturbada, que eu SEI.

PORCARIA! PORCARIA!! PORCARIA!!!

Minhas provas são semana que vem!!!!

CAPÍTULO 46

Ma

Várias vezes, hoje, eu me esqueci completamente de respirar. Ainda bem que, o puro hábito faz com que meu corpo se lembre de todas as funções essenciais, caso contrário, tenho certeza de que não estaria andando, falando, trabalhando ou fazendo qualquer outra coisa. Todos os meus relógios internos pararam, estou em um hiato no tempo, mas, apesar disso, pareço continuar. Ninguém notou, eu acho. Todos se comportam da mesma maneira comigo. Como se todos os meus circuitos não tivessem sido reconectados. Como se eu fosse a mesma Ma de antes de tudo acontecer. Não sou. Estou diferente, estou mudada, acordada. Eu acordei. Estou bem acordada.

Tenho visto ele todos os dias, mas não sozinho. Ele não tem escrúpulos e me olha nos olhos. Nós conversamos sobre o que tem que ser conversado, mas, sem dúvida, há alguma coisa que não é dita. Eu me sinto como se houvesse algo novo em mim que só ele consegue ver. Talvez eu esteja me vendo refletida nele, como... não sei... mais do que eu era.

E eu o vejo completamente diferente. Bem, eu o vejo. Gosto de suas camisas brancas bem passadas, gosto da pulseira de couro do relógio, dos ombros largos, das pernas fortes, dos sulcos em forma de meia-lua no canto da boca, tão acostumados a se desdobrarem em um sorriso, o que acontece o tempo todo. E o sorriso... Por que ninguém mais vê? Por que ninguém nota como brilha o mundo quando ele sorri? Por que não os deixa cegos? Ilumina a sala. Ilumina-me.

E, com vergonha, tenho terminado várias consultas mais cedo na esperança de passar um minuto perto dele na cozinha, na sala de espera, em qualquer lugar. Nem uma palavra foi dita. Mesmo assim, muito é dito. Eu estou totalmente ciente de sua presença o dia todo. Estou sintonizada nele. Sei em qual consultório ele está, escuto o pé dele pisando no chão em frente à porta do meu consultório, estou ciente de onde quer que ele esteja e sinto que tenho que ir para lá.

Não posso dizer nada disso para ele ainda. Não devo, pois não tenho certeza de que não estou enlouquecendo ou de que tudo não seja fruto da minha imaginação. Será que essa é uma brincadeira cruel que a menopausa está fazendo comigo? Será que todos os meus sentidos me desertaram e no lugar deles tenho só um poema da Elizabeth Barrett Browning como minha única referência emocional? Será que as palavras de cartões melosos de amor são minha única medida?

Ficarei fora de mim até nossa próxima consulta, em alguns dias. Talvez, então, eu tenha algumas respostas e possa entender o que hoje é incompreensível. E totalmente intoxicante.

Eu queria não estar esperando tanto por isso. Eu queria ser mais sensata, mais racional. Não sou nem um nem outro. Deus do céu, estou atordoada.

CAPÍTULO 47

Oscar

Hoje foi o Dia! Hoje, ninguém é mais feliz do que eu. Sabendo que às 16h30 eu teria o meu momento maravilhoso, o resto do dia decidiu não suplantá-lo e permaneceu sem brilho. A escola foi somente a escola, odiosa, monótona e funcional. Recebi mais uma penalidade por causa do uniforme quando me recusei a usar um colete desagradável com uma horrível etiqueta imensa com o "número da equipe" a que eu pertencia.

É uma grande desonra, para mim e para meus colegas párias, sermos forçados a tomar parte nesse ritual sem graça toda vez que temos aula de Educação Física. Somos um grupo de nobres contestadores conscientes de que, por direito, deveríamos ser justamente santificados por nossa coragem ao desafiarmos os nazistas do mal que dirigem o departamento de Educação Física. Em vez disso, somos repreendidos e envergonhados em público ao ter de correr em círculos sem sentido usando coletes ofensivamente deselegantes.

Eu não sou e nunca serei um número. Sou maravilhoso e encantador e nunca hão de diminuir-me com jogos infantis.

Seguiu-se um almoço medonho no refeitório medonho onde a única coisa de que se tem certeza é que o almoço, por ordem da cozinha, tem de ser medonho. Eu não conseguia distinguir entre a carne e os legumes na porção desleixada, tão asquerosa era a comida. O único momento estimulante foi quando Wilson passou rapidamente, com um bando de meninos barulhentos do 9º ano, e deixou cair um bilhete em meu colo. Que interessante... Eu li.

"Eu também sou encantador. Por que você não vê?"

Como eu suspeitava e era de se esperar, Wilson, evidentemente, está apaixonado por mim. Eu tenho de admitir que ele não é desagradável por inteiro e, agora que sei sobre seu passado trágico, sinto-me atraído pelo pequeno tão torturado pela constante dor. Há aqueles que o consideram um maricas e um covarde. Eu não. Eu sei que ele é o sobrevivente de uma imensa dor e pesar. Apesar de pequeno e delicado em estatura, ele tem um coração de leão. Um coração de leão clandestino. Eu gostaria de poder retribuir seus avanços, mas seria cruel incentivá-lo. Ele sabe que o meu coração está prometido para outro e, assim, deve aceitar seu destino como o único no banco de reservas. Nesse trono, ele é, sem dúvida, o príncipe... Mas há um rei que aguarda a minha atenção...

15h28. 15h29. 15h30... Onde está o sino infernal? Por que não toca para me libertar do tormento que é uma aula dupla de Química com o velho e chato Cooper? 15h31. Um minuto que se disfarçou em uma hora e... por fim soou. O curto e claro repique de um sino para anunciar o nascimento da minha felicidade.

A rápida sessão de preparação, exatamente a mesma roupa de antes, alguns passos rápidos e eu estava na clínica às 16h20. Dei uma breve espiada em Mamãe, que escoltava um "adolescente problemático". Ela foi breve comigo e disse que talvez precisasse encurtar minha hora com Noel por causa de algum encontro obscuro com ele. Eu, logo, coloquei-a em seu lugar e garanti a ela que não iria, sob qualquer pretexto, seguir uma sugestão tão monstruosa, pois minha necessidade de terapia era extrema e eu tinha direito à minha hora completa. Sabiamente, ela concordou.

Eu tomei um gole grande de peppermint e sentei na cadeira do lado de fora do consultório dele. Ocorreu-me que esses eram os meus momentos finais. Os últimos minutos da minha vida ANTES de Noel. Muito em breve eu estaria me referindo a agora como "antes". "Antes" de estarmos juntos, "antes" de nos conhecermos, "antes" de sabermos que nossos futuros seriam atados. Vamos rir e chamar de "naquela época" estes tempos. Aqui é agora e agora é nada comparado à maravilha que será em uma questão de minutos. O batente da porta é o portal para o meu paraíso. Uma vez que eu o atravesse, duvido que volte. É aqui. O ponto sem retorno. O início. Olá, novo começo... Olá...

– Olá?

Sim... "Olá"...

– Oi, Peter. Você cochilou? Entre.

Em um esplêndido segundo, ele estava lá, falando em voz alta como se tivesse se materializado no ar. Entrei atrás dele no consultório e sentei-me em meu lugar no sofá. Amaldiçoei-me assim que me sentei, pois percebi que ainda vestia o blazer terrível da escola. Eu tinha toda a intenção de tirá-lo ao chegar, para que ele não achasse que eu era um mísero menino de escola. Achei que seria muita coisa e chamaria muita atenção se fosse tirá-lo ali, mas, em segredo, fiquei com o coração partido ao pensar que ele não iria ver a minha camisa plissada de linho que foi apresentada a alvejante desde a última vez que a usei, uma tentativa de tentar devolver-lhe a luminosidade. (Não um feito totalmente bem-sucedido, mas está um puquinho melhor do que aquele cinza morno.) Agradeci a Deus por ter pego uma flor no esplêndido jardim do diretor, uma assanhada gérbera laranja que na lapela, orgulhosamente, desafiava o meu amor a ignorar-me.

Se me lembro bem, o que se seguiu foi mais ou menos assim:

NOEL: – Então, Peter...

EU: – Oscar, por favor. Se puder ser tão gentil.

NOEL: – Eu gostaria de falar com Peter primeiro.

EU: – Desculpe-me?

NOEL: – Posso falar com Peter? Será que Oscar permite?

EU: – Bem, sim, é claro, pois eu sou ambos.

NOEL: – Eu sei, mas eu gostaria que Oscar nos deixasse agora. Você pode pedir a ele para nos deixar?

EU: – Desculpe-me, mas não posso fazer isso.

NOEL: – Com quem estou falando agora?

EU: – Meu querido amigo, comigo é claro.

NOEL: – A qual "eu" você se refere?

EU: – Eu, Peter. E, também, Oscar. Pois somos um só.

NOEL: – Sei. A situação é mais complicada do que imaginei que fosse.

EU: – Como assim?

NOEL: – Peter, eu preciso que você apareça para falarmos sobre Oscar. Apareça Peter, por favor.

EU: – Meu querido, você está falando comigo como se eu estivesse morto e você fosse Doris Stokes. Por favor, desista. Temos tanto a dizer e conversa fiada sem sentido dessa natureza só desperdiça o nosso precioso tempo juntos. Vamos parar com isso e prepare-se para ser paquerado...

NOEL: – Eu só quero falar com Peter, por favor.

EU: – Meu caro, eu sou Peter. É meu nome de batismo, mas eu lhe imploro para tentar entender como a vida seria miserável com este rótulo inconsequente. Seria uma morte diária. Meus pais foram, evidentemente, sádicos nessa escolha. Assim, eu decidi provocar a mudança e reivindicar um nome mais adequado. Simples. De fato, eu sinto certa afinidade com Oscar Wilde. Eu sou, digamos, um fã. Só isso. Sempre li seus livros e o adoro, mas, meu caro, eu não acho que sou ele. De maneira nenhuma. Eu seria abençoado se fosse! Eu simplesmente tenho uma pretensiosa e elegante paixão substancial e tentadora pela vida e pelo amor. Eu sou o que nós ingleses sabemos ser. Eu não sou um louco, sou excêntrico. Aclamemos tudo o que é encantador!

SILÊNCIO

NOEL: – Hum. Sei... Mas posso falar com o Peter?

Deus do céu, que golpe duro. Parece que meu querido neozelandês talvez não seja muito inteligente. Por que eu suporia que um psicólogo seria inteligente quando tenho em casa uma evidência incontestável do contrário na pessoa de minha própria mãe?

Nossa sessão continuou dessa forma entediante por uma boa meia hora, quando meu único amparo foi fixar-me no insolente verde daqueles olhos travessos que, nos meus, freneticamente, procuravam respostas a perguntas sem sentido. Ele teimava em sua teoria sem fundamento de que eu estava hospedando muitas personalidades ou pior – o quê? – de fato canalizando Oscar Wilde? Ah, meu querido. Eu não sou um psicólogo, mas, honestamente, Noel querido, por favor.

Por mais que eu tenha tentado levar o nosso navio em direção a terra firme, onde eu poderia começar a cortejá-lo de verdade, ele nos levava contra o vento com suas suposições miseravelmente equivocadas. Eu sei como é importante permitir a um alfa como ele exercer a liderança e validação, assim, participei de seu jogo, desejando que pudéssemos dispensar essa distração boba e irmos para a parte mais importante, essencial – o beijo.

Pensei melhor e não o apressei, assim, apesar da minha frustração, nossa sessão terminou com o seguinte:

NOEL: – Obrigado por sua abertura hoje, Peter.

EU: – Oscar. Ser sincero é ser maravilhoso.

NOEL: – Você acredita que foi sincero? Ou mentiu?

EU: – Mentir? Impossível. Eu sou de Pangbourne.

NOEL: – Está bem, então. Você concordaria se atuássemos em nossa próxima sessão?

EU: – Eu adoraria satisfazê-lo da maneira que achasse necessária. E de outras que talvez não possa imaginar.

NOEL: – Ei, não é apropriado falar assim.

EU: – Para ser sincero, eu espero que não seja.

NOEL: – Adeus, Peter.

EU: – Oscar. Até mais ver. Adeus. Auf Wiedersehen. Adieu.

E saí com meu andar glamouroso, deixando-o curioso e, suspeito eu, querendo mais.

E, assim, começou esse louco amor.

CAPÍTULO 48

Dora

Quinze horas de Artes em dois dias foi um castigo, não uma prova. A gente quase não podia sair da sala, tipo só para o almoço e para os intervalos e para ir ao banheiro. Poxa, foi tão difícil. Eu decidi que, mesmo que eu fosse uma superartista, não iria querer a vida de artista. Não de pintora. Tudo o que a gente faz é pintar e olhar para a pintura e pintar e olhar de novo. No final desses dois dias, eu estava cansada de olhar para a pintura, não queria vê-la nunca mais. Eu não quero ver a sala de Artes nunca mais, parece que fiquei lá minha vida inteira, desde o dia em que nasci. Mas acabou hoje, meu último dia de Artes. Mesmo com o professor dizendo, “Vamos lá, Dora, pare de falar e pinte, você consegue. Vamos lá Dora!” Parece que passei quinze horas trabalhando em uma coisa que, no final das contas, vai ser uma porcaria. Quase tudo o que eu faço é uma porcaria. Eu sei que é. Eu não sou burra. Eu vejo que as outras pessoas fazem coisas muito melhores do que eu.

Mas não faz mal, tem só mais uma prova de Teoria da Culinária e termino a escola para sempre. Ah, meu Deus, fim da escola! É isso aí! Como será que vai ser? O relógio vai despertar às 7h da manhã. É para eu acordar, levantar e vestir um uniforme vinho e cinza horrível de total mau gosto? Não – porque Dora Battle não vai mais para a escola. Adeus, escola! A gente se encontra por aí! Hasta La Vista, escola! Bon voyage!

Cara, por que estudar livros-textos é tão difícil? Eu tentei dizer que era disléxica no 8º ano, porque os disléxicos têm mais tempo para fazer as coisas e podem usar dicionários e coisas parecidas, mas parece que não sou. Pelo menos descobri que preciso de óculos, já é alguma coisa. Mas não sei se explica 125% por que odeio ler. Quem sabe eu simplesmente não goste de ler palavras e frases em livros-textos e esse tipo de porcaria. MAS eu acho que o governo deveria acordar e entender os jovens de hoje, porque veja, eu realmente adoro ler o Facebook e o MSN e isso também é ler, não é? São palavras.

Se eu pudesse, isto é, se a minha mãe carcereira deixasse, eu ficaria no Facebook a noite toda em vez de ir dormir. Bom, eu dormiria um pouco, tipo umas duas horas, em vez das oito horas que ela me faz dormir.

Eu aaaaamo o Facebook. Eu o amo tanto que casaria com ele. Meu querido Facebook, por favor, case comigo para que possamos ficar juntos e você possa me entreter o tempo todo e eu nunca mais fique de saco cheio.

Mas eu gostaria de ter mais amigos no Facebook. A Lottie tem uns trezentos ou coisa parecida, mas ela é muito bonita e, tipo, todo mundo gosta dela. Mesmo que eu tivesse só uns cem seria bem legal. Tenho uns amigos novos, mas são os amigos de escola dos meus primos e eles são tão imaturos... O irmão da Lottie é um dos meus amigos. Ele é legal, mas as respostas dele são chatas, ele só fala da namorada o tempo todo. Valeu, cara, já entendi.

O Sam era bem legal no Facebook, era tão bonitinho, porque ele é tão ruim em falar com as pessoas pessoalmente. No nosso primeiro encontro, ele ficou com tanta vergonha que ficou quase em silêncio. Sentamos em um banco de mãos dadas. Tipo, estávamos os dois lá escrevendo para outras pessoas, então eu recebi uma mensagem dele que dizia só: "Posso te dar um beijo?" Foi tão legal. E o beijo também.

Às vezes, eu acho que ele era mais real quando escrevia no Facebook do que ao vivo. É por isso que eu acho muito maluco ser chamado de "Face" book, porque a única coisa que a gente NÃO faz é falar cara a cara. Minha mãe está tão errada quando diz que as pessoas inventam uma personalidade quando estão lá, que não são quem são de verdade e isso confunde todo mundo. Bom, talvez, algumas vezes, mas eu consigo ser muito mais quem eu sou quando estou lá do que em qualquer outra hora, como o Sam. Tudo bem fazer de conta e de vez em quando, mãe, porque quem sabe um dia a gente possa vir a ser essa pessoa que gostaríamos de ser. Fazer de conta é praticar, eu acho.

De qualquer maneira, eu gostaria de ter mais amigos com quem eu pudesse fazer de conta, só isso. Vou atualizar meu perfil e colocar mais fotos e, quem sabe, eu faça uma oferta especial para começar um tipo de grupo, enviando para todo mundo algo como:

"Cupcakes de graça para os vinte primeiros caras sarados que ficarem meus amigos! Tem que estar em forma e não pode ser perdedor nem feio para poder entrar. Respostas garantidas para todos os que se registrarem no grupo."

Ou algo parecido. Será que caras gostam de cupcakes? Eu nunca fiz cupcakes, mas o Peter sabe fazer e ele gostaria muito de ler as respostas que eu vou receber. O Peter é muito bom com computadores, ele fez o nosso computador funcionar de novo quando congelou. E ele não fica contando tudo sobre a minha vida para meus pais, mesmo que ele seja meio estranho de vez em quando. Uma coisa boa sobre ter uma mãe que é da era Neandertal é que ela não tem ideia de como se liga um computador, então ela não fuça nas minhas coisas, o que ela totalmente faria se pudesse.

Ah, meu Deus! A Lottie acabou de responder sobre os nossos vestidos para o baile da escola e ela acha que tem um cara para ir com ela, mas ela tem vergonha de falar no Facebook, então ela vai me contar tudo quando vier aqui em casa. A mãe dela tem incomodado por causa das provas, por isso, ela não tem vindo aqui.

Para ser honesta, estou com inveja de ela ter um cara com quem ir, porque nós tínhamos combinado de ir uma com a outra e eu estava sonhando com a gente se arrumando juntas, e lá a gente ia dizer: "É isso aí gente, nós não precisamos de um cara para nos divertir. Deem só uma olhadinha, ela é minha melhor amiga e nós vamos dançar até não aguentar mais!" É isso que a gente ia fazer, mas não dá se ela tem um cara... Bom, eu deveria ficar feliz por ela. Talvez o namorado dela tenha um irmão para ficar comigo. Ou um amigo? Ou alguém...?

CAPÍTULO 49

Ma

A maior diferença é que me sinto mais leve. Fisicamente mais leve. É claro que não estou. O efeito é tão convincente que fui me olhar no espelho. E fiquei surpresa ao ver, desapontada, que estou igual à última vez que tinha olhado. Eu achei, por um segundinho, que veria uma diferença. Qual? Uma luminosidade na pele? Uma luz nos olhos? Um corpo mais ereto? As coxas mais finas? Não vi nada disso, mas, mesmo assim, eu me sinto diferente.

Até o caminho para o trabalho ficou diferente. É o mesmo caminho. As mesmas ruas, as mesmas casas, as mesmas lojas, sim, mas tudo estava de modo curioso mais brilhante. Como se tudo tivesse sido pintado ou lavado com uma lavadora a jato. Tudo estava mais limpo, mais claro. Ou, quem sabe, tenho novos ouvidos e olhos e estou vendo e ouvindo tudo singularmente, como se tudo fosse novo. Alguém aumentou o volume e o brilho de tudo na minha vida. Estou na tilintante essência cristalina de tudo. Exceto que nada é claro, nada está claro. Se eu sei uma coisa, é que está confuso. Meus sentidos estão aguçados, mas a minha percepção está perplexa. Fale sobre estar confusa.

Nesse turbilhão emocional, hoje de manhã tivemos nossa segunda sessão, Noel e eu. Quando me dei conta, eu, ridícula, estava na frente do espelho passando mais rímel, um pouco antes de ele chegar. Eu quase sempre uso maquiagem, isso não é incomum, mas toda mulher sabe quando está caprichando mais. A sombra fica um pouquinho mais forte, o delineador um pouquinho mais audaz, o blush mais acentuado, os lábios são desenhados com mais cuidado e o batom vermelho é audacioso, aquele vermelho que não tem dúvidas. Fiz tudo isso, não posso negar, e, quando me dei conta, passava o pincel do blush no colo, que aparecia sob o decote da minha blusa nova, eu sei, muito decotada. Decotada demais. Em que eu estava pensando? O fato é que eu não estava pensando. Eu não queria pensar. Eu queria sentir.

Rejeitando qualquer dúvida ou culpa, convidei Noel para entrar e ele, de novo, olhou-me forte nos olhos e eu fiquei nervosa. Tentei começar a sessão e perguntei se ele pensava em alguma coisa em especial. Ele ficou em silêncio. Depois disse uma palavra.

– Não.

Ah, meu Deus, que embaraçoso. Fui uma idiota e imaginei tudo. Senti a humilhação tomar conta de mim e arrumei o decote da minha blusa para que não ficasse tão comprometedor. Minha boca ficou seca e comecei a mexer no meu bloco que, é claro, caiu no chão. Quando me abaixei para pegá-lo, minha blusa desceu, mostrando ainda mais meus seios, um monte, um agonizante monte. Puxei o decote freneticamente, dessa vez desconcertada. Quando recuperei um pouco de controle e consegui olhar para ele de novo, ele sorria com confiança e disse:

– Eu quis dizer NÃO, não há alguma coisa na qual tenho pensando, há alguém em quem tenho pensado. Alguém. Só essa pessoa. Nada mais. Por favor, livre-me desta tortura, Ma, e diga se você sente a mesma coisa por mim.

Foi, então, que eu soube que não tinha imaginado nada e que ele era a coisa mais linda que eu já tinha visto. Perfeito. De repente, fiquei muito consciente de que estávamos sentados um em frente ao outro no meu consultório, no meu local de trabalho, o que me pareceu totalmente inapropriado. Nós deveríamos estar em uma fonte em Florença! Fui programada para ser profissional no trabalho, especialmente em meu consultório, onde muitos segredos me são contados, onde tanta coisa me é confiada. Assim, em uma vã tentativa de parecer normal e, é claro, funcionando no piloto automático, continuei com a terapia...

– Quem sabe, Noel, o que você está sentindo... seja... de fato... uma transferência... descrita por Freud... e, como você sabe, quer dizer que, inconscientemente, seus sentimentos são redirecionados para outra pessoa... e é muito comum que sejam redirecionados à terapeuta... o que... hum... o que seja talvez que está ac-contecendo aqui. Eu recomendo que... talvez...

– Sei. Se esse fosse o caso, embora eu acredite que não seja, mas, se esse fosse o caso, por acaso não estou presenciando um fenômeno relacionado, o da "contratransferência", em que, se me for permitido sugerir, a situação do paciente repercute no terapeuta sem que se tenha conciência disso... ou não. Empatia pode fazer o terapeuta... se apaixonar.

Ele falou. "Apaixonar-se."

Assim, sem mais nem menos.

Dito dessa maneira tão simples, foi como uma bomba para mim. Em um segundo, o equilíbrio entre minhas faculdades mentais e meus instintos foram destruídos e eu pertencia a ele.

Então, eu disse:

– Noel, não podemos continuar a falar sobre isso aqui – e ele disse:

– Não. Eu sei. Onde podemos conversar? É só você dizer quando e onde. Por favor.

Então, eu disse:

– Deixe-me pensar.

E estou pensando.

CAPÍTULO 50

Oscar

Hargreaves não pôde ir ao nosso encontro de Os Fascinantes hoje. Ele foi a Reading para remover o prepúcio. Ele diz ter um problema chamado fimose e diz que, por ser muito justo, não retrai muito bem, mas eu acredito que o problema seja outro. Eu me lembro claramente de que, quando mostramos uns aos outros nossas "espadas e medalhas" em nosso primeiro encontro, o prepúcio dele funcionava muito bem. Eu acho que ele se tornou presa das imposições malucas do Bailey Idiota sobre os méritos de não termos um capacete no guerreiro. Como o Bailey conseguiu o posto de Presidente do Grêmio é um mistério para mim. As melhores e mais criativas mentes da escola, eleitas Presidentes do Grêmio, de hoje em diante levarão uma eternidade para recuperar o status da posição.

O idiota do Bailey deu má reputação a tudo o que fez até agora. Sua campanha no trimestre passado, banir todos os pelos "indesejáveis" abaixo do pescoço, foi primitiva, mas muitos rasparam todos os pelos abaixo das orelhas. Eu me recusei a ser o Sansão de sua Dalila e, em vez disso, usei um engenhoso utensílio, chamado "elástico para cabelo", que a Dora com Caspa me deu e, assim, usei um atrevido rabo de cavalo acima do pescoço pelo resto do trimestre e escapei da ira do Bailey. Eu o ameacei de usar uma fita se ele persistisse com a maluquice.

E quando Bailey decidiu que nós todos teríamos de chamá-lo de "senhor", como se ele fosse um professor? Metido. Ao considerar as opções, inventei uma artimanha astuta. Em vez de chamá-lo de "senhor", chamei-o de "bengor". Se eu falasse bem rápido, ele não conseguia notar a diferença e, assim, consegui escapar umas vinte vezes por dia. Foi muito gratificante. Para ser sincero, eu espero que os déspotas que controlam nossa escola tenham bom senso ano que vem e que eu seja eleito Presidente do Grêmio. Minha primeira ordem será que todos se refiram à minha pessoa como "O Mais Excelente de Todos os Presidentes do Grêmio" e a segunda será que, para ir do Grande Hall até a sala, a única maneira será saltitando. Um saltinho a cada passo ou dois, ambos serão igualmente aceitáveis. Correr ou andar será banido e o castigo será apanhar. Com a mão. A minha mão.

Quaisquer que sejam as razões de Hargreaves – reafirmo que ele está mutilando o próprio corpo só para agradar a Bailey ou, então, para sentir-se esteticamente mais adequado – ele está ausente hoje, assim, éramos só nós dois, Wilson e eu. Era a vez de Wilson escolher a senha e ele escolheu "Jacqueline Onassis", para mim um sinal de seus renovados esforços nos estudos e, para ele, um imenso passo para a frente. Fiquei tocado com sua tentativa de me agradar.

Em poucos minutos, tratamos da agenda e decidimos tudo a respeito de Os Fascinantes. Adicionamos o querido Clooney à "Lista de Aprovados", apesar do debate sobre sua sexualidade, que ainda não foi categorizada. Depois, concordamos que o sapato em geral chamado de "Croc" não pode ser usado sob nenhum pretexto. Por último, fizemos as devidas honras à palavra "gostoso" e ficou com o título para sempre o divino John Barrowman.

Como não havia mais nada a ser discutido, Wilson e eu sentamos quietos por um segundo ou dois, esperando o sino do fim do intervalo do almoço. Estarmos tão perto um do outro foi diferente, mas não estranho. Ele me parabenizou pela escolha do lenço no bolso de cima do meu blazer. Expliquei para ele que, para dizer a verdade, era uma arteirice. Era um dos pedaços de tecido do mostruário que havia sido enviado para que Mamãe escolhesse um para cobrir o pufe em seu toucador. Ele corretamente achou que era "um engenhoso truque que enganava os olhos dos mais elegantes". Muito bem, Wilson, meu caro menino. Presenteei-o, então, com uma pequena demonstração de dois diferentes tipos de dobradura – a Cagney e a Astaire, a minha favorita.

Ele ficou maravilhado com o meu conhecimento e pareceu-me um pouco emocionado. Senti um grande carinho por ele. Aqueles olhos grandes brilharam e me perguntaram se eu reconsideraria a lista oficial dos meus amados, quem sabe promovendo-o mais? Assegurei-lhe que seu lugar estava seguro, eu jamais seria indelicado com alguém que tivesse sobrevivido a um infortúnio tão grande e o achava um sujeito formidável, um querido de primeira classe.

Foi, então, que a expressão em seu rosto me disse que eu havia falado um pouco demais. Ele me perguntou se eu sabia alguma coisa de seu passado. E, se sabia, o que eu sabia?

– Ah, Wilson – eu disse –, não tema, eu manterei seu segredo, meu querido menino. Você já sofreu tanto... – e estiquei a mão para fazer-lhe um carinho.

Mas ele levantou e saiu apressado. Acho que vi uma lágrima em um daqueles lindos olhos. E, sem dúvida, outra no outro olho.

Ops!

CAPÍTULO 51

Dora

Ei, eu quero as últimas três horas da minha vida de volta, por favor. Depois daquela prova de teoria, tenho certeza do que não quero fazer na vida. Não consigo imaginar como é que eu achei que Tecnologia dos Alimentos seria interessante. Cara, quem é que cozinha?! Eu não vou cozinhar nunca. Fato. Então, por que eu preciso saber o que eles ensinaram no curso?

Uma das perguntas era: descreva as propriedades nutricionais da clara e da gema do ovo. Que tal essa? Ei, senhor examinador – pergunte para você mesmo – por que você precisa saber isso? Ninguém precisa saber disso, então por que é que você está perguntando, seu astrochato? Tá legal, eu precisaria saber as propriedades de um ovo se eu fosse:

a) um professor de Tecnologia dos Alimentos,
b) um chefe especializado em omelete, ou
c) uma galinha.

Eu não sou nenhum deles, ENTÃO NÃO É IMPORTANTE! Professores e examinadores, eu nunca vou cozinhar um ovo, então, deixem-me em paz, parem com essas perguntas bobas. Não estou interessada. Não interessa. Meu interesse é zero. Interessada? NÃO. Diga isso tudo sobre o ovo para o dedão, porque o pé não está escutando. Diga para o pé porque o joelho não está escutando. Diga para o joelho porque a coxa não está escutando. Diga para a coxa porque... o corpo não está escutando. Diga para o corpo porque o braço não está escutando. Diga para o braço porque a mão não está escutando. Diga para a mão porque o rosto não está escutando. Diga para o rosto porque os ouvidos não tão escutando. Diga para os ouvidos porque a... cóclea no ouvido interno não está escutando. Prestem atenção, seus perdedores: Dora Battle não está escutando nada disso.

Bom, eu respondi que "uma gema de ovo grande tem 60 calorias de energia e vitaminas A, B1, B2, D e E. A clara não tem gordura e tem cerca de 4g de proteína." E é tudo o que eu sei. A Debbie Gabb disse que essa era a resposta certa e ela é mega inteligente, então, eu acho que tiro pelo menos dois. Não que isso importe.

Assim que nós terminamos essa prova, foi o fim oficial da escola para o nosso grupo e nós celebramos um montão. Jogaram refri na gente e todo mundo gritava ao mesmo tempo. Nós nos abraçamos e nos beijamos e escrevemos na blusa uma da outra coisas como "seja sempre você" e "as da Tec. dos Alimentos mandam" e coisas do estilo. Foi incrível. Amarrei meu cabelo em um rabo de cavalo no alto da cabeça e eu parecia um abacaxi. Foi tudo muito louco. Eu nunca mostro a raiz dos cabelos assim, mas eu me senti tão livre! É difícil acreditar que não tenho que assistir a nem mais uma aula nunca mais. Eu vou ficar tão feliz de não ter que aprender nem mais uma única coisa. Viva! Dois smiley.

Eu e a Lottie nos abraçamos um monte e ela me fez uma surpresa incrível. Ela me deu uma caixinha com uma fita em volta e me pediu que abrisse. Dentro, tinha um espelhinho lindo enfeitado com contas e um cartão lindo dizendo: "Olhe aqui e você verá quem é, para sempre, a minha melhor amiga, não importa o que aconteça." Eu não conseguia acreditar, foi tão incrível e, tipo, comecei a chorar na mesma hora.

Tudo o que eu tinha para ela era um anel para o dedo do pé de que ela gostou quando nós fomos fazer compras na Oracle em Reading, no aniversário dela. Eu tive de descrever o anel para meu pai e ele foi lá comprar na semana seguinte (imagine só tentar descrever um anel para o dedo do pé para um velho ancião que não entende nada de moda. Mas ele comprou o certo e pagou, então, viva para ele), mas o que ela me deu é muito mais incrível e tem mais sentido – bem dela. Por isso que ela é minha melhor amiga, ninguém chega nem perto de ser tão legal como ela. Ninguém chega aos pés dela.

Então, eu voltei para casa e experimentei o meu vestido para o baile semana que vem, que é, tipo, tão incrível.

Comprei online com meu pai, então minha mãe não viu ainda, ela não se importa. Ela NEM me perguntou sobre a última prova. Inacreditável. Ela não me olha ultimamente, é óbvio que ela me odeia. Por mim, tudo bem. Mantenha a distância, não me incomoda. Para dizer a verdade, prefiro assim.

O vestido é lindo, mas eu vou ter que emagrecer para que fique bem em mim e só tenho uma semana. Então, em vez de comer só coisas brancas, acho que não vou comer nada. É o único jeito de perder as gorduras que estão sobrando em cima e do lado do vestido. Eu vou, é claro, beber um monte de água, porque a gente pode morrer se não tomar água, certo? Definitivamente, vou precisar de uma meia-calça, porque não dá tempo de ficar bronzeada, mas tenho todas as outras coisas, eu acho. O que eu não tenho é uma limusine.

Meus pais se recusam a pagar e as outras estão cheias, então, eu e a Lottie ainda temos que achar um jeito de ir.

Bem, as provas acabaram. Viva!

Sabe que eu sinto falta de Artes. Queria ter um pouco de lição de Artes para fazer em casa. Acho que eu com certeza gosto de Artes...

Ah, meu Deus. Eu estou tipo
TÃÃÃÃÃÃÃÃÃÃÃÃÃÃÃÃÃÃÃÃÃÃÃÃÃÃÃ
ÃÃÃÃÃÃÃÃÃÃÃÃÃÃÃÃÃÃÃÃÃÃÃÃÃÃÃÃ
ÃÃÃÃÃÃÃÃÃÃÃÃÃÃÃÃÃÃÃÃÃÃÃÃÃÃÃÃ
ÃÃÃÃÃÃÃÃÃÃÃÃÃÃÃÃÃÃÃÃÃÃÃÃÃÃÃÃ
ÃÃÃÃÃÃÃÃÃÃÃÃÃÃÃÃÃÃÃÃÃÃÃÃÃÃÃÃ
ÃÃÃÃÃÃÃÃÃÃÃÃÃÃÃÃÃÃÃÃÃÃÃÃÃÃÃÃ
ÃÃÃÃÃÃÃÃÃÃÃÃÃÃÃÃÃÃÃÃÃÃÃÃÃÃÃÃ
ÃÃÃÃÃÃÃÃÃÃÃÃÃÃÃÃÃÃÃÃÃÃÃÃÃÃÃÃ
ÃÃÃÃÃÃÃÃÃÃÃÃÃÃÃÃÃÃÃÃÃÃÃÃÃÃÃÃ
ÃÃÃÃÃÃÃÃÃÃÃÃÃÃÃÃÃÃÃÃÃÃÃÃÃÃÃÃ
ÃÃÃÃÃÃÃÃÃÃÃÃÃÃÃÃÃÃÃÃÃÃÃÃÃÃÃÃ
ÃÃÃÃÃÃÃÃÃÃÃÃÃÃÃÃÃÃÃÃÃÃÃÃÃÃÃÃ
ÃÃÃÃÃÃÃÃÃÃÃÃÃÃÃÃÃÃÃÃÃÃÃÃÃÃÃÃ
ÃÃÃÃÃÃÃÃÃÃÃÃÃÃÃÃÃÃÃÃÃÃÃÃÃÃÃÃ
ÃÃÃÃÃÃÃÃÃÃÃÃÃÃÃÃÃÃÃÃÃÃÃÃÃÃÃÃ
ÃÃÃÃÃÃÃÃÃÃÃÃÃÃÃÃÃÃÃÃÃÃÃÃÃÃÃÃ
ÃÃÃÃÃÃÃÃÃÃÃÃÃÃÃÃÃÃÃÃÃÃÃÃÃÃÃÃ
ÃÃÃÃÃÃÃÃÃÃÃÃÃÃÃÃÃÃÃÃÃÃÃÃÃÃÃÃ
ÃÃÃÃÃÃÃÃÃÃÃÃÃÃÃÃÃÃÃÃÃÃÃÃÃÃÃÃ
ÃÃÃÃÃÃÃÃÃÃÃÃÃÃÃÃÃÃÃÃÃÃÃÃÃÃÃÃ
ÃÃÃÃÃÃÃÃÃÃÃÃÃÃÃÃÃÃÃÃÃÃÃÃÃÃÃÃ
ÃÃÃÃÃÃÃÃÃÃÃÃÃÃÃÃÃÃÃÃÃÃÃÃÃÃÃÃ
ÃÃÃÃÃÃÃÃÃÃÃÃÃÃÃÃÃÃÃÃÃÃÃÃÃÃÃÃ
ÃÃÃÃÃÃÃÃÃÃÃÃÃÃÃÃÃÃÃÃÃÃÃÃÃÃÃÃ
ÃÃÃÃÃÃÃÃÃÃÃÃÃÃÃÃÃÃÃÃÃÃÃÃÃÃÃÃ
ÃÃÃÃÃÃÃÃÃÃÃÃÃÃÃÃÃÃÃÃÃÃÃÃÃÃÃÃ
ÃÃÃÃÃÃÃÃÃÃÃO DE SACO CHEIO.

Vou ver se alguém respondeu ao meu anúncio no Facebook.

É tudo o que eu tenho para fazer na vida agora.

CAPÍTULO 52

Ma

Olá, aqui é Ma. Se você quiser falar com Ma, a psicóloga, aperte 1. Se você quiser falar com Ma, a escritora, aperte 2. Se você quiser falar com Ma, a mãe, aperte 3. Se você quiser falar com Ma, a esposa, aperte 4. Se você quiser falar com a amoral devassa e lunática adúltera em potencial, fale baixinho porque ela está por perto. Obrigada. Você escolheu Ma, a louca. Infelizmente, a pessoa com quem você deseja falar está ocupada com frívolos desejos e, de uma forma perigosa à beira da loucura desavergonhada, está fora de controle e no momento inacessível. O restante de sua chamada ser-lhe-á muito caro e não lhe fará bem nenhum, podendo causar-lhe danos irrecuperáveis. Por favor, obtenha a permissão de um adulto antes de continuar e, mais uma vez, obrigada por usar nosso serviço. Não esqueça que também fornecemos horários de trem, cinemas e aconselhamento e apoio na perda de entes queridos.

CAPÍTULO 53

Dora

Por que é que ela faz isso? Minhas provas terminaram, mãe, eu posso relaxar, pelo amor de Deus. Meu jeito de relaxar é falando com meus amigos no Facebook. EU JÁ DISSE ISSO PARA VOCÊ UM MILHÃO DE VEZES! Eu não roubo carros, não assalto lojas e não transo com todo mundo para conseguir crack. Não é contra a lei usar a internet, mesmo que seja por "duas horas", e os outros não podem usar. Meu pai está assistindo a um jogo de rúgbi e o Peter está no quarto dele, fazendo polainas com o casaco de pele velho da vó Pam.

Escute aqui, mãe, você não sabe nem ligar um computador, então, por que é que está toda estressada? Que diferença faz com quem eu estou falando?

As pessoas que têm 17 anos e vão fazer 18 em algumas semanas fazem isso. Ficam conversando no Facebook. É lei. Vá perguntar para a mãe dos outros e você vai descobrir que, para dizer a verdade, eu fico muito pouco. Fale com a mãe da Rachael Faulkner – ela é viciada! E ela tem seu próprio laptop. E ela tem um iPhone. Com uma imagem de Crepúsculo na tela! E eles pagam por isso. Então, eu acho que eu sou muito boazinha. Você deveria dar graças a Deus de ter alguém tão boazinha como sua filha, sua mãe que não sabe de nada. CAI FORA!!!!!

De qualquer maneira, durante os vinte e sete minutos que eu tive a permissão de ficar lá, eu fiquei bem feliz de ver que o anúncio dos cupcakes rendeu três amigos novos bem legais. Um deles é amigo do irmão da Lottie, chamado "Armário". Outro é um cara que conheci em uma festa ano passado, mas não me lembro se ele é bonito ou não, chamado "Não Robert Pattinson". O outro é um cara que diz que conhece o Peter, já me viu e acha que eu sou demais, chamado "X-Man".

Ah, meu Deus. Três caras! É mais do que eu esperava. Para dizer a verdade, três a mais. Foi tão legal falar com eles, apesar de que eu acho que eu sei por que o Armário tem esse nome, porque ele foi legal, mas pareceu mais interessado nos cupcakes. Vou perguntar para a Lottie sobre ele quando ela vier aqui para a gente se arrumar para o baile na sexta.

Ah, meu Deus! Estou muito ansiosa por causa do baile. O Peter quer que eu assista a um filme chamado Carrie com ele hoje à noite, porque ele diz que é sobre os bailes de formatura nos Estados Unidos e o que em geral acontece durante os bailes. Ele tem sido bem legal nos últimos tempos. Quem sabe ele entendeu que sua irmã mais velha agora é uma mulher e ele tem que, tipo, me respeitar? Estou louca para ver o filme – adoro filmes com um monte de vestidos esvoaçantes e caras sexy.

E ele também.

CAPÍTULO 54

Oscar

Que dia mais perfeitamente ridículo. Eu já estava cansado por causa das reclamações da Descontente Dora, que reagiu como uma abominável ignorante a um dos melhores filmes da história moderna, Carrie, A Estranha, dirigido pelo encantador Brian De Palma. Ela achou o filme "horrível" e "perturbador". Como a Desesperada Dora pode ser tão desmiolada?

Talvez uma questão mais pertinente seja: "Como ela pode estar geneticamente ligada a mim?" Eu tenho de conversar com Mamãe e Papai e postular a inevitável questão sobre a verdadeira filiação da Esquálida Dora. A única explicação que tenho para o nascimento dela é que, se ela é mesmo minha irmã, por alguma razão cruel das mutações de DNA, eu herdei todas as células do cérebro que ela deixou em sua pressa ao sair do útero de Mamãe dois anos antes de eu entrar. É típico dela, deixar o local desarrumado. Seja qual for o processo, o resultado é surpreendente. Ela é o bizarro em seu esplendor. Minha irmã, a senhora Cabeça Vazia.

Apesar da falta de intelecto, acho a criatura adoravelmente divertida, não consigo não gostar dela. Ao descobrir sua profunda ignorância sobre o filme em particular, eu a observei enquanto ela percebia a natureza plena e assustadora do filme. Ver sua boca abrir aos poucos foi muito engraçado para ser ignorado. Ela franziu a testa várias vezes tentando compreender o conceito dessa peça magistral de horror. Testemunhei a chegada gradual do nervosismo e o alvorecer dos calafrios. Todavia, não previ que ela passaria metade da noite acordada, reclamando sobre as assustadoras imagens. Seu choramingar constante e suas visitas regulares ao meu quarto durante a noite para me dar um tapa na cabeça como punição por tê-la assustado causaram a fadiga que sinto hoje.

Hoje era o dia em que eu não queria estar cansado. Hoje era o dia da importantíssima segunda consulta com o meu Amado. Hoje, teríamos nosso argumento decisivo, o momento de ouvir o badalar dos sinos. Hoje, eu não precisava de nada que me abatesse. Graças à Tonta Dora, eu estava de fato abatido quando deveria estar radiante. Condeno-a ao inferno mil vezes. Eu preciso do meu intelecto para, ao jogar com o meu sábio kleiniano o seu próprio jogo, deslumbrá-lo com a minha virtuosa sabedoria.

Para a roupa, azul da cor do oceano era a ordem do dia. Vestir azul da cabeça aos pés. Eu queria que minha roupa dissesse: "Venha, a água está adorável. Venha, Noel. Sou o seu oceano. Desafio-o. Mergulhe." Lamentavelmente, não tenho uma calça azul, mas a minha calça listrada verde-musgo de boca larga causaria o efeito desejado. Acho que eu estava dizendo "mergulhe" e, ao mesmo tempo, com o verde da calça, "cuidado com as rochas e possíveis algas flutuando". Perguntei-me por que me havia dado ao trabalho quando Noel, como um autômato, convidou-me a entrar em seu consultório. Como se eu fosse somente o próximo paciente. Entra, sai, entra, sai. Não me trate assim, caro senhor, é melhor você se preparar para o que está por vir.

Sentamos, ele suspirou e sorriu. Em geral, seu sorriso é de tirar o fôlego e me faz tremer, mas detectei certa falta de sinceridade. Pareceu-me um pouco forçado, mas dei-lhe crédito, pois poderia muito bem ser um sintoma do nervosismo. Será que Noel estava sofrendo as primeiras dúvidas incipientes da saudade? Será que ele mal conseguia reprimir o medo de expressar o amor por alguém que não ousava dizer o nome? É possível. Alguma coisa estava diferente em seu comportamento, que proclamava autoconfiança, mas mesmo assim... Hum...

Ele começou a consulta com uma longa conversa fiada dizendo que "havia pensado muito sobre nosso último encontro", que tinha sido, em sua opinião, "muito interessante, intrigante". Sim, meu querido. Você me descreveu, em todo o meu glamour. Deixa-me maravilhado ser considerado um desafio e não há ninguém que me conheça que negue o fato de que sou definitivamente intrigante. Em seu lugar, eu teria dito "fascinante" em vez de "intrigante", mas não tem problema.

Ele, então, propôs que eu pensasse sobre quando eu tinha 3 anos, para investigar meu relacionamento com Mamãe e Papai. É um tributo à minha infância feliz lembrar-me só das coisas boas em especial do guarda-roupa de Mamãe e das histórias que Papai me contava todas as noites. Deliciei Noel ao contar-lhe maravilhosas anedotas sobre a minha jornada da infância à adolescência via um grande arsenal de sapatos maravilhosos. Foi quando ele assumiu que eu não estava levando nossa conversa a sério. Talvez ele estivesse certo, mas minhas histórias eram muito melhores do que qualquer coisa que ele tivesse me perguntado e eu não queria aborrecê-lo. Como isso seria fascinante? Simplesmente não seria.

Ele, então, começou um discurso sobre como o fato de eu estar "personificando Oscar" poderia ser minha maneira de recuperar minha personalidade, de libertar-me de meus pais, e que eu talvez me achava tão diferente deles que minha oposição poderia ser chamada de "agressão assassina". Perguntei-lhe, então:

– Desculpe-me, meu querido iludido? – e ele respondeu:

– Não estou sugerindo que você vá assassinar seus pais de verdade, mas que você está assassinando ou sabotando a mesmo para se separar deles. É pura provocação e é um estágio.

Seja honesto, fale sobre Posição Depressiva. Eu teria caído muito fácil no buraco negro da desesperadora decepção ali mesmo, se não estivesse tão focado em meu prêmio. Um prêmio que se tornava menos sedutor a cada palavra que ele dizia. Coloquei minha mão em sua boca para que ele parasse de falar aquele monte de asneiras. Ele pareceu surpreso. Eu tinha de fazer uso da oportunidade e, por nem mais um segundo, iria fazer parte daquela charada.

E, muito galantemente, eu acho, disse:

– Meu querido, fique quieto agora porque você está falando besteira. Entendo que você esteja nervoso, meu querido, porque, acredite ou não, eu também estou. Vê como tremo? Não vamos prolongar essa charada por nem mais um nanossegundo. Vamos admitir a mágica que existe entre nós. Não consigo fazer nosso romance florescer dessa maneira tão elíptica. Vamos ser arrojados. Caia no labirinto do meu amor. Beije-me, Noel, eu lhe imploro. Beije-me, homem, e seja sincero!

Noel pulou de sua cadeira parecendo mais do que um pouco assustado.

– Peter, Oscar, seja qual for o seu nome, isso está totalmente errado, cara. Você está totalmente errado. Você tem 16 anos, pelo amor de Deus!

Respondi em voz alta, talvez alta demais.

– EU NÃO SOU UMA CRIANÇA. EU SOU UM CAVALHEIRO FASCINANTE QUE O ADORA, SEU BOBO MAROTO!

Nesse momento, Mamãe entrou. Ela sempre me ensinou que é falta de educação interromper uma consulta, mas ela interrompeu. Muito impertinente. Ela me interrompeu no meio do meu discurso, como o faz com tanta frequência, e, quebrando aquele momento delicado de maneira abrupta, disse:

– Oscar, você está falando asneiras. Pare nesse minuto. Não é engraçado nem inteligente. Eu sei que você tem uma paixonite (ai) de adolescente (ai) por Noel, mas isto é ridículo. Ele não está interessado em você (ai).

Eu olhei para o meu querido que, por sua vez, olhava para o tapete. (Um tapete bordô horrível. Eu digo para a Mamãe para melhorar a decoração daquele lugar, não leva a um pensamento harmônico de jeito nenhum.)

– Noel – eu disse –, é verdade? Depois de tudo o que aconteceu entre nós?

A expressão no rosto dele me disse que ele não achava que tinha acontecido nada entre nós. Ah! Ele é tão superficial, para dizer a verdade. Percebi, então, que não poderia amar de verdade alguém tão superficial. Preciso de alguém com um conhecimento mais profundo. Muito mais.

Eventualmente, ele falou.

– Peter, não há, não houve e jamais haverá qualquer coisa entre nós, cara, nunca. Eu apenas não sou... assim.

Assim como? Ele não é... esplêndido? É isso? Não é... encantador? Não é... intrigante? Não é... inteligente? Não é FASCINANTE? Como se isso não fosse insultante que chega, ele me chamou de "cara". Duas vezes! Ele ousa sugerir que eu sou apenas um cara?! AAARGH. Que golpe baixo.

– Eu não sou um "cara", meu caro, e nunca serei – respondi. – Agora, retire-se e pense sobre sua perda enorme e reze para que você nunca mais cruze meu caminho, seu palerma mal-educado. Volte para Mordor, seu... kiwi verde!

Minha mãe me tirou daquele lugar horrível e me levou para o consultório dela, que também tem um tapete bordô. (Está por toda parte, o mau gosto se espalhou como anthrax.) Eu estava ofegante e tonto. Tudo era hediondo, excruciante, vergonhoso.

Ela falou com sua voz doce e aterrorizante.

– Você fez papel de bobo, Oscar, por favor, pare ou a humilhação será grande demais. Pare com isso nesse minuto, você está errado sobre o Noel. Você não vai mais fazer terapia com ele, entendeu bem? Eu sei que você ficará triste por um tempo, mas você se recupera, tenho certeza, pelo simples fato de que seu ego talvez tenha amortizado a queda. Agora. Muito mais importante. Eu estou furiosa com você. Luke Wilson acabou de telefonar e queria saber como você sabe tanto sobre ele. Você sabe como manter sigilo sobre os pacientes é importante. Por favor, explique-se. E prepare-se para uma bronca à moda antiga, seu pretensioso desatinado.

Fui descoberto. Revelado. Terrível. Tudo é terrível.

CAPÍTULO 55

Ma

Tudo está fragmentado. Não sei bem como avaliar as coisas. Meus parâmetros normais estão muito distorcidos. Eu deveria ter imaginado que seria difícil me comportar como se nada tivesse acontecido perto de meu marido. Afinal, ele é a parte mais afetada. Ironicamente, ele parece o mais constante de todos e apenas continua como sempre foi. É claro que ele está se comportando como sempre se comportou, ele não sabe o que está acontecendo. Como ele pode não saber? Será que estamos tão separados um do outro que ele não consegue ver o dilema em meus olhos? Se ele olhasse um pouco mais fundo, será que veria?

Bem, eu tenho evitado olhar nos olhos dele, então, ele não teve a chance de ver nada. Mas esse deveria ser o sinal. Não consigo acreditar que ele não pressinta nada. Quase vinte e sete anos de casamento. Será que, depois de tanto tempo, ele não aprendeu a notar uma diferença no meu comportamento? Eu, de fato, sinto que posso julgar o comportamento dele. Será que esse é um daqueles questionamentos banais, no estilo "os homens são do norte, as mulheres são do sul"? Os homens são o Sol, as mulheres são a Lua. Os homens são o vermelho, as mulheres são o azul. Os homens são o café, as mulheres são o chá. Homens têm pindolim... mulheres não têm. O que isso quer dizer? É claro que os homens são diferentes, mas nós não deveríamos estar ligados pelo casamento? Não deveríamos sempre cuidar de nosso casamento para que nada o destruísse?

Eu achei que éramos bons nisso, até mesmo vigilantes. Todos os aniversários de casamento nós nos sentamos e avaliamos como está nosso casamento e como nos sentimos um em relação ao outro, a nossas vidas e... ao casamento. Sempre achei que investigávamos isso muito bem. Nunca tive nenhuma restrição ao colocar o que me incomodava. Tenho feito isso sempre, muitas vezes em altos brados.

Para dizer a verdade, sinto até um pouco de vergonha de dizer que, em um aniversário de casamento, quando viajamos para Paris, resolvi que seria mais simples fazer uma lista das minhas reclamações, um tipo de *aide-mémoire*, e escrevi coisas como:

1) Toalhas molhadas de suor jogadas no chão do quarto.

2) Tossir e cuspir catarro enquanto toma banho.
3) Coçar o saco quando tem gente por perto.
4) Usar sempre camisas velhas horríveis de rúgbi.
5) Dizer "e daí" como um grunhido bobo o tempo todo.
6) Chamar-me de "minha primeira esposa" como se fosse uma brincadeira e depois dar risada.
7) Acordar as crianças no meio da noite para dar um beijo de boa noite o tempo todo.
8) Soltar muito pum depois de beber Guinness.

Ele pegou a lista da minha mão, leu em voz alta e fez alguns comentários como "concordo, é terrível" e "comportamento inaceitável" e "divorcie-se desse monstro logo" depois de cada reclamação que eu havia escrito. Finalmente, ele se debruçou sobre a mesa daquele restaurante lindo em Marais e disse com um sotaque francês:

– Madame, vejo agora meus erros terríveis. Você tem que me deixar agora. Você não tem outra opção. Mas esteja ciente de que, na hora em que me deixar, vou começar a seduzir a segunda mulher na minha lista de favoritas, Coleen Nolan. E terei sucesso. Não tenha dúvidas. Você consegue viver com isso?

Homem bobo. Homem engraçado. E bobo.

Pensando melhor, ele nunca reclama de mim – ou de nada. Ele escuta, digere e sempre resolve o problema, mas ele não joga lama em mim. Ele não faria isso. Eu acho que ele realmente me ama. Apesar de tudo. Sem dúvida. Sempre amou.

Eu me lembro de uma vez quando ele disse em uma sexta-feira enquanto fazíamos compra no Sainsbury:

– Sabe, é isso que eu amo, nós somos um time. Eu sei de que molho de macarrão você gosta e você sabe de que presunto eu gosto. Nós dois sabemos do que as crianças gostam. Sabemos quando eles não gostam mais daquilo e gostam de outra coisa. Nós sabemos até o que compramos todas as semanas para que a gente se sinta mais saudável, mas que quase nunca comemos. A gente só gosta de ver aquilo na geladeira. O espinafre, o melão, as coisas com baixas calorias e sem gordura. Eu amo isso. Eu amo isso tudo. A grandeza de cada detalhe. O grande está nas pequenas coisas. Spaghetti? Eu acho que sim! Maionese? Isso mesmo!...

Sim, ele me ama e ama a nossa família. Nós funcionamos bem juntos, ele está certo. Formamos um bom time. Eu gosto da organização, da ação, do levar adiante, e ele gosta da desorganização, das coisas difíceis, do ficar parado. Ele não tem medo do feio e do difícil. O que é bom, porque eu enlouqueço com os dois.

Sei que não estou pensando direito. Não estou pensando como deveria. Não tenho vontade própria. Exceto que tenho, sim, porque, para ser honesta comigo mesma, estou fazendo uma escolha. Escolho não parar. Escolho o caos.

No meio desse turbilhão, tento desesperadamente continuar levando a vida, mas vejo que estou fazendo tudo errado. Eu achei que, ao me espelhar no comportamento calmo e inquisitivo de meu marido, eu conseguiria parecer normal como ele. Errado. É claro, não sou calma e inquisitiva como ele. É óbvio que estou sendo falsa e faço isso muito mal. Parece que atrapalhei todos eles – fiz com que andassem na direção errada. Eu simplesmente perguntei para a Dora como estava indo nas provas e, na mesma hora, com muita raiva, ela me chamou de "boba egoísta e inútil" que não tinha se dado ao trabalho de ver que sua própria filha já tinha feito a última prova e agradeceu-me pela falta de apoio. Meu marido desviou o olhar, concordando envergonhado. O Oscar não quer falar comigo de jeito nenhum, diz que o humilhei na frente de Noel. Eu fui obrigada, ele estava se comportando de maneira abominável ao usar suas consultas para conseguir fazer suas fantasias se tornarem realidade. Com Noel. Entre todas as pessoas, com o meu Noel.

Além disso, ele fuçou nos meus arquivos e quase sabotou a íntima e frágil confiança que Luke Wilson e sua mãe têm em mim. Eu estou apenas começando a desvendar os problemas do coitado e Oscar vai lá e estraga tudo, o diabinho. Eu tinha que chamar a atenção dele. Foi bastante inaceitável o que ele fez e ele sabe disso. Honestamente, ele é tão inteligente e tão estupidamente estúpido. Assustador. Hoje, meus dois filhos são assustadores. Estão prontos para atirar em qualquer direção, sem controle. Estão fora de controle e não sei se gosto de nenhum dos dois. Eles, com certeza, não gostam de mim.

A Dora saiu em um acesso de raiva e agora está em seu quarto conversando com a Lottie. O baile de formatura delas é amanhã à noite, outra coisa em que não me incluem. Nem sequer vi o vestido de que ela falava tanto uns meses atrás. Mas continuo achando tudo sem sentido, irracional. Um baile? Que ridículo. Nós moramos em Pangbourne, não em Ohio.

Eu absolutamente recusei seu pedido para alugar uma "limusine" para levá-la até a escola que fica a pouco mais de 500 metros. Poxa. A Dora é a Dora. A Dora não é Elton John. Não é Mariah Carey. Nem Madonna. Não é nenhuma das pessoas que imagina ser. Ela é só uma menina que terminou a escola. Só isso. Eu sei que é um ritual de passagem e que é importante, blá--blá... Sim, eu me lembro de como eu me senti livre e fui até o pub e tomei um copo de sidra. E andei até lá com meus próprios pés, não me deram uma limusine. Eu não tive uma limusine e você não terá uma. Porque não é justo. Você acha que é tão especial, Dora Battle. Bem, você não é. Você é apenas uma criança que terminou a escola, como todo mundo. LIDE COM ISSO! Eu tenho coisas mais importantes com que me preocupar. Tipo a porcaria da bagunça em que está a minha vida.

CAPÍTULO 56

Dora

Deus do céu! Não consigo acreditar que seja verdade. A Lottie vai ao baile com o Sam. O meu Sam. Sam Tyler. Então, eu não posso ir. Como ela pôde fazer isso comigo? Ela disse que ele era um imbecil. Ela disse que ele era assustador. E agora ela está saindo com ele, ele é a porcaria do namorado dela. Aposto que eu sou a única pessoa no mundo inteiro que não sabia. Aposto como sou a última a saber. Como sempre.

Está tudo errado. De verdade, estou de estômago virado. Eu achei que nós iríamos nos divertir um monte nos arrumando para o baile juntas. Mas, agora, estou devastada. Não posso ir. Não posso. Não consigo acreditar que a Lottie me traiu desse jeito. Com ele, entre todas as pessoas. Por que ela não sai com QUALQUER UM, MENOS ELE? Não ele. Eu o odeio. Eu a odeio. Eu odeio os dois.

Deus do céu. Eles são "eles". Eles estão juntos.

Não consigo parar de chorar. Eu sou uma perdedora. Por que as coisas sempre dão errado para mim? Sou uma perdedora. Uma porcaria de perdedora feia.

CAPÍTULO 57

Oscar

É muito importante estabelecermos nossas prioridades. É de suma importância, vital, comer muita Torta Banoffee em uma hora tão difícil como esta. Caí no doloroso estado da miséria desesperadora. Sei do que preciso nesse momento tão desolador.

A Pamela foi magnânima em sua resposta ao meu pedido e preparou-me uma magnífica torta, a melhor que já fez. Ela me encorajou a sentar e comer e falar e comer até que restassem apenas migalhas no prato. Toda a torta de 25 centímetros de diâmetro foi para o meu estômago, proporcionando-me consolo a cada pedaço. Sem dúvida, a delícia de banana e creme aliviou meu sofrimento. Um bálsamo para o meu pobre coração.

Contei para Pamela, em detalhes, toda a triste história com Noel. Falamos baixo, sussurrando. Acredito que ela tenha se sentido na obrigação de mostrar respeito pelo que havia sido, até agora, o grande amor da minha vida. Ela disse que entendia o dramático efeito do primeiro amor e como essa cruel rejeição tinha acabado com a minha alegria de viver. Ela também me lembrou, e estava certa, de que sou um rapaz de muita força e coragem e que, afinal, ficaria bem.

Eu concordei que, com o tempo, quem sabe eu melhorasse um pouco, mas naquele momento eu vivia no eco da sombra da minha dor. Sentia-me um saco vazio. Seco e gasto, um rapaz sem nenhuma utilidade, com um coração que chorava. Expliquei que meu amor colossal pelo meu Querido tinha sido abruptamente destruído e eu não tinha certeza de que conseguiria suportar o desespero. Aqueles de nós que brincamos com as coisas sérias da vida e sentimos o gosto e o cheiro de muito mais do que a maioria dos mortais sofremos muito em horas como essas.

Pamela, ao que parece com bastante conhecimento de causa, disse:

– Levante a cabeça, mestre Oscar, vamos lá. Esse moço, de fato, não sabe das coisas. Você quis. Ele não quis. Ele é um bobo que não sabe o que é bom e não sabe o que está perdendo, mas não se pode forçar alguém a gostar da gente. A não ser que você seja Donald Trump.

No início, não aceitei o que ela estava dizendo, mas sabia que estava certa. Acho que devo pesar as diferenças entre paixão e amor. Será que Noel foi um mero capricho? Um desejo? Uma paixonite? Devo confessar que minha paixão diminuiu durante a "suposta" terapia, quando ele provou ser o mais amador de todos os charlatães, batendo na mesma tecla sem sentido. Sem dúvidas, ele não poderia ter me julgado mais erradamente se fosse um juiz errado em uma terra onde só se julga errado. De fato, o diagnóstico que ele fez estava irremediavelmente errado. Que homem sério ele se mostrou ser, muito sério. Como sempre digo, a seriedade é o refúgio dos superficiais. Quem sabe o mestre Noel nunca venha a entender os profundos conceitos da vida.

– E o meu futuro? – lamentei-me para Pamela. – Como vou viver com esse sentimento devastador?

Ao que Pamela respondeu:

– Talvez, amor, você pare de choramingar por um segundo e pense em outra pessoa? Por acaso não há uma pessoa que ficaria muito feliz com a chance de ter o coração machucado por você?

No mesmo instante, eu sabia a quem ela se referia. Eu tinha deixado passar a verdadeira chance de ser feliz. Deixei passar sem perceber. Em que estava pensando? Apesar de tudo, talvez esse fosse o meu ano de ser feliz. Quem sabe eu tenha escolhido o mel do pote errado.

Nesses momentos de epifania só podemos fazer o que nos manda a consciência.

Sem hesitar, beijei Pamela na boca com gratidão. Ela pode ser incrivelmente cafona, sim, e não ter nenhuma sombra de bom gosto, sem dúvida. Ela pode ter uma tendência a usar tudo o que seja de viscose e em seu guarda-roupa tem uma coleção de sapatos horríveis, mas ela sabe como nos mostrar o caminho certo. Ela pode ser velha, mas tem um faro sobrenatural para as coisas do coração.

Noel faz parte do passado. Assim, sem mais nem menos. E, assim, terminou. Prepare-se Wilson, estou chegando!

CAPÍTULO 58

Dora

Está tudo em cima da cama, mas eu não consigo ter coragem de me arrumar. O vestido roxo é lindo. Eu sei que ele fica melhor na cama do que em mim. Mesmo depois de toda aquela dieta de comer só coisas brancas, não perdi um grama. Aquela dieta não funciona. Não consigo acreditar que não emagreci nada chorando, porque eu não parei de chorar nas últimas vinte e quatro horas e isso é um monte de água, e água em geral pesa um monte. Pelo jeito, não a minha água. É a única parte de mim que não pesa nada.

Está tudo aí. Vestido, bolsa, sapatos, meias, tudo. Meu pai bateu na minha porta e me deu a caixa de joias da mãe, as melhores que ela tem – aposto que ela não sabe –, mas, para quê? Vai ser horrível. Muito, muito ruim. Eu vou ter de entrar sozinha e todo mundo vai saber que a minha melhor amiga preferiu ficar com o meu ex a ficar comigo.

Minha melhor amiga me humilhou tanto. Ela me odeia, ela deve me odiar, que outra razão teria para fazer isso comigo? Eu achei que seríamos amigas para sempre. Foi isso que dissemos uma para a outra. Eu disse a verdade. Ela não. Ela mentiu. Não se deve mentir sobre o amor. É errado. Se você diz que ama alguém, seja sincero ou, então, não diga nada. O Sam, a Lottie, minha mãe, todos são mentirosos. Eu não tenho ninguém. Ninguém.

CAPÍTULO 59

Ma

Eu deveria estar escrevendo hoje à noite. O primeiro esboço do meu livro tem que ser entregue este mês. Por que fui concordar com um prazo tão curto? Concordei porque não sabia que meu mundo estaria de ponta-cabeça. Eu já deveria ter organizado tudo e ter uma boa ideia de como ficaria o primeiro esboço. Eu deveria estar editando e fazendo ajustes, em vez de estar perdida em um capítulo supérfluo sobre como fazer perguntas abertas para conseguir respostas dos adolescentes. Quem se importa com isso?

O que eu deveria estar escrevendo é um capítulo sobre como me recusar a falar com eles até que eles tenham aprendido a se dirigir a mim com um pouco mais de respeito. Sobre como ninguém "negociava conosco", quando éramos adolescentes, ganhávamos um puxão de orelha e ficávamos sem sobremesa no sábado se nos comportássemos mal. E, mesmo quando éramos mal-educados, não éramos tão mal-educados. A Pamela me dava um tapa só por reclamar ou por comer na rua. Eu jamais sonharia em retaliar abertamente, jamais faria isso, seria a morte certa.

A Dora, de mau humor, fechou-se em seu quarto e recusa-se a falar com todo mundo. E gritou para mim:

– Nem pense em olhar para mim! Toda vez que você olha para mim, eu vejo como você está decepcionada com o espectro de filha que você tem. Vá para a casa da Lottie e olhe para ela, ela é muito mais o teu tipo, vocês duas são mentirosas. Vocês são iguais! Quero que vocês duas vão para o inferno!

E bateu a porta do quarto com tanta força que quebrou o trinco, o que fez com que ela falasse tantas coisas obscenas que um molambo ficaria envergonhado. Acho que houve algum problema com a Lottie, o que é uma pena. A Lottie era a única amiga da Dora. A Dora deve ter feito alguma coisa muito errada para sabotar tudo. Eu não vou ficar sabendo, não faço parte dos que ficam sabendo.

Eu gostaria de ajudar com o vestido de baile, sobretudo porque tenho a impressão de que não o aprovaria muito, deve ser muito decotado e escandaloso, e talvez eu pudesse costurá-la no vestido para que ela não ficasse inteira para fora. Em tempos mais tranquilos, quando as batalhas não eram tantas, eu curtia ajudá-la a se arrumar. Não importa a idade, ainda é se arrumar e, apesar de tudo, ainda sou a mãe. Eu adorava quando ela queria saber a minha opinião.

Qual sapato?

Qual bolsa?

Eu posso ser muito mais velha, mas os prazeres de menina ainda estão vivos em mim, não morreram. Aliás, foram reacendidos quando uma filha, quando a Dora, nasceu. Ela me fez visitar o cor-de-rosa e todas as coisas que é difícil admitir que a gente goste depois de adulta. Existe uma fada em todas as mulheres, mas temos que escondê-la com muito cuidado para sermos levadas a sério. E as fadas têm muitas formas, cores, tamanhos e tipos. Elas não têm de ser fofinhas. Elas podem ser exigentes e furiosas se quiserem. Mas elas têm de usar uma tiara. É compulsório. Eu até tenho uma em algum lugar no meu guarda-roupa. Adoraria dá-la para Dora hoje à noite, mas estamos entrincheiradas em abrigos separados no momento e, agora, a entrega seria fatal. Posso dar para ela no dia em que fizer 18 anos. Se estivermos nos falando.

Engraçado como as mulheres têm vergonha das fadas que têm escondidas dentro de si mesmas, e os homens têm tanto orgulho de mostrar os cowboys e os bombeiros que escondem. Aliás, nem sequer escondem, estão à mostra. Tem o Oscar, é claro, que sem vergonha nenhuma nos mostra a sua fada desde o dia em que nasceu. Que menino fabuloso.

De qualquer maneira, não consigo escrever. Não consigo escrever porque não consigo pensar. Não quero escrever. Odeio escrever essa porcaria de livro. É como se tivesse um imenso albatroz no meu pescoço. Sei tudo, não é difícil. Talvez esse seja o problema. Eu deveria tentar escrever alguma coisa mais difícil, alguma coisa sobre a qual não tivesse tanta certeza. Conheço adolescentes e sei como me comunicar com eles, eu os entendo. Eu deveria escrever sobre mulheres que, na iminência dos 50 anos, estão à beira da insanidade. Mas, se eu fosse escrever esse livro, eu teria que fazê-lo enquanto estivesse rodando em uma daquelas xícaras de chá imensas em um parque de diversão, porque é assim que me sinto.

Minha percepção da realidade está bastante precária o momento. A razão e a lógica, minhas grandes amigas, desertaram-me e deixaram-me como guias a leviandade e a loucura. É como se meu cérebro fosse feito de mercúrio. O mercúrio da loucura que, a todo momento, sobe e desce, dependendo da extensão da minha insanidade.

Uma hora estou no chão e na outra estou voando.

Uma hora acho tudo ridículo e, na outra, tudo é destino.

É simples, é complexo.

É certo, é errado.

É certo.

Ele é um imã. Impotente, não consigo resistir. Não consigo parar de pensar nele. Estou eufórica. Eu estou viva. Sinto-me desejada e viva.

Olhe para mim agora. Coloquei na cama a roupa que vou usar amanhã e mal posso esperar para vesti-la. Sei que aquela blusa preta fica muito bem em mim, mostra meu pescoço. Tem um corte muito bonito que acentua os lugares certos. Mostra as curvas da minha cintura e delineia meu busto. E separei a roupa de baixo perfeita. O sutiã faz milagres, levanta os seios. O laço ameixa e a fita traspassada azul são lindos, e é meu único sutiã que tem uma calcinha que combina.

A última vez que o usei foi no nosso aniversário de casamento... Não pense sobre isso.

A saia com corte em viés. Roxa. Ah, meias que não precisam de cinta-liga. Nunca saíram do pacote. Novas, para amanhã. Como é que elas vão ficar no lugar? Sapatos de salto pretos. Um bom paletó. Acinturado. Justo. Acho que ficarei fabulosa vestindo isso. Ouso dizer, sexy?

Sexy no trabalho?

Puts, eu me tornei a Veronica.

CAPÍTULO 60

Oscar

Nas ocasiões difíceis, papai é, de fato, uma pessoa muito incrível. Ele tem um instinto primitivo maravilhoso que lhe diz exatamente o que fazer e quando. Em geral, no último minutinho. Apropriado à enésima potência. Isso é de fato o que aconteceu na noite passada.

A Devastada Dora estava em um estado terrível por causa do jeito inglorioso com que a Preguiçosa Lottie terminou a amizade com ela. Um abate terrível, visto que a festa celebrando o fim da escola seria na noite seguinte. Que falta de consideração. Cruel. Em um humor azedo e brigando muito, a Desesperada Dora ameaçava ficar em casa, o que seria uma catástrofe, porque papai e eu tínhamos combinado de assistir a A Malvada. Bette Davis deveria ser o tema a ser discutido em nosso encontro de Os Fascinantes. Pensando melhor, não tenho certeza de que ela seja fascinante. Ela chega a ser assustadora. Preciso pensar melhor sobre isso.

Papai virou-se para mim no sofá e disse apenas:

– Como será que está a Dora? Estou preocupado.

Não ousei dizer-lhe em detalhes o que eu achava, mas disse a ele que concordava que a salsicha boba não estava bem. Assim, papai entrou em ação. Relutei no começo, pois estaria desistindo de uma noite fascinante, mas ele falou da importância de nossas obrigações para com a família, especialmente com a Mamãe fechada no escritório com sua musa. Em outras palavras, longe de nós três, aliás, a quem ela parece ser alérgica ultimamente. O papai achou um smoking para mim e, para ele, um terno escuro e o quepe de aviador de seu pai. Aliás, muito bonito.

– Estou vestido de acordo para a ocasião, filho?

Que homem mais querido.

O smoking ficou um pouco grande para mim, mas, com alguns detalhes (polainas de pele, faixa de contas na cintura, pérolas, turbante com franjas etc.), eu fiquei muito bem, até mesmo notável.

– Como estou, pai?

Ele olhou para mim e riu tanto que chegou a cair na cama segurando a barriga. Eu não estava tão gozado. Roubei um pequeno botão, lindo, de uma das orquídeas de Mamãe – ela não vai gostar muito – e papai e eu com a flor na mão nos aproximamos da porta do quarto da Deprimida Dora. Papai arrumou seu paletó e bateu à porta.

– Vá embora! – foi a charmosa resposta.

– Estamos aqui para pegar a senhorita Dora Battle – ele disse em um tom bobo e formal.

– Pai, de verdade, vá embora, quero ficar sozinha.

Tive de intervir.

– Dora Battle, amada filha do senhor e da senhora Battle de Pangbourne e querida irmã do estimado Oscar Earnest Battle, por favor, dê-nos a honra de sua atenção... – silêncio... – Na hora que melhor lhe convier, é claro.

– Ah! Deus do céu – ela resmungou.

Ouvimos seus passos em direção à porta e, depois de mexer muito no trinco, que me pareceu estar quebrado, abriu a porta.

Coitada, coitada da Angustiada Dora. Estava com o rosto vermelho e inchado de tanto chorar e a sombra preta dos olhos estava por todo o rosto. Ela parecia uma transtornada limpadora de chaminés.

Papai tirou o chapéu e disse:

– Senhorita Battle, seu motorista que a espera e seu acompanhante para a noite – e me empurrou firmemente para a frente.

Surpreendeu-me o desejo inesperado de me curvar e beijar-lhe a mão, algo que nunca tinha feito antes e é muito improvável que faça de novo.

– Ao seu dispor, senhorita.

Ela começou a chorar e caiu nos braços de papai, em quem também notei lágrimas brotando nos olhos.

– Ah, pai...

– Vamos lá, pudinzinho, vista seus trapinhos felizes, você não pode deixar que um casal de metidos como aqueles dois arruíne a sua noite, você é melhor do que eles. Você é melhor do que todos os malditos metidos juntos. Você não sabia? Você é Dora Battle, a menina mais bonita do mundo! Eu não consigo acreditar que você não saiba disso, estava no Jornal das Dez e em todo lugar... "Hoje, em Pangbourne, condado de Royal Berkshire, a linda e muito bem-vestida Dora Battle, aos 17 anos, foi eleita a garota mais bonita de todo o universo."

Nesse momento, ela bufou uma risada que, infelizmente, fez seu nariz escorrer e ela correu para se recompor e se arrumar enquanto papai e eu esperávamos à mesa da cozinha.

Quando por fim surgiu, seu traje era a sua perfeita e sublime imagem. O vestido na cor errada e muito apertado, os acessórios inadequados etc. Apesar de sua pele estar estranhamente laranja, tivemos de admitir que, de seu próprio jeito atrevido, ela se arrumara muito bem. Papai nos levou até o carro e, ao abrir a porta, tirou o chapéu e fez uma reverência.

A rainha da noite virou-se para mim e disse:

– Obrigada, Pete, é bem legal o que você está fazendo por mim... – afaguei-lhe a mão para tranquilizá-la e ela continuou –, mas, se você fizer qualquer coisa que me deixe com vergonha, corto tuas bolas e dou para a Caca comer, entendeu?

Eu entendi.

Assim, em todos os meus 16 anos de vida, essa foi uma das noites mais maçantes. Fiquei olhando enquanto a Insensata Dora evitou o temido casal, descaradamente em dois à mesa. Ela cometeu o erro monumental de beber demais nos primeiros oito minutos e meio. Isso não a ajudou a comportar-se com um mínimo de elegância. Minha irmã e o álcool não se dão bem e, sem dúvida, o conhaque que ela pegara na cozinha e escondera na bolsa não a ajudou a manter a dignidade. Logo, ficou evidente que seu vestido estava cedendo até que, sem querer, os enormes seios brancos livraram-se da restrição toda e, inteiramente livres, também participaram do baile.

Foi nesse momento que decidi sair do canto escuro para onde me havia retirado (apesar de estar no escuro, atraí a atenção não solicitada de um número razoável de jovens potrancas. Que tropa de imodestas indecentes elas são) e escoltar a Debochada Dora para fora e para casa em segurança.

Ela ficou muito ofendida com minha oferta de ajuda e me atacou violentamente.

– Fique longe de mim, seu metido! Eu vou voltar para casa como, quando e com quem eu quiser! Você... seu... Vá embora!

Essa menina boba leva a ingratidão a ponto da indecência. Ela cambaleou em direção a Sam e Lottie e, inapropriadamente, decidiu que uma lap dance exclusiva para o petrificado Sam seria apenas a coisa a ser feita. A Lottie, compreensivelmente, ofendeu-se e houve uma disputa frenética. Nada bonita, mas não pude deixar de notar, com certo orgulho, que a Diesel Dora é muito boa com os punhos.

Com a ajuda do corpulento (e não pouco atraente) Craig, professor de Educação Física, consegui tirá-la de lá e levá-la em direção à saída. Mas não perdi a oportunidade de sussurrar algumas palavras no ouvido do jovem e venenoso mestre Sam.

– Você e a lambisgoia desleal que lhe faz companhia fiquem bem longe da minha querida irmã. Você tem em mim um poderoso inimigo, seu infame errante.

Acredito que ele se encolheu.

CAPÍTULO 61

Dora

Por favor, eu imploro, Deus, seja misericordioso. Tudo em mim, dentro de mim e em torno de mim dói. Tudo é tão horrível. Acordei com um montinho bem arrumadinho de vômito do lado do meu travesseiro. Acho que é bom porque, se eu não tivesse colocado aquilo para fora, poderia ter me engasgado. Foi assim que a mulher daquela banda de velhos morreu. Como era mesmo o nome dela? A Mãe adora. As Mães e Os Pais ou coisa parecida. Bom, foi assim que aquela mulher morreu.

Eu acordei ouvindo a Caca chupando alguma coisa e, quando me virei, ela estava comendo a pilha de vômito. Nojento, totalmente revoltante. Essa cachorra come qualquer coisa, tipo queijo, banana, poeira cósmica, chicletes, cocô de cavalo, sapato. Uma vez, ela comeu metade de um rato morto lá no parque. Eu fiquei lá olhando, de boca aberta, sem conseguir tirar os olhos dela. Ela mordeu e mastigou até que comeu tudo. Quando fomos para casa, ela vomitou tudo na frente da televisão quando meu pai estava vendo aquele programa sobre carros com Jeremy Clarkson. Minha mãe disse que pelo menos o rato regurgitado era "muito apropriado". Não sei do que ela estava falando. Eu nunca sei do que ela está falando. Não sei mais quem ela é. Não me importo.

Eu perdi um dos brincos dela ontem à noite. Vão me matar por causa disso. Meu pai disse que é feito de diamonique de verdade ou alguma coisa parecida. Puts. Estou tão encrencada. Limpei o vômito, mas ficou uma mancha que não consigo tirar. De que é feito vômito? Por que é que tem uma coisa amarela lá? Não comi nada amarelo. Só comi coisas brancas. Aliás, não comi nada ontem. Esse deve ter sido o problema. Depois bebi o conhaque. Toda a garrafa. Parece que também tomei vodka com Red Bull, do que, aliás, não gosto. Acho que foi a mistura de ficar sem comer com o mega medo que deu tão errado.

Eu me lembro de ver os "dois" quando entrei. Fui para o bar e eles olharam para o outro lado. Foi tão ruim ver a Lottie e não poder correr para ela e dar um abraço nela, especialmente porque o baile era para ser o marco de que por fim tínhamos terminado a escola. A gente sonhou tanto com isso. Ela e eu, juntas. Não, ela e ele.

Ainda bem que ninguém falou muito sobre isso, mas, para dizer a verdade, não me lembro muito bem do que aconteceu. Eu me lembro dos primeiros dez minutos, mas mais nada depois disso. O Peter disse que vai me contar tudo quando acordar. Espero que nada de tão ruim tenha acontecido. Acho que não. Tipo, eu saberia... Eu acho. Sim, saberia.

Estou mal. A cabeça está latejando. As pernas formigam. As costas doem. A pele parece que não cabe no rosto. O estômago é puro ácido e a garganta está ardida. Não consigo enxergar direito, nem com óculos. Só consigo ver a tela. Que me diz, puts, que eu entrei no Facebook às 3h da madrugada. Deus do céu. Com quem? Uma vez com Não Robert Pattinson, que me disse para calar a boca e ir dormir. Depois, puts, quarenta minutos com o X-Man. Deus do céu, que conversa comprida. Fiquei reclamando do Sam e da Lottie a maior parte do tempo, que vergonha. Até que ele foi legal. Ele deve ser muito tranquilo para me deixar falar desse jeito.

Depois, eu disse para ele que eu estava chorando e não podia teclar e ele ficou lá esperando e dizendo:

– Não se preocupe Dodo. Calma. Está tudo bem – até que eu me sentisse melhor.

Ele me deu um apelido. Dodo. Que bonitinho. Depois, ele me disse que "também fica nervoso quando vai a festas". Ah, que lindinho. Ele disse que é "tãããao tímido que talvez nunca vai ter coragem de se encontrar comigo." Então, eu disse: "Claro que vai, baby, não tenha medo, essa cadela não morde." Deus do céu, que vergonha de ter dito isso. Depois, ele me perguntou que roupa eu usei para o baile e eu descrevi. Hum, muito mais sexy do que era de verdade.

Ele disse: – Pare, você está me deixando excitado.

Ah, meu Deus. Eu o deixei excitado. Nunca ninguém me disse isso antes.

Depois, ele me pediu: – Mande uma foto de você com o vestido do baile.

Eu disse: – Você primeiro.

Ele disse: – Não tenho um vestido de baile.

Eu disse: – Ha, ha. Você sabe o que eu quero dizer. Quero saber como você é.

Ele disse: – De jeito nenhum. Você nunca vai querer falar comigo de novo, eu sou um nerd.

Eu disse: – Não é não. Seu bobo.

Ele disse: – Aposto como você tem tudo em cima. Não sei o que o Sam estava pensando... Ele é um perdedor.

Eu disse: – Tá legal, aí vai a foto. Colírio para os olhos. Diga o que você acha!

Ah, meu Deus. Que foto eu mandei?

Ah, não. MEU DEUS!

Eu mandei uma foto de mim com os peitos de fora. Que horrível! Ah, meu Deus. Que foi que ele respondeu? Nada. Ah, meu Deus. Nada. Silêncio. Agora perdi o X-Man também. Nem me encontrei com ele ainda. Eu sou 130% idiota. Com estas porcarias de seios.

CAPÍTULO 62

Ma

Hoje de manhã, ele entrou com determinação e sentou. Foi nossa terceira sessão e nenhuma delas tinha sido o que deveria ser. Longe disso.

Eu comecei.

– Eu disse que iria pensar. Desde então, não tenho feito nada além de pensar. Bom, eu digo "pensar", mas parece que meu cérebro não está funcionando muito bem. De qualquer maneira, desculpe, o que eu tenho para dizer é... por mais que eu... eu não acho que podemos continuar com isso...

Ele levantou.

– Por favor, fique em pé.

Foi um pedido tão simples, mas estranho. Fiquei em pé. Ele estava olhando para a minha boca. Deus, será que minha boca estava suja? Automaticamente, toquei os lábios para sentir. Será que tinha resto da geleia que comi no café da manhã? Não tinha nada. Mas, ele continuou olhando para a minha boca.

Depois, olhou-me nos olhos.

– Ma, eu tenho que saber como é beijá-la. Não estou pedindo licença. Estou avisando que vou beijar você. Agora.

E, com isso, deu uns três passos em minha direção. Eu fiquei paralisada. Iria acontecer e a antecipação era forte demais, eu mal conseguia respirar. De repente, eu me dei conta de que segurava o bloco e a caneta. Meu bloco com a linda e velha capa de couro. Que meu marido me deu. Querido velho marido de couro. Ele me deu esta capa. Ele não está aqui agora, está? Nesse exato momento, quando estou para beijar um homem lindo de uns 30 anos?

Virei e coloquei o bloco na cadeira. Essa breve distração foi a minha chance de escapar, mas eu disse não a essa chance na mesma hora e me virei para ele de novo. Sou alta, mas não tão alta quanto ele, assim, tive que levantar o rosto para olhar para ele. Ele não me agarrou nem me segurou em seus braços em um abraço frenético. Eu meio que esperava por isso. Eu achava que era o que acontecia em momentos como esse. Que é que eu quero dizer com momentos como esse? Nunca tive momentos como esse. Vi em filmes. Mas nunca vivi um momento como esse de verdade. É esta a minha vida de VERDADE?

Ele tocou meu queixo suavemente com o dedo indicador e inclinou-se chegando muito perto. Eu podia sentir sua respiração. Eu podia sentir o perfume cítrico de sua loção pós barba. Eu podia ver a textura de sua pele jovem. Tão perto, tão perto. Depois, com ambas as mãos, ele segurou meu rosto. Olhou direto para mim e sussurrou:

– O que será que você vai fazer? Vamos ver...

A leveza de seu toque. A maciez de sua boca. Sua respiração. O gosto da língua dele. A vida dentro dele, sendo soprada dentro de mim. Ele estava pedindo esse beijo. Tomando-o de mim. Então, ele me puxou mais perto, colocou seus braços em volta de mim em um abraço totalmente diferente. Então, ele estava me dando um beijo, testando se eu responderia. Seria impossível fazer outra coisa, foi tão maravilhoso. Todos os pensamentos sobre tudo e todos ficaram em temporário esquecimento. A permissão que dei gerou uma sensação de liberdade tão grande que, assim que a dei, fiquei solta. Fui transportada para um passado lindo, muito antes de ser casada, antes de ter filhos, antes da faculdade. Quando a liberdade era irresponsável, sem senões, quando a gente, se quisesse, poderia beijar assim por horas. Para dizer a verdade, a gente acreditava que morreria de tristeza se nossos lábios se separassem.

Assim, hoje, foi isso que fizemos, Noel e eu. Enquanto nossos colegas de trabalho estavam a menos de três metros em outros consultórios, na recepção, na cozinha, no banheiro ou dando de comer para o peixe, eu estava beijando Noel, suspirando e gemendo em um arrebatamento maravilhoso, por 55 minutos.

Cinquenta e cinco minutos!

E só paramos porque ouvimos a porta do consultório de George abrir quando ele terminou a consulta. Se não fosse isso, acho que teríamos continuado por dias. Dias e mais dias de beijos perfeitos. Depois que paramos, ele ficou perto de mim. Eu estava atordoada, bêbada com o beijo. Eu estava tonta. Eu queria que ele parasse de falar para começarmos tudo de novo, mas ele falou de forma clara:

– Você não pode mentir em um beijo, Ma. Eu sei a verdade agora. Obrigado. Ei, seu rosto! Seu rosto está diferente. Você parece ter 18 anos. Por favor, diga que vamos fazer isso de novo.

Ao que eu respondi com fabulosa eloquência:

– Sim, por favor, agora, logo, por favor, obrigada.

Ele riu e saiu. Eu o ouvi cumprimentar o paciente que o esperava no corredor. Ele mudou de repente, assim, de um segundo para o outro. Em um segundo. Abracadabra. E ele não estava mais lá.

Eu não consegui ir buscar o próximo paciente. Antes, fui me recompor. Tinha medo de ser descoberta se alguém me visse daquele jeito. Bêbada durante o trabalho. Inebriada por um beijo. Cheia de prazer. Olhei-me no espelho. Ele tinha razão, eu estava diferente. Eu brilhava. Estava enfeitada. Tudo porque eu era "beijável". Ainda.

CAPÍTULO 63

Dora

Se eu não fosse eu, não me incomodaria comigo. Eu sou uma inútil. Eu não seria minha amiga, eu não sairia comigo, eu não seria meu irmão ou um dos meus pais ou meu médico ou meu cachorro, ninguém. Eu seria uma das outras pessoas sentadas falando umas com as outras e dizendo:

– Você soube o que a Dora Battle fez no baile de formatura? Ela fez uma lap dance para o Sam Tyler e se pegou a tapas com a Lottie Evans. E dava para ver até a calcinha dela! Que menina à toa.

São essas as pessoas que eu queria ser. Se uma pessoa é digamos 100%, então, eu sou tipo 22%. Bem, em relação ao corpo sou 6%, roupa, uns 12%, cabelo, 2%, personalidade sou 23%, amigos, 0%.

Fui visitar a Nana Pamela, porque ela é a única que não sabe o que eu fiz. Bom, não sabia. Agora ela sabe, porque eu contei. Ela fez chocolate quente para eu tomar enquanto ela fazia o bolo upside-down de abacaxi. Como é que ela sempre tem os ingredientes? Mesmo quando ela não sabe que a gente vai lá? Minha mãe não é assim. Para alguém vir aqui em casa, tem de ser convidado com um cartão escrito em ouro, e as compras têm que ser feitas oito semanas antes, para que ela pratique e depois faça de conta que fez aquela fabulosa refeição sem esforço nenhum. Se alguém simplesmente aparece, ela pira porque não tem a comida certa para poder se mostrar. Por que ela não aprendeu com a Nana Pamela? É a mãe dela. Mãe de verdade. Era de se esperar que ela respeitasse e aprendesse com sua mãe. É o que eu faria se fosse filha da Nana.

Bom, eu contei tudo o que aconteceu para a Nana Pamela e ela foi muito gozada. Ela imitou o Sam e a Lottie se arrumando para ir para o baile e disse que a Lottie teria que levar o Sam na bolsa porque ele é tão pequeno. Disse que a Lottie teria que guardar ele em uma caixa de fósforos e deixá-lo sair só para as refeições e festas. Ela disse que daria muito trabalho ser a namorada dele, porque a gente teria de ficar o tempo todo cuidando para que as pessoas não pisassem nele.

Depois, ela disse:

– E é bom que a senhorita Lottie se cuide. Será que ela não sabe que namorar o ex da melhor amiga é a pior falta de consideração, a pior das traições? É repreensível. O santo padroeiro da Amizade, São Jonas das Santas Imaculadas Pulseiras da Amizade, enviará os seus vingadores invisíveis que vão entrar pelo nariz e comer o cérebro dela e, depois, aos poucos, comer todo o corpo dela por dentro, mastigando e mastigando, até que saia tudo dolorosamente pelo bumbum para que ela se lembre da agonia que lhe causou. Sim, senhora, é isso que o santo faz. Deus abençoe sua misericórdia e benevolência.

Ela é a única que está sempre do meu lado. Bom, meu pai também, mas ele não conta, porque ele é o pai. Ela me perguntou sobre o anticoncepcional, se eu tinha decidido o que iria fazer, mas eu disse para ela que eu achava que não iria precisar de anticoncepcional pelos próximos vinte anos, porque ninguém vai querer ficar comigo. Especialmente os meninos. Acho que a minha xoxota vai criar bolor ou coisa parecida e fechar para sempre, e se aparecer uma chance de eu transar com alguém algum dia, eu terei que chamar os bombeiros para conseguir abri-la de novo. A Nana Pamela disse que, quando eu chamar, uma perua vai chegar com quatro caras vestindo macacão e aquelas jaquetas amarelas que refletem a luz e eles vão ter o equipamento certo para isso. Eles vão ter todo o equipamento, tipo, capacetes com lanternas e, por segurança, terão que ser amarrados uns aos outros! Ela é tãããо engraçada. Foi a primeira vez que eu ri em muito tempo.

Eu disse para ela que tinha um segredo que eu queria contar, mas que ela não podia contar para ninguém. Ela prometeu, então, eu contei sobre o teste do X Factor que vai ser daqui a duas semanas, isto é, depois do meu aniversário, assim, não tenho que pedir permissão para ninguém.

Ela perguntou se eu queria que ela fosse comigo. Foi tão querida, mas eu acho que, agora que não tenho mais a Lotts para ir comigo, devo ir sozinha e, de qualquer maneira, a gente terá de esperar horas na fila, e os joelhos dela não são muito bons. Ela entendeu, mesmo, e perguntou se eu cantaria a minha música para ela. Comecei a cantar, mas quando cheguei à parte que diz "Eu sou linda, não importa o que eles digam", a Nana disse:

– Eu sei essa música, espere aí!

E foi até o piano e tentou tocar, mas ela não sabe a música muito bem e ficou meio ruim, não deu muito certo.

Depois, ela tocou a música da Eva Cassidy, Somewhere over the Rainbow, que ela adora que eu cante. Pelo menos essa ela sabe, então pudemos cantar juntas. Ela acha que eu deveria escolher essa música para o teste, mas todo mundo escolhe essa música, eu preciso de alguma coisa que chame a atenção. Vou ficar com a minha escolha. Eu morreria se escolhesse a música que ela prefere e não passasse para a próxima fase. Afinal de contas, esse é o meu sonho. Eu tenho que viver meu sonho. O meu sonho! A minha vida não tem sentido se eu não conseguir. É a minha razão de viver. É a única coisa com a qual sonho.

CAPÍTULO 64

Oscar

A noite foi uma revelação. A noite da gincana da Associação de Pais. Alunos contra os professores. Fatídica. Como é singular e decepcionante testemunhar o mais profundo, o maior e o mais denso nível de ignorância do corpo docente da escola.

Talvez, não devo condenar todos. Há aqueles que merecem um pouco de respeito. Shitehouse Shelley é legal, se conseguirmos tolerar sua halitose tóxica. Pelo menos, ele é curioso o suficiente para ler um livro ou dois que estejam fora dos parâmetros de sua própria matéria. Se eu ensinasse Alemão, como ele, leria sem parar sobre qualquer coisa. Um homem cujo trabalho é fazer barulhos guturais o dia todo não deveria ter um hálito venenoso. A sra. Gibson, professora de Química, é outra que aprecio, apesar de que eu entendo que não se deve ser grato ao simples fato de ela ser uma mulher, uma gentil e inteligente chama que brilha na negra escuridão da lamentável falta de esclarecimento masculino que permeia nossa escola. Eles são os inglórios que me fazem sentir vergonha de pertencer a este sexo. Eu saboreio momentos como esses, quando eles são claramente os adversários e, mais claramente ainda, os filisteus.

Papai e eu éramos os representantes da minha série, assim como alguns outros bravos corajosos à nossa mesa. Avistei Wilson com sua mãe, uma mulher muito pequena e suave, em uma mesa não tão bem posicionada a certa distância. A mãe dele é muito tímida e estava singularmente claro em seu aparente desconforto que, para ela, a noite era um purgatório. Pedi licença e fui até a mesa deles. A caminho, a culpa pela minha indiscrição tomou conta de mim. Era como se eu atravessasse o muro da vergonha. Quase parei e voltei com vergonha de confrontá-los, mas algo me fez ir adiante. Contrição, quem sabe?

Inclinei-me entre os dois e sussurrei:

– Eu espero que vocês me perdoem, mas não pude deixar de notar que estão cercados de malandros e velhacos à mesa, em cuja companhia é improvável que reivindiquem a devida vitória no final da noite. É vital ganharmos dos professores, esses ladrões miseráveis, e recuperar a cobiçada Copa Dimbleby que eles nos roubaram tão desonrosamente ano passado. Assim sendo, convido-os, sra. Wilson e seu filho maravilhoso, à nossa mesa. Duas adições tão valorosas seria nada menos do que maravilhoso e seu apoio, inestimável. Conceder-nos-iam a honra...?

Felizmente, os dois concordaram e me seguiram até nossa mesa, muito superior. Papai, muito educado, levantou-se para cumprimentá-los. Eles se instalaram com conforto e mandei papai buscar uma jarra de laranjada e biscoitos no "bar".

A competição foi bastante acirrada, mas com alguns momentos de entretenimento. O meu favorito foi quando Cock Cooper mostrou sua estupidez ao achar que um "autocrata" era um "aristocrata". Como observou Wilson, ele quase disse "aristrocata". Que, pensando bem, teria sido muito melhor, muito mais divertido. Nossa mesa provou ser infinitamente mais competente do que todas as outras.

Forte concorrência veio da mesa do Diretor. Ele tinha recrutado, ilegalmente, seus dois filhos, que não eram nem professores nem alunos. Ambos pós-graduados e mais ou menos bem equipados no departamento de inteligência. Não é preciso dizer que, na verdade, nem um deles estudou na nossa escola, fato que de fato provou ser uma vantagem para eles. A mera presença deles era, para mim, prova suficiente das negociações dúbias do Diretor. Não é nenhuma surpresa que o nosso líder seja conhecido como

"Dá-lhe Diretor". Ele incita total desrespeito em todos os que o conhecem, merecido, mas, de modo alarmante, sua mesa estava na frente com pontos preciosos, embora ilícitos. Eu mal podia acreditar na sorte que tiveram com as perguntas, uma das quais foi simplesmente: qual o nome do primeiro-ministro? Que surpresa! Fale sobre trapaça. Veja bem, essa poderia ser considerada uma pergunta difícil se comparada às outras questões da noite.

Papai mostrou um bom conhecimento na seção de esportes e a mãe de Wilson foi fabulosamente útil em culinária e história. Para dizer a verdade, ela e papai pareciam estar se dando maravilhosamente bem, eu não o via rir daquele jeito há muito tempo. E nunca tinha visto a mãe do Wilson rir antes. Acho que ninguém daria risada se guardasse tamanha tristeza no coração. Ela parecia reanimada, pelo menos naquela hora. Vi quando papai e ela se esforçaram heroicamente para ser sociáveis e, é claro, divertiram-se muito com isso. Eu queria que Mamãe fizesse um pouco mais de esforço para colocar um sorriso como aquele no rosto sereno de papai. Ele quer tanto ser feliz. E, nos últimos tempos, ela parece tão relutante...

De repente, senti Wilson tocar-me o joelho em baixo da mesa.

– Eles estão se dando bem, não acha? Poderíamos ser como a família misturada de Brady Bunch!

Foi chocante perceber que Wilson acreditava que meu pai estivesse tão disponível. Será que ele está? Eu espero que não. Nada é mais humilhante do que um papai desavergonhado.

– Não, não – assegurei-lhe –, ele está feliz por ter saído de casa, superexcitado, só isso.

– Certo – disse ele, não convencido.

– Wilson... Luke – sussurrei –, peço-lhe desculpas pela minha imprudente indiscrição. Estou muito arrependido por ter feito o que fiz. Sua história pessoal não é da minha conta. Eu espero que saiba como me sinto envergonhado. Será que você consegue me perdoar, meu querido menino? Você tem todo o direito de estar muito magoado. Eu sei disso.

– É impossível ficar ressentido com você – ele disse –, serei sempre o seu servo, sei que você guardará meu segredo e que me manterá sob seus cuidados.

– Irei Luke, de fato irei. Preciso estender minhas desculpas à sua querida mãe?

– Ela nada sabe sobre isso, assim, não é preciso. De qualquer maneira, veja como ela está feliz hoje, não vamos estragar isso. Para ninguém.

Dito isso, ele piscou o olho para mim e foi quando senti acender-se uma chama dentro de mim. Sem dúvida, é bem especial o jovem Luke Wilson. Marque minhas palavras, sua incrível força e bondade me pegaram de surpresa, tenho de admitir que ele é um pouquinho maravilhoso, vejo isso agora que parei para olhar melhor.

Depois disso, ele respondeu três perguntas bem difíceis, uma atrás da outra. Três respostas que, triunfantemente, trouxeram a Copa Dimbleby de volta para a nossa mesa e para os alunos, a quem pertence. Vitória. Não é preciso dizer que o Diretor bufava de raiva. Lívido, espumava pela boca. Wilson, com um gesto, chamou-lhe a atenção e, em pé, curvou-se, em um ato de impressionante coragem e excelentes modos. O Diretor foi forçado a dar-lhe um sorriso.

Wilson é um competidor. Em todos os sentidos. Eu, na mesma hora, convidei-o para ser meu par na festa do décimo oitavo aniversário da Dama Dora.

CAPÍTULO 65

Ma

Será que está escrito na minha testa? Será que estou usando uma placa onde todas as minhas informações pessoais estão escritas? Como é que minha mãe sempre sabe? Quando planejei a visita desta semana, não era bem isso que tinha em mente. Eu tento fazer com que essas visitas sejam sobre ELA, mas ela me vê, e logo sabe o que estou sentindo e é quase cirúrgica com as perguntas. Ela sabe que carrego um peso emocional e quer que conte tudo para ela. Resisto há alguns anos. Acho seu interesse intrusivo e, por alguma razão, não consigo suportar o fato de que ela me conhece tão bem. A preocupação que ela sente chega a ser claustrofóbica.

Durante certo tempo, achei que ela era simplesmente intrometida e que precisava saber sobre a minha vida porque, como a vida dela ficou mais vazia depois que meu pai morreu, ela preenchia a vida dela com a minha. Eu não me importava, mesmo, às vezes até embelezava os fatos para tornar a narração mais interessante e dar-lhe alguma coisa sobre o que pensar. Eu exagerava, fazia a minha vida parecer mais elaborada do que é. Patético, não? Eu não me importo com o enganar em si, mas a sua própria mãe? Para quê? Para impressioná-la? Eu não preciso da aprovação da minha mãe para nada. É óbvio que faz bem à alma se ela tem orgulho das minhas realizações e acha que eu sou uma pessoa legal, mas eu sei que ela acha, não preciso de sua aprovação. Já a tenho.

Fui lá para estar com ela, só isso. E sem dúvida ficamos juntas. Dessa vez, avisei-a com bastante antecedência e ela fez o bolo de beterraba para mim. Sem bolachas de segunda categoria desta vez. A cobertura estava uma maravilha – brilhante e cor-de-rosa –, absolutamente deliciosa.

Enquanto eu comia, em total desvantagem por causa do bolo, ela aproveitou.

– Então, como estão as coisas?

Uma pergunta que parece inocente, mas conheço a Pamela, ela queria tirar a máscara que eu estava usando e chegar à raiz de todos os meus segredos.

– Nada demais, mãe. Estamos todos bem.

– Ah, é?

– Sim.

– Sei. Se você quer esconder, tudo bem, mas eu conheço você, mocinha, e posso esperar até que você esteja pronta para me contar.

Até agora, só duas pessoas sabiam de tudo o que estava acontecendo em minha vida, ele e eu. Era muito difícil pensar em compartilhar isso, embora eu quisesse muito. Eu estava completamente dilacerada. É claro que queria contar para ela, incluí-la na mistura estonteante de tudo. Eu ansiava por uma confidente, alguém que soubesse do puro prazer que sinto com a ideia de um homem tão maravilhoso me querer tanto. Eu queria muito contar todos os detalhes, fazer fofoca e rir. Essa é a graça de um novo relacionamento, a maravilha de tudo. Eu queria que ficássemos surpresas juntas, dar-lhe detalhes do que tinha acontecido e ver os olhos dela ficarem mais e mais arregalados. Vê-la repetir: "Eu sei, eu sei." Mas eu não podia, não era assim tão fácil. Eu teria que deixá-la entrar em um lugar muito privado, particular, do qual ela não fazia parte e que poderia ser perigoso para ela. Lá, encontra-se a traição. Onde, por vontade própria, ignoro a minha vida real.

Nós comemos o bolo e bebemos o chá em um silêncio constrangedor. O bolo e o chá estavam divinos. O silêncio, não. Tentei fazer algumas perguntas corriqueiras, mas suas respostas foram sucintas, ela não queria ser desviada de seu propósito.

– Como vai a Janice? – eu perguntei.

– Bem como sempre, obrigada – ela respondeu.

– Certo. Tem estado muito ocupada?

– Sim, Ma, bem ocupada.

– Foi à cidade esta semana?

– Sim, fui.

Então, ela me surpreendeu com:

– Seu marido esteve aqui ontem, Ma. E eu não acho que ele veio só para comer bolo de uísque. Ele não falou muito, mas o que falou foi de cortar o coração.

– Mesmo? – tentei ficar impassível.

– Sim. Ele disse que sente a perda e que perdeu.

– Certo. Interessante.

– Pode explicar? Ou vai negar de novo?

Ela é uma bruxa. Ela sabia. Ela sabia alguma coisa. Por que meu marido esteve lá sozinho? Eu sei que eles são bons amigos, mas nossa mãe não deveria ficar do lado da gente sem questionar? Descobri, para a minha vergonha, que estava com ciúmes da amizade deles. Não me senti à vontade.

– Mãe... Eu não a excluiria a menos que tivesse um bom motivo. Não é assim tão simples.

– Entendo, Ma, mas o que você de fato precisa saber é que é simples. Ou você ama seu marido ou não o ama mais. Simples. Qual dos dois, amor?

Passou pela minha cabeça tentar continuar mentindo, mas minhas emoções tomaram conta de mim e comecei a chorar. Primeiro tossi e pisquei os olhos para controlar algumas lágrimas, mas a cada segundo que ela continuava a me olhar ficava mais difícil, até que perdi o controle. O choro, em minha opinião, depois que começa, é inútil resistir. Meu Deus, eu não sabia que tinha tanta água dentro de mim! Assim que comecei a chorar, foi quase orgástico e foi muito bom sentir a tensão se esvaindo.

– Isso mesmo, amor, chore. Ponha para fora, tudo. Você pode confiar em mim.

– Ah, Mãe...

E comecei a contar tudo o que tinha acontecido e o que não tinha acontecido, a minha confusão, o meu despertar, meus sentimentos contraditórios, tudo. Enquanto eu falava, ela segurou minha mão e ouviu com paciência. Eu disse muito mais do que deveria, não consegui me conter. Eu precisava pôr tudo para fora, dizer tudo em palavras, como um gato precisa cuspir uma bola de pelo entalada na garganta. Aos poucos, comecei a me sentir melhor.

Pamela, sentada pacientemente, depois que eu balbuciei as últimas frases da história, respondeu de sua maneira inimitável e sucinta.

– Você precisava de um cavaleiro e acha que ele chegou, não é, Ma? Para salvá-la.

– Mas, do quê?

– De achar que você não é importante para ninguém.

Esse foi um golpe duro. Doeu. Doeu mesmo. Porque pode ser verdade.

E ela continuou:

– O que vou dizer agora é para você pensar mais tarde. Você é importante para mim.

Foi a gota que faltava e, de repente, eu estava debruçada no colo dela soluçando sem controle.

– É insuportável, mãe. Eu sou insuportável.

Ficamos ali sentadas por algum tempo, ela acariciava meu cabelo e me consolava. Não sei bem por quanto tempo porque, inacreditável, eu dormi com a cabeça em seu ombro; sentia-me grata e segura, desejava que sua força calma entrasse em mim e me guiasse na tempestade.

CAPÍTULO 66

Dora

Às vezes, tem uma razão para as coisas não darem certo, só que a gente não sabe disso quando elas acontecem. Tipo, tudo ia tão mal, as coisas com minha mãe, a história do Sam e da Lottie, depois o baile e, ENTÃO, descobri que todo mundo estava viajando no meu aniversário ou simplesmente não respondeu o convite que fiz por e-mail e só três meninas da minha série podiam vir e elas são emos.

Assim, falei com meu pai e ele disse que, em vez de gastar o dinheiro alugando o salão no pub, ele me daria os 190 libras e compraria bebidas para a gente fazer a festa em casa. Isso quer dizer baldes de KFC, eu prefiro. Quero dizer, a comida. Acreditem quando digo que ter nascido bem no meio das férias escolares, quando não tem ninguém na cidade, é ruim. Por outro lado, como meu pai disse, eu adoro festa do pijama, então é isso que vamos fazer.

Três tristes emos e eu. Legal – não!

E, como nenhum dos meus novos amigos do Facebook falava mais comigo, achei que os tinha perdido para sempre. Não estou falando com Peter porque ele convidou o novo amigo dele para a minha festa sem me perguntar. Não estou falando com minha mãe porque a odeio. Tudo estava bem mal. Então, felizmente, uma coisa realmente incrível aconteceu. Recebi uma mensagem no Facebook do X-Man. Viva! Ele voltou.

X-MAN: – Desculpe ter sumido. Ficou meio estranho depois da foto.

EU: – Descuuulpe a foto. Estava braba. Não devia ter feito isso. Só para você saber, meus seios são melhores que isso. Sem bronzeado. Ângulo errado. Desculpe.

X-MAN: – Sem prob. Não quero que você pense que sou um perv.

EU: – Ha, ha. Def. não. Acho que eu é que sou!

X-MAN: – Apaguei a foto na hora, só para você saber.

EU: – Obrigada.

X-MAN: – Você tem que ter mais cuidado. Tem gente estranha por aí.

EU: – Você é minha mãe? Parece.

X-MAN: – Def. não.

EU: – Você está bem?

X-MAN: – Sim. Meio estressado por causa das provas.

EU: – Eu também. As minhas acabaram de acabar.

X-MAN: – Faltam duas. AAAARGH! Depois, liberdade.

EU: – Viva! Quais?

X-MAN: – Duas de música. Matéria favorita.

EU: – Minha também! Toca algum instrumento?

X-MAN: – Pois é. Piano e violão. Você?

EU: – Eu tentei. Não deu certo.

X-MAN: – Não acredito.

EU: – Eu canto, um pouco.

X-MAN: – Mesmo?

EU: – Pois é. Um pouco. Bem pouquinho.

X-MAN: – De que tipo de música você gosta?

EU: – Muitas. Adoro pop, dance, musicais. Um monte. É isso aí, baby! Uhu! Festa!

X-MAN: – Sua maluca.

EU: – Você não viu nada. Acho que vou cantar na minha festa de 18 anos...

X-MAN: – Legal.

EU: – Quer vir?

X-MAN: – Hum... Certeza?

EU: – Bem legal, se você puder. Mando detalhes.

X-MAN: – Legal. Vou sim.

EU: – Viva! Ei... Sabe de uma coisa?

X-MAN: – Diga.

EU: – Não vai contar? É segredo.

X-MAN: – Prometo. Pela vida do cachorro (importante).

EU: – É. Amo a minha também. Vai ter filhotes logo.

X-MAN: – Que legal! Qual o nome?

EU: – Caca.

X-MAN: – LOL.

EU: – Eu sei. Vou contar, confio em você.

X-MAN: – Confie. Sempre.

EU: – Pois é. Sabe, vou fazer o teste do X Factor em duas semanas.

X-MAN: – Legal! Cantando o quê?

EU: – Beautiful. C. Aguilera.

X-MAN: – Boa escolha. Vai cantar na festa também?

EU: – Sim.

X-MAN: – Legal. Espere aí.

EU: – Diga?

X-MAN: – Em Música, aprendo canto. Quer ajuda?

EU: – Não acredito.

X-MAN: – Pode acreditar.

EU: – Que barato!

X-MAN: – Aposto que você canta bem.

EU: – Você pode ajudar?

X-MAN: – Acho que sim. Fica nervosa?

EU: – Um monte.

X-MAN: – Dorinhaaaa. Calma, vou ajudar você. Vai ficar bem legal. Prometo.

EU: – Obrigada. Que legal que a gente se conheceu. Bom, não. Ainda.

X-MAN: – Pois é. Falando nisso. Você quer? Encontrar comigo? Sair? Ou vai me dizer para dar o fora que estou te assustando.

EU: – Def. não. O encontro é na festa. Mando os detalhes.

X-MAN: – Legal, Dora. Você é a melhor.

EU: – Não, você.

X-MAN: – Não, você.

EU: – Não, você.

CAPÍTULO 67

Ma

Eu nunca vou conseguir escrever esta porcaria de livro. Colocar o meu pensamento no papel, de algum jeito, representa a morte do pensamento. E o que é que eu estou escrevendo que já não tenha sido escrito ou não seja perfeitamente óbvio bom senso? Enquanto eu estiver desmoronando como pessoa, talvez seja impossível escrever alguma coisa cuja função seja consertar.

Acho que eu esperava que fosse fácil escrever, mas nada que vale a pena é fácil. Eu esperava poder dividir alguma coisa útil e que, em Adolescentes: O Manual, os pais pudessem achar dicas que os ajudassem a lidar com as paixões e a intensidade de seus filhos na adolescência. Alguma coisa que os ajudasse a entender a lei que compele os adolescentes a escapar da infância e que, é claro, envolve deixar os pais. E os pais têm que deixá-los ir embora quando os riscos são maiores e quando os erros podem ter consequências muito sérias. Queria mostrar como é difícil não interferir, mas deixá-los cometer seus próprios erros e não resgatá-los o tempo todo.

Acima de tudo, eu queria mostrar que é importante, para nós, pais, reconhecer que nossos filhos são a razão, o sentido primordial de nossa vida, e que pode ser muito difícil mudar e deixá-los continuar sem nós quando estão mais vulneráveis, quando os principais conceitos da vida estão sendo questionados, quando se pode achar que se está perdido.

Será que é óbvio demais que agora é a hora de procurar outras opções às quais me prender? Opções mais perigosas, que talvez tirem o equilíbrio de todas as referências? Como psicóloga, consigo ver como isso pode acontecer facilmente. Como mulher, eu não sei a que poderia estar me referindo. De fato, não estou substituindo o meu relacionamento cada vez mais reduzido com os meus filhos adolescentes por uma injeção também desafiadora de juventude na forma de um jovem amante, estou? Os dois não podem estar relacionados. Será que podem?

Hoje de manhã, Lisa estava usando um conjunto completo de roupas camufladas na recepção, com colete à prova de bala e tudo mais. Tem sido normal, nenhum de nós a questiona. Nem mesmo os pacientes. Ela é a líder nomeada. É claro que, ela é a nossa escolha de líder. Ela faz com que eu me lembre da personagem Klinger, em MASH, que usava um monte de roupas femininas na clara tentativa de ser dispensado do exército. Quem sabe Lisa, ao contrário, esteja usando cada vez mais equipamentos do exército em uma tentativa de permanecer na pole position na recepção? Ela não é como nós, uma terapeuta treinada, mas eu percebo que ela é tão importante quanto nós para o bom funcionamento da clínica. Ela entende que as pessoas que nos validam são aquelas que nos veem como iguais e, talvez, ela não fosse vista como igual no começo. Com certeza, não por mim. Agora é. Certamente, todos a "veem" em todos os sentidos da palavra. Eu só espero que ela não incorpore uma metralhadora ao uniforme.

Quando entrei, Lisa disse:

– Ma, você está linda hoje.

– Obrigada.

Eu acho que estou... Não exatamente "linda", mas de fato melhor do que alguns meses atrás, quando eu estava morta. É surpreendente como ver nosso reflexo tão positivo nos olhos de outra pessoa pode levantar nosso espírito tão radicalmente. A Mãe estava certa. Aos olhos de Noel, eu sou importante. Sou até mesmo mais do que isso. Sou desejável e "beijável".

Será que estou pedindo demais? Afinal, o Marido ainda me acha desejável e me beija o tempo todo. Demais até. Ele acha muito gozado me beijar nos momentos mais comprometedores. Ele já me beijou enquanto eu estava falando com os professores na Reunião dos Pais, durante uma reunião sobre a hipoteca da casa no banco, até no caixa em supermercados. Ele acha hilário me deixar com vergonha e, para dizer a verdade, é muito engraçado.

Não é que eu não goste mais dele, é só que tudo ficou um pouco calcificado. Nós paramos de crescer, não sei bem como. Nós estamos parados. Não é incomum, sei disso. Não é um crime, mas mata. Familiaridade e segurança, duas facetas que parecem desejáveis, mas, na verdade, são terroristas. Furtivos artilheiros que entram ao longo do tempo para implodir a gente. Adicione a necessidade e a oportunidade, os dois maiores pré-requisitos para qualquer traição, e o cenário de um desastre estará montado.

Eu sei que é muito errado e machucaria muito. Eu sei disso, mas continuo nadando em direção a esse caos. Eu o quero tanto que escolho não controlar meu desejo. Escolho deixar que me leve para qualquer lugar, não importa que não seja seguro. É por isso que eu vou mentir para que eu possa estar com Noel. Eu não fiz isso ainda, mas sinto que estou prestes a fazer.

Afinal de contas, estou usando uma calcinha e um sutiã ameixa que combinam.

CAPÍTULO 68

Dora

Dora Battle tem 18 anos! Mal posso acreditar que o dia chegou. A Mãe fez um bolo de chocolate, não tão bom quanto o da Nana Pamela, mas estava bom, com velas estrelinha, e todos se empilharam na minha cama para comer bolo e tomar champanhe. Todos, exceto a Mãe, que estava toda chique para ir trabalhar e não queria amassar a roupa.

Eu ganhei do Pai o dinheiro que não vamos gastar no aluguel do salão. Esse vai para o banco. Mas, quem sabe, eu tenha que tirar no sábado porque eu vi alguns sapatos incríveis na Top Shop que têm que ser meus. A Mãe diz que eu deveria gastar o dinheiro em algo que realmente dure. Mãe que não entende de nada, o que você acha que sapatos são? Foi estranho, a Mãe teve que ser boazinha comigo porque é meu aniversário, mas nós duas sabemos que não está tudo bem, então, fica falso.

Mas não vou deixar isso arruinar meu dia. Vivi para este dia. Isso mesmo. Vivi a minha vida toda para chegar neste dia. Estou viva há 18 anos. O Pai, todo choroso, contou tudo sobre o dia em que eu nasci e como ele teve que fazer de conta que era todo corajoso, mas estava morrendo de medo. Ele nunca tinha visto a Mãe daquele jeito antes, parece que ela fazia um monte de barulhos altos. Ele tinha levado uma daquelas geladeiras de isopor que a gente leva em piqueniques para manter o gelo para esfriar a Mãe se ela ficasse muito quente e tinha escondido uma lata de Guinness lá dentro para tomar quando eu nascesse. Então, quando a Mãe, gritando e xingando, disse, "ponha alguma coisa fria na minha cabeça, que está fervendo, isso é tudo sua culpa!", ele colocou a mão, bem rápido, na caixa de isopor e pegou a lata por engano e a colocou na cabeça da Mãe. E, então, eles riram tanto que ela não conseguia fazer a respiração de cachorrinho e não fez força, e a enfermeira ficava dizendo:

– A cabeça, olha a cabeça! Não, entrou de novo. A cabeça de novo! Não, entrou.

Parece que foi assim que eu cheguei neste mundo, mudando de ideia, no meio de muita risada e gritaria. A Mãe diz que tem sido assim desde então. O Pai ficou falando sobre como era o mundo quando eu nasci. Alguma coisa sobre a Iugoslávia, os Jogos Olímpicos, um incêndio no castelo de Windsor quando a rainha disse na televisão que tinha um ânus horrível ou algo parecido. Então, ele e a Mãe falaram sobre o primeiro-ministro que parecia uma garrafa de leite e comia ervilhas o tempo todo.

Tive que interromper e dizer:

– Desculpem-me, mas foco na princesa, por favor. É meu aniversário!

Depois, o Peter me deu uma pulseira com a letra "D" e disse que "encantaria a vida de uma jovem encantadora". Que querido. Daí, a Mãe e o Pai me deram o maior presente. Iupi! Eu sou a orgulhosa proprietária de um iPhone. Eu mal podia acreditar, porque eu queria um há muito tempo. Além disso, eles me deram 510 libras de crédito. Passei a manhã toda gravando todos os meus números. Definitivamente, não vou colocar o da Lottie e o do Sam. Mas é tão estranho não ter o número dela. Sempre foi o primeiro na minha lista de "amigos". Ela era a primeira. Pois é. Costumava ser.

O meio do dia foi mais ou menos normal. Assisti à televisão, abri cartões e coisas assim. A Nana Pamela chegou às 17h com um bolo de verdade, graças a Deus. Não tive que colocar a roupa de coelhinha, que estava enfiada em algum canto, então não tive que me arrumar muito, mas arrumei o cabelo e vesti minha blusa nova para me sentir especial. Afinal, eu ia encontrar o X-Man pela primeira vez. Não contei para o Pai que o conheci no Facebook, o Pai ficaria brabo e não o deixaria entrar, e acho que quando ele chegar o Pai vai pensar que é o irmão de um amigo ou coisa parecida.

A Mãe ligou para dizer que tinha um caso urgente e só chegaria muito mais tarde. Típico. Para dizer a verdade, é melhor sem ela. Menos estresse. Então eu, o Pai e o Peter arrumamos a casa e a Nana Pamela nos dizia o que fazer, mas ela ficou de pilequinho, porque tomou aquele gim que ela faz em casa, e às 20h dormiu na cadeira do Pai.

Arrumamos a sidra e as outras bebidas para o coquetel que se chama Shirley Temple e que eu adoro, muito melhor do que sidra. É limonada com aquele suco de romã vermelho. A Mãe fazia para as nossas festas quando éramos pequenos, com guarda-chuvinhas e cerejas. Nós adorávamos, a gente achava que era gente grande tomando uma coisa tão chique em taças.

Enchemos os balões em que estava escrito "Dora tem 18 anos" e organizamos os crachás em que estava escrita a mesma coisa, tudo prontinho. O Pai arrumou a máquina de karaokê e nós colocamos o meu iPod nos alto--falantes grandes e diminuímos todas as luzes para deixar mais escuro. No último minuto, eu me lembrei de que não tinha colocado glitter bronzer e corri para colocar. Terminei justo quando a campainha tocou. Eu achei que podia ser o X-Man, mas eram o Luke Wilson e a mãe dele. Ela entrou e tomou uma xícara de chá enquanto conversava com o Pai.

Foi bom o Peter ter convidado o Luke, porque assim ele fica ocupado e deixa os meus amigos em paz. No fim, quatro emos apareceram e uma delas trouxe sua amiga por correspondência da Croácia que era legal, mas comeu toda a pipoca, e mais o Peter e o Luke, o Pai e a Nana Pamela (inconsciente).

Eu fiquei cuidando da porta da frente para ver se o X-Man chegava. Eu estava super curiosa para ver como ele era, mas ele estava super atrasado, então, servimos a comida (baldes de KFC – viva!) e dançamos. Quero dizer, eu e o Peter dançamos. As emos não dançam a nossa música. Para dizer a verdade, elas odeiam Snow Patrol e Girls Aloud. Como alguém pode odiar eles? Não tenho nenhum punk ou alguma coisa tipo metal que é do que elas gostam, mas, depois de tomar sidra, elas dançaram bem felizes Mamma Mia com a gente. Tipo, mesmo que sejam emos, também são humanas.

Fui lá fora ver se o X-Man estava lá com vergonha de entrar, mas nenhum sinal dele. Isso foi lá pelas 22h. Começamos o karaokê. Eu amei quando duas das emos cantaram I'm a Barbie Girl e Reach for the Stars e depois nos imploraram para não contar para ninguém! Depois, o Peter, todo gay, cantou Mad About the Boy só para o Lucas e eu fiquei com vergonha.

Depois foi a minha vez de cantar a minha música. Eu estava tão triste porque o X-Man não tinha aparecido, eu ia cantar para ele, eu tinha dito isso para ele. O Pai viu que eu estava meio triste e fez festa para mim.

– Vamos lá Dora. Cante para a gente!

Então, eu cantei a minha música e foi bem legal porque todos eles cantaram comigo e o Pai acendeu um isqueiro e tudo mais. E, tipo, foi super irônico quando no final uma das emos gritou:

– Você tem que ir no X Factor, você ganha de todo mundo lá! – e eu pensei: "Ah! Se você soubesse..."

Mas parecia tão irônico que a minha melhor amiga não estivesse na minha festa. Não era nem irônico. Era triste. Então, eu chorei um tempão, não conseguia parar. Depois chorei de novo porque eu tinha que admitir que o X-Man NÃO iria chegar, e onde estava minha mãe? Tudo muito ruim.

– Eu nem quero ter 18 anos – eu dizia chorando no ombro do Pai.

Ele foi tão legal, porque ele foi direto para o armário da sala de estar e pegou os meus DVDs favoritos e nós fizemos uma cama imensa com sacos de dormir no chão, apagamos as luzes e assistimos a *A Pequena Sereia* e *Grease* e cantamos junto todas as músicas e o Pai nos trouxe chocolate quente e biscoitos. Eu vi até uma das emos chupando o dedo!

Lá pelas 23h30, justamente quando o cara ficou preso no drive-in se sentindo um idiota, de repente, eu lembrei. Então, corri para a garagem e peguei a caixa de fogos de artifício que eu tinha comprado porque agora eu posso, tenho 18 anos. Coloquei todos em uma bandeja e acendi na cozinha, direitinho como dizia na embalagem, e levei para a sala, onde estava todo mundo. Depois disso, tudo aconteceu muito rápido. Os fogos de artifício começaram a estourar e alguns saíram voando da bandeja. As emos começaram a gritar. Um dos foguetes foi parar no sofá que, tipo, pegou fogo. O Pai pegou o extintor e apagou, mas fez um buracão. Um deles saiu voando tão rápido que ficou preso no teto e todas as faíscas choviam em cima da gente. Uma das faíscas deve ter ido parar no cabelo da Nana Pamela e pego fogo, porque ela acordou e começou a pular e, gritando "Puts! Puts!", batia na cabeça.

O Peter foi quem ouviu primeiro. Ele tinha empurrado o Luke para o chão e estava deitado em cima dele para protegê-lo das faíscas quando disse em voz bem alta para todos nós ficarmos quietos. Ele tinha razão, tinha um barulho. Parecia uma criança chorando, mas não humana. Muito estranho.

– A Caca! – o Peter gritou e subiu a escada correndo.

Tenho certeza de que as emos acharam que ele estava tendo um ataque súbito de diarreia explosiva. Nós fomos atrás e entramos no quarto dele. Lá estava ela, toda trêmula e feliz por nos ver, deitada ao lado da gaveta de meias.

O pai passou por nós e foi direto para ela de quatro no chão.

– Ei, Caca, está tudo bem, querida, tudo bem, calma. Que temos aqui?

Ele colocou a mão na gaveta de meias e tirou uma coisa peluda marrom e pequena, toda melada com um muco estranho.

– Ah, Caca, eu sinto muito. Que pena – o Pai olhou para nós. – Este pequeno não resistiu, sinto muito – e gentilmente colocou o corpo inerte dentro de uma das meias do Peter.

Eu podia ver o rosto bonitinho com uma testa enorme e os olhos fechados. Parecia uma bolinha ou coisa parecida, não um cachorro, era tão pequenininho. E tão morto.

– Feliz Aniversário, Dora – eu murmurei para mim mesma. Então o Pai disse:

– Espera aí, e quem é este aqui?

Ele estava com a mão direita na parte de trás da gaveta e escutamos alguns arranhões. Quando ele tirou a mão, vimos que ele estava segurando um rabo. Um rabo preto. Depois, umas pernas. Ele puxou bem devagar e nós víamos mais e mais do cachorrinho, que era muito grande, preto e vivo! Definitivamente vivo. Muito grande mesmo. Metade do tamanho da Caca e pelo menos quatro vezes maior que seu irmão que tinha morrido. Como foi que a Caca o teve? Por isso que ela estava tão cansada. O Pai me deu o filhote e disse:

– Feliz aniversário, Dora!

O filhote lambeu meu rosto e chupou o meu nariz com suas gengivas cor-de-rosa. Sim, FELIZ ANIVERSÁRIO. Muito legal.

CAPÍTULO 69

Oscar

Ah! Um banho turco. Se houvesse um aqui perto, minha vida seria imensamente melhor. Sem querer desfazer, mas, de fato, em Pangbourne não tem nada. É como viver em uma pipa perdida no universo, pois estou tão isolado. Iria embora logo se não fosse pela minha educação ainda inacabada, uma secreta afeição por minha família e a promessa de um novo amor. É só que, caramba, eu sonho com algo promissor e interessante, cultura, nada que Pangbourne possa vir a oferecer.

A razão pela qual desejo uma massagem é simples. A purificação. Eu quero ficar livre de quaisquer desejos sórdidos que tive e quero me preparar para a beleza pura do que está por vir. Quero limpar o meu pensamento, minhas palavras e meus atos. Bem. O pensamento e as palavras, a qualquer custo. Bem. As palavras.

Eu imagino que um banho turco iria, de alguma maneira, expurgar as memórias menos honradas. Quem sabe a insensatez de crimes antigos saia com o suor e seja esfregada e removida a tapas de todos os poros? Será que o esfregar vigoroso pode nos livrar dos pensamentos impróprios? Quem sabe. Seria bom ter, ao menos, a opção de tentar. Mas, aqui, há poucas chances.

Na festa da Rebelde Dora, eu queria estar impecável e perfumado para o que seria, em essência, meu primeiro encontro de verdade com Wilson. Simplesmente não posso conceber como fui estúpido e não prestei a devida atenção nele antes. Óculos que só viam Noel cobriam-me os olhos, lentes com uma prescrição totalmente errada.

Na falta de um banho turco, escolhi a banheira de Mamãe – convenientemente ausente –, onde estão, sem sombra de dúvida, os melhores produtos da casa. Acendi uma vela e banhei-me em algo oleoso e com cheiro de jasmim, divino. O espelho de maquiagem de Mamãe me fez revelações alarmantes. Eu ainda não havia percebido como os pelos das minhas sobrancelhas são mal comportados. São muito atrevidos. Alguns deles presumem que têm o direito de crescer entre as sobrancelhas. Não concordo. Ataquei na mesma hora com a pinça. Para trás, senhores! Voltem a seus lugares! Aqui para vocês, seus velhacos! Com paciência e um pouquinho de talento, eles foram domados. Eu posso ser fascinantemente decidido quando necessário.

Qual seria o traje apropriado para a festa de aniversário de 18 anos da minha irmã? Para ser franco, a única resposta é o humilde paletó de smoking. Não se pode deixar de impressionar com esse clássico atemporal. Certamente, hoje em dia temos trajes de passeio perfeitos, trajes inteligentes para o dia e trajes de festa elegantes, e acredito que todos sejam sinônimos de conforto. É óbvio que ainda não possuo um modelo da alta-costura, mas o traje que fiz sob medida satisfaz por enquanto. Calça de seda preta, sapatos com brocado, uma porção generosa de gel para o cabelo do Papai, um broche atrevido e eu estava pronto.

A Querida Dora foi um doce durante todo o dia, sempre muito grata pela pulseira que lhe dei. E deveria estar, pois tal adorno me custou 44 libras. Dinheiro que gostaria de ter gasto com um grande e gordo charuto Havana para combinar com o paletó. No entanto, parece que só se atinge a maioridade uma vez e, por mais que ela me atormente e me irrite, não posso deixar de amar a tolinha. Acho que é porque sei que, se chamada, ela sempre me defenderá, e eu faria o mesmo por ela. Embora só Deus saiba de que lado eu ande jogando ultimamente...

Wilson, muito pontual, chegou à festa com sua mãe coruja que entrou para tomar um chá com Papai. Acho difícil chamá-lo de “Luke”, como ele me pediu, parece tão íntimo e, pelos sinos do inferno, nós não ficamos nem de mãos dadas ainda. Se bem que a antecipação de um cenário tão bem-aventurado faça meu coração bater mais rápido. Concordei com o pedido e agora o chamo pelo primeiro nome, aliás, que nome sólido, bíblico, bom e verdadeiro. Como lhe fica bem. É próprio para um anjo, mas tem também profundidade, propício para um homem. E ele é ambos.

Percebi imediatamente que ele tinha, com muito zelo, cuidado de sua aparência e fiquei lisonjeado, pois poderia ser para me impressionar. Ele vestia uma camisa cereja com um colarinho grande e uma gravata lilás com um nó enorme. O fato de serem grandes me pareceu promissor... Usava calça justa de jeans preto e um cinto largo com tachas. Ele parecia um Jarvis Cocker mais jovem, menos nerd e muito melhor com o cabelo dourado. Um lindo cabelo loiro e cacheado. Ele deve ter sido um querubim quando criança. Reparei que usava botas de cowboy com salto cubano e, que escândalo, imaginei-o só com as botas. De que adiantou o banho de purificação...

Mantivemos nossa distância um do outro a maior parte da noite, pois a Afoita Dora tinha convidado um grupo muito estranho. Acho que ela é mais a Desorientada Dora desde que Lottie e ela se separaram. No entanto, quando dançamos ao ritmo de Sound of the Underground das Girls Aloud, ela e eu, observei que Wilson, quero dizer, Luke, não tirava os olhos de mim. Fiz alguns passos do meu tapete de dança do PlayStation em sua honra, sem nenhum dano, muito pelo contrário, à minha reputação de gracioso dançarino.

Mais tarde, quando o karaokê começou, escolhi com muito cuidado a versão de Eartha Kitt de Mad About the Boy, que cantei. Cantei para toda a sala, com apenas um ocasional olhar matreiro para ele. Fui muito sutil, mas eu sabia que aquele rapaz podia ler-me como um livro aberto, picante e muito conhecido. Ele apreciou a atitude, disso tenho certeza. Não era preciso mais nenhuma prova quando nos sentamos lado a lado no sofá embaixo de um cobertor para assistir a A Pequena Sereia com as meninas. Tivemos que sentar um encostado no outro, ombro contra ombro, coxa contra coxa. Completamente eletrizante.

Ele sussurrou:

– Você sabe que o tenho em alta estima, Oscar, não sabe?

– Certamente, meu caro rapaz. No passado, você me levou a crer que não é inteiramente indiferente a minha pessoa.

Ele continuou:

– Estou determinado a aceitar, se me convidar para sair. Certamente, você já demorou o suficiente.

Eu ri.

– Sinto-me obrigado a dizer-lhe, Luke, que depois de uma longa conversa comigo mesmo e, acredite-me...

– Por favor, pare de falar e pergunte, Oscar.

– Luke Wilson. Você consideraria...

Rápido como um raio, ele interrompeu:

– Sim, eu consideraria. Considero. Eu vou. Qualquer coisa.

Sentamos sem dizer nada por algum tempo, apenas observando a sereia aprender a usar as pernas para ir atrás de seu príncipe. Ele deslizou a mão para junto da minha embaixo do cobertor. Então arrisquei:

– Posso ser um pouco malvado? – ao que ele respondeu:

– Não aqui, Oscar, não. Mas saiba que eu não vou perdoá-lo se não tentar de novo.

Que glorioso atrevido esse menino. Deliciosamente inexperiente.

Assim, aconteceu no décimo oitavo aniversário da minha irmã. Enfim, eu tenho um par. Tirei o paletó do smoking e coloquei sobre os ombros dele.

– Eu quero lhe dar isso, Luke. Eu não quero vê-lo sozinho ou com frio nunca mais.

CAPÍTULO 70

Ma

Culpa. Com certeza, está à espreita. Preenche cada pensamento. Não há espaço para mais nada. Especialmente mais culpa. Se em minha mente surgisse um espaço, porque um pouco da leviandade tivesse saído e surgisse um espaçozinho para novos pensamentos, eu só permitiria que mais linda etérea frivolidade o preenchesse. Estou envolta por ela, cheia dela como um balão tão cheio de ar que está a ponto de estourar. Não há fenda ou greta onde um fragmento de culpa possa se alojar. Ela tenta, mas eu estou decidida. Com convicção, defendo o meu direito de rejeitá-la. Eu sei muito bem o que estou fazendo quando decido não ter sentimentos desagradáveis. O que não consigo discernir, no entanto, é onde a aventura acaba e a vida real começa.

Fui para o trabalho como de costume no dia do aniversário de 18 anos da Dora, depois de um início de dia maravilhoso quando ela, embora relutante, permitiu que eu participasse dos festejos. Ela adorou o presente, o iPhone que tanto cobiça há um ano. Foi ideia do Marido. Eu achava que ela deveria ganhar algo mais duradouro, mais memorável. Uma joia imponente, quem sabe? Mas ele estava certo, um iPhone era o que ela queria, é inegável que sua felicidade ao ver o presente era palpável.

O dia foi apenas um dia. Um dia dolorosamente lento que se arrastou. Toda a minha concentração e energia estavam no que viria a seguir. Honestamente, eu deveria reembolsar meus pacientes por causa do serviço de segunda categoria que prestei nesse dia. Não acho que eles perceberam, o que, ironicamente, é decepcionante, mas eu sabia que não estava por completo presente, e isso não é bom. Não estar lá é ruim, mas não me importar é pior. Esse é o problema: não me importo.

Em geral, eu odeio pessoas como eu. Pois é, acho que de fato me odeio agora, mas é difícil analisar esse ódio quando vejo meu reflexo nos olhos dele como o oposto de odiosa. Os olhos dele. Meu Deus. Os olhos dele são o único lugar para onde quero olhar e o único lugar onde quero ser vista. Quero ficar lá, na força daquele olhar sem dúvida inabalável, em maravilhoso êxtase. Ficar com ele. Mal posso esperar por isso.

Lisa mandou-nos embora no fim do dia e relutei em ir. Não sei bem por que fiz isso, quem sabe uma débil tentativa de despistá-la, para que ela não visse o que provavelmente não estava vendo. Talvez eu tenha levado seu conhecimento sobre caça e reconhecimento de território muito a sério. Ela agora usa um capacete. Uma espécie de chapéu safári personalizado onde guarda um monte de ferramentas e instrumentos, facas pequenas, chaves de fenda, saca-rolhas e o que parece ser uma série de aparelhos médicos ou odontológicos. Acho que vi até mesmo um martelo de tamanho razoável. Ela nos escoltou usando um apito para adestramento e nos compelia a ir. Entrei no meu carro e saí.

Quando cheguei ao estacionamento vazio do campo de críquete, minha respiração era rápida e superficial e eu repetia sem parar o mantra "Oh meu Deus, oh meu Deus" para tentar manter a atenção e a emoção sob controle. Peguei meu nécessaire e logo transformei a maquiagem para o dia em uma para a noite. Um rosto mais sombreado, mais brilhante, que possa vir a ser beijado de novo. Noel tinha me visto cinco minutos antes, será que notaria a diferença? Claro que não. Ele é um homem. Minha mão tremia, o espelho do carro era muito pequeno, muito escuro, desajeitado. Respire Ma, respire.

Levei quarenta e cinco minutos até o hotel, que ficava a uma distância segura para que não fôssemos reconhecidos. O Marido e eu passamos lá uma vez e falamos sobre esse hotel em particular. Gostaríamos de ir lá em uma "ocasião especial", um presente para nós.

Ah, meu Deus. Não pense nele, rápido. Se ele estiver escondido em algum lugar neste cenário, não serei capaz de continuar. Aperte os olhos (tentando não estragar a maquiagem) e o tire do pensamento. Vá embora, Marido. Você não quer ver isso. Vai machucar você.

Fiquei sentada no carro por alguns minutos. Ele estava lá dentro, esperando. Por que fiquei no carro? Eu não precisava de coragem, iria entrar, não tinha dúvidas. Ocorreu-me o pensamento terrível de que pudesse estar sentada ali para fazer charme ao fazê-lo esperar? Que feio. Será que eu estava sentada lá porque é isso que as pessoas fazem quando estão para cruzar o limiar? Pela primeira vez em minha vida, dei um tapa em meu rosto. Bem forte.

Vamos lá, Ma, se você vai fazer isso, arriscar tudo o que tem, pelo menos seja autêntica. Sinta. Sinta o cheiro. Toque. Saiba. Pode ser a primeira e a única vez, então esteja presente. Vamos lá!

Com a bochecha ardendo, saí do carro e, decidida, entrei no hotel, onde uma placa com letras góticas em vermelho brilhante dava as boas vindas. Em minha mão, a alça da minha bolsa e a alça bem mais grossa da minha valise. Na valise, a evidência das minhas intenções. Uma camisola de seda com alças, nova, e meu nécessaire. Dois itens que diziam tudo. Toda a traição estava ali.

Ao entrar, vi que ele estava sentado perto da lareira, onde tinha um pequeno bar, em uma cadeira alta com outra vazia a seu lado. Só havia mais duas pessoas, um casal mais velho que, sentado no canto, jogava cartas. Eles me olharam de relance. Só isso.

Noel levantou para me cumprimentar e me deu um abraço, simples, familiar. Enquanto ele me beijava no rosto e me convidava para sentar, fiquei imaginando o que parecíamos. Parecíamos... O quê?... Marido e esposa? Amantes? Mesmo naquele gesto simples de boas vindas, estávamos fazendo de conta que éramos algo que não éramos. Ainda. Ele se lembrou de que eu bebo sidra e pediu um copo para mim.

– Você está aqui – ele disse em voz baixa.

– Sim, eu estou aqui.

– Fico feliz que tenha vindo. Sei que não é fácil para você.

Ah, Noel, como você está errado. É muito fácil, porque não estou ligada a nada que o faça difícil. Estou à mercê de tudo. Só existe você, nada mais. Obrigada por usar esta camisa azul tão bem passada e por estar tão perfumado, como se tivesse acabado de fazer a barba. Obrigada por sentar nessa cadeira, onde a chama do fogo brilha em seu rosto e aumenta a beleza de seu lindo sorriso. Obrigada por ser da Nova Zelândia que, por ficar tão longe, faz parte do caráter exótico de tudo. A distância é o lugar onde estou operando. Lá, consigo ficar perdida. E muito obrigada por se concentrar apenas em mim, excluindo todos e tudo. Você e eu. É tudo o que importa. Nós.

Ele se inclinou em minha direção.

– Eu não quero que você se sinta obrigada de maneira nenhuma, mas eu achei que seria mais fácil se eu reservasse o quarto, assim, está tudo pronto para quando nós estivermos prontos... Teremos mais privacidade lá. Ou não, se você preferir ficar. O que você escolher. De verdade. Sem problemas.

E assim tem sido a cada passo. Depois do beijo sincero que ele tomou, ele tem sido muito atencioso, sempre segue o meu ritmo. Por isso, não foi um problema tomar a sidra de um gole só e subir de mãos dadas trinta segundos depois. Eu o segui até o quarto e entrei atrás dele. Atravessamos o limiar. Fomos além do limiar.

O quarto era incrivelmente romântico. Todo em vermelho e bordô, as cores do sexo. Estava quase escuro demais e achei ótimo que a roupa de cama fosse tão branca, pois iluminava, dava definição à cena. Uma cama imensa (onde é que eles acham lençóis desse tamanho? É maior que kingsize, que tamanho é esse? Uma cama do tamanho de Deus?) com um harém de travesseiros e almofadas. Uma mesa e uma cadeira faziam com que a cama fosse o único lugar onde pudéssemos sentar. Na mesa, um champanhe no gelo e duas taças. Tinha também um pequeno vaso com o que pareciam ser damascenas azuis.

– É nigela. Você sabe que significam fascinação?

Eu não sabia. Por todo o quarto, pequenas velas votivas em copos de vidro exalavam todo tipo de aromas deliciosos. Se eu estivesse no meu normal, isso certamente teria acabado com o clima. Totalmente. Um homem que sabe alguma coisa sobre velas, esqueça a nigela, mereceria quilos de desprezo. Mas ali, cega naquele momento, ele não poderia parecer mais perfeito. Ele deve ter gasto um tempo considerável para arrumar tudo. Fiquei lisonjeada com seu esforço. Toda a atenção aos detalhes, só para mim. Eu estava meio esperando, meio desejando uma cena em que, com as mãos frenéticas, arrancássemos a roupa um do outro e deitássemos logo naqueles frios lençóis brancos. O corpo dele, jovem e bronzeado, naqueles lindos lençóis brancos, perto de mim... Mas, em vez disso, ele falou docemente.

– Sente-se Ma. Você prefere que eu sente na cadeira?

– Não, por favor, sente aqui, a meu lado. Eu gostaria que você ficasse... perto de mim.

– Não vou abrir o champanhe agora, não acho que seja a hora. Não quero assumir que...

– Não – eu disse, desejando o contrário.

– É que – ele disse ao sentar a meu lado, bem perto, na cama, nossas coxas encostadas uma na outra. – Eu não quero estragar tudo, sabe? Quero que tudo seja perfeito, se não for, não terá sentido e não durará...

E com as duas mãos envolveu a minha com a intensidade de um homem que tivesse passado a vida privado do tato. Ele a beijou e a colocou em seu rosto. Olhou-me bem no fundo dos olhos e ficou quieto.

– Então, você quer que isso dure? – perguntei, sabendo que essa era uma pergunta que poderia assustá-lo.

– Sim. Você não quer? Eu não estou aqui por uma noite, Ma. Algo aconteceu entre nós, eu sei e tenho certeza de que você também sabe. Quando paro para pensar, sei o exato momento em que tudo começou, lembra?

Eu fiz que sim com a cabeça, mas não tinha tanta certeza de que me lembrava. Eu achei que, quem sabe, no piquenique? Não ousei dizer, fiquei com medo de ofendê-lo e olhei para ao chão. Bonito o chão. Parquete com um tapete persa vermelho.

Fiquei surpresa quando ele disse:

– Foi quando você entrou no consultório do George, no dia em que voltou a trabalhar depois de ter tido a gripe. A primeira vez em que a vi. Você ainda mostrava sinais da gripe, ainda estava abatida e parecia precisar de muitos cuidados. Então, você falou e foi super eficiente, mandona, sem meias palavras. Eu gostei da discrepância. Do espaço entre os dois.

– É mesmo?

– É. Desde aquele dia, é onde quero estar. Naquele espaço, naquela ilha. Acho que... não é muito visitada... e é doce lá...

Com isso, ele me beijou. Nada urgente ou impertinente, só amando devagar... Eu desapareci no beijo e, não sei bem como, durante o beijo, estávamos deitados na cama, envoltos um no outro.

Ele murmurou:

– Eu estou aqui para quando você estiver pronta, eu adoraria que fosse agora, mas espero um século se for preciso...

Eu fiquei sem palavras.

– Se eu virar pedra nesse meio-tempo, por favor, desculpe-me... Quem sabe se você me sacudir quando resolver... quando estiver pronta?

Ele estava rindo. Era contagioso e comecei a rir também.

– Você viraria pedra?

– Sim. Seria a sua estátua particular.

– Você ficaria aqui deitado, duro, esperando por mim?

– Sim.

– Um tipo de rigor-vita?

– Sim. Essa é a ideia Ma, vita est brevis. É mais tarde do que você pensa. Venha!

– Ah, meu Deus.

– Venha comigo!

– Que aconteceu, Noel? Não entendo.

– Bom, então não tente. Pare de controlar.

– Você acha que eu estaria deitada aqui se estivesse em controle?

– Veja bem, perdi toda a razão e o bom senso no momento em que a vi e eu não sei por quê. Mas não importa que não faça sentido, estou seguindo um sentimento mais profundo. Não tenho escolha. Eu nunca senti nada assim Ma.

– Eu também não.

– Poxa, é muito legal. Você é... poxa... muito incrível.

E me beijou de novo.

De repente, um toque alto anunciou um torpedo no meu telefone. A vida real me chamando. Eu queria ignorar e ser essa pessoa nova, a amante, a beijoqueira, a do espírito livre e objeto de desejo. Só isso. Mas, em um piscar de olhos, um simples tlim me levou de volta para a sra. Battle. Em especial quando, depois de um tempão procurando no fundo da minha bolsa, encontrei o diabo do telefone e vi a mensagem de Dora. Sim, sra. Battle, a mãe. Dora deve ter navegado o cursor do telefone até onde dizia "Mãe" para mandar a mensagem curta, rude e eficiente que dizia: "Cadê vc? 18 hj. Chata egoísta. Odeio vc."

Então, eu, ali um satélite, fui arrancada da órbita de Noel. A mágica foi quebrada. Sentamos e nos arrumamos. Ele foi para a cadeira. Eu fui para o banheiro e, com as mãos em forma de concha, joguei água no rosto para acordar e voltar ao mundo sem velas e sem flores fora daquele quarto, para o qual, embora relutante, eu sabia que tinha que voltar.

Quando voltei para o quarto, ele me deu um grande abraço, envolveu-me inteira.

– Certo. Você tem que ir. Eu entendo. Não se preocupe. Essa foi apenas a primeira de muitas tentativas, certo? A segunda será na segunda. Mesmo lugar e mesma hora. Então, até... até sempre ou até que você esteja comigo de novo. O que acontecer antes.

– Tá bom... Tá bom.

Eu estava perdida.

O que dizer quando sua filha, sem saber, acaba com o seu prazer?

Saí quieta e entrei no carro. Levava comigo a valise ainda fechada. Eu, ainda fechada. Eu estava desenxabida. Comecei a dirigir para casa e minha mente reprisava todos os momentos, eu via de novo tudo o que tinha acontecido. E, ao reprisar todos os sentimentos, eu sentia o mesmo êxtase a cada reprise. Múltiplos êxtases. Quando passava pelo campo de críquete, de repente, virei e entrei. Desliguei o motor do carro e, ali sentada, esperei que os soluços que me engasgavam saíssem. Eu tinha sentido o tremor começar no estômago quando li a mensagem ainda no quarto, mas agora era urgente. Chegou aos olhos e imediatamente verteu-se em soluços e lágrimas incontroláveis.

Eu tinha estado na beira do abismo. Eu tinha estado no frágil precipício e tinha visto aquele lindo hiato de brilhantes flashes de promessas. Eu estava tão pronta para pular, cair e correr o risco. E ali estava eu, no diabo do estacionamento do clube de críquete, de volta ao grande denso penhasco. Essas eram lágrimas de pesar por mim mesma. Uma cachoeira de lágrimas, uma vida inteira delas. A adrenalina e a excitação cresceram durante o dia e, consequentemente, o imenso desapontamento cobrava seu preço, eu estava exausta. Olhei no espelho do carro e vi um baiacu olhando para mim, meu rosto estava todo inchado. Tinha que esperar até que melhorasse para poder ir para casa. Enquanto esperava, as lágrimas tentavam voltar e o rosto ficava todo vermelho de novo. E assim foi por uma hora, até que me recompus o suficiente para ir para casa, quando, é claro, era tarde demais para a festa de Dora.

Entrei em casa sem fazer barulho e o que vi foi uma cena de devastação inacreditável. Na cozinha tinha uma pilha imensa de copos e pratos e caixas de fast food. Tinha um prato de bolo enorme com migalhas de bolo de chocolate. O que me pareceu serem oito pessoas ressonavam e fungavam na sala de estar que, abafada, cheirava muito mal. O cheiro era horrível, uma mistura do cheiro forte de adolescentes com pum e, definitivamente, cheiro de queimado. Algumas das pessoas no chão da sala, eu nunca tinha visto antes. Adolescentes com cabelos pretos, pregos no nariz e a sombra preta dos olhos borrada por todo o rosto. Uma delas estava com o braço e a perna em volta da minha mãe, em um bizarro abraço. Luke Wilson tinha adormecido no colo de Oscar, e tinha um buraco fumegante, imenso, no meu sofá caro. Na televisão de plasma, John Travolta ainda estava correndo atrás da pequena Olivia Newton-John, que vestia um legging grudado na pele. Desliguei a televisão e subi, para longe daquela carnificina fedida.

A cama da Dora estava vazia e a encontrei dormindo no chão do quarto do Oscar, perto da gaveta de meias com o que, depois de olhar bem, pareceu-me um filhote gigante esparramado em seu rosto, também ressonando alto. Só a Caca acordou e balançou o rabo pateticamente à meia-luz. Fiz carinho em sua cabeça.

– Muito bem, menina. Aquele ali deve ter feito você suar – ela parecia tão cansada quanto eu.

Sem fazer barulho, entrei em meu quarto e fui até a gaveta da penteadeira. Coloquei minha velha e amada tiara, que usei uma vez só, na cabeça da Dora adormecida. Nem ela nem o filhote se mexeram. Sussurrei:

– Desculpe-me, Dora. Estou realmente arrependida. Feliz aniversário minha querida infanta ranzinza.

Entrei devagarzinho na cama e o Marido automaticamente me abraçou pelas costas e murmurou:

– Sim. Sim. Isso mesmo. Sim – do fundo do seu inconsciente livre, em um sonho gratificante. Senti inveja dele naquele momento. Acabei dormindo, meu coração batia no ritmo da respiração dele. Nós dois, cada vez mais juntos.

CAPÍTULO 71

Dora

Eu amo meu novo cachorrinho. Resolvi chamá-lo de Elvis porque ele é muito grande e preto. Igualzinho ao Elvis de verdade. Meu pai riu um monte quando falei isso para ele. Não sei por que eu acho que é o nome perfeito. Ele não vai ser um cachorro de pôr na bolsa, vai ser melhor que isso. Ele me ama. Ele gosta mais de mim do que de todos os outros porque eu fui o primeiro ser humano que o segurou e dormiu com ele, então, ele provavelmente acha que eu sou tipo a mãe dele. Os patos são assim, não são? É claro que a Caca é quem está dando de mamar e tudo, seria maluco se eu fizesse isso, mas de qualquer jeito, o Elvis me adora. Ele nunca vai me trair. Disso, tenho certeza.

Hoje de manhã, a gente teve que fazer uma mega limpeza depois que todo mundo foi embora. Minha mãe teve que dar dinheiro do ônibus para as emos porque elas são tipo independentes demais para chamar os pais. A menina da Croácia trocou as palavras em inglês e disse para meu pai "Obrigada pela orgia", o que foi meio difícil de explicar para minha mãe. Eu não falo com a mãe porque ela nem se deu ao trabalho de vir para casa ontem à noite.

Ela acha que me dar a tiara velha dela vai fazer com que eu a ame de novo. Bom, não vai. Cuidar de mim é o que vai fazer com que eu a ame de novo e isso não está nos planos dela. Quem é que perde a festa de 18 anos da filha? Eu nunca ouvi falar de tamanha crueldade. Se eu não tivesse 18 anos, telefonaria para o Disque Abuso Infantil, porque isso é negligência. Eu telefonei para eles uma vez quando eu estava doente e ela gritou comigo, mas aí disseram que não podiam classificar "arrume esse quarto nesse minuto mocinha ou você vai ver" como abuso com risco de vida. É, mas eles não viram as veias saltando no rosto assustador dela, todo vermelho e brilhando.

Depois de limpar tudo, eu tive que fisicamente tirar o Peter do computador, porque ele estava no skype com o Luke, para quem ele tinha acabado de dizer tchau, tipo uma hora antes. Eles estavam falando sobre o que iam vestir quando voltassem para a escola e como quebrar as regras do uniforme. Poupe-me.

Fui direto para o Facebook e tinha seis mensagens do X-Man. Eu ia fazê-lo esperar, mas tinha que saber por que ele não veio.

Ele foi tão querido...

EU: – E daí, cara. No show?

X-MAN: – Graças a Deus você está falando comigo. Fiquei com medo que não falasse.

EU: – Explicação, por favor.

X-MAN: – Desculpe. 200% arrependido. Tive uma briga muito grande com minha mãe porque ela não queria me dar o dinheiro para o trem. Estou sem grana. Dei tudo para a coisa da Criança Esperança na TV. Xinguei minha mãe. Ela me fechou no meu quarto e ficou com a chave.

EU: – Puts. Eu odeio minha mãe também. Ela é violenta comigo. Você está bem?

X-MAN: – Estou. Acabei de sair do quarto. Ela me deu quinze reais para o café da manhã, mas vou guardar para ir te ver.

EU: – Legal.

X-MAN: – Quando a gente pode se encontrar? Estou livre todas as noites da semana que vem.

EU: – Que tal segunda?

X-MAN: – Legal. Em algum lugar calmo.

EU: – Tenho 18. Pub?

X-MAN: – Não. Muito barulho. Parque Jessop? Levo a sidra.

EU: – O.k. Que horas?

X-MAN: – 9 da noite.

EU: – Está bem.

X-MAN: – De novo, desculpe.

EU: – Tudo bem.

X-MAN: – Leva a música do X Factor? Levo o iPod. Dá para a gente ensaiar, se você quiser.

EU: – Legal da tua parte, cara.

X-MAN: – Claro.

EU: – Obrigada.

X-MAN: – Mal posso esperar.

EU: – Eu também.

X-MAN: – Contar para os pais?

EU: – Não. Muito estresse.

X-MAN: – Pois é. Só nós.

EU: – Só. Até.

X-MAN: – Até. Dora?

EU: – O quê?

X-MAN: – Feliz aniversário, você é adulta!

EU: – Uhu!

Ah, meu Deus. Ele deu todo o dinheiro dele para o Criança Esperança. Eu tipo amo ele.

CAPÍTULO 72

Oscar

A cruel reivindicação da Descortês Dora de que eu "monopolizo" o computador é completamente infundada. A tonta infeliz usa de um exagero que está oito milhões de léguas além do tolerável. Que impertinência da insolente. Que desmedidamente injusto a untuosa ingrata acusar-me disso. Remover-me violentamente de meu lugar em frente à dita tela usando o balanço de seus úberes enormes, o que não é próprio de uma dama, e, desse modo, tirar-me de minha posição foi grosseiro demais. Com que finalidade? Para continuar com a troca interminável de disparates sem sentido com seus supostos "amigos"? Eu já li algumas vezes o que ela escreve, é inacreditável. Suas mensagens são um vórtice intelectual, um impiedoso consumo de tempo. Nada vagamente fascinante se passa lá. Tudo é de má qualidade e vulgar. Pegue, por exemplo, a disposição desconcertante de palavras que uma vez vi quando entrei no site dela (é claro que eu sei a senha, só um imbecil não adivinharia: SEXYDORA. Uma contradição de termos, eu temo). Mais ou menos assim:

– Passei a manhã chupando o Sam.

Que cômico! É claro que ela não tinha feito isso, ela tido ido com a mãe na Marks & Spencer comprar as calcinhas no tamanho maior do que o normal da sua marca favorita. Uma escolha de palavras fraudulenta, singularmente descortês e feia. Por que, em nome de Cat Deeleyy, ela quereria anunciar tão ímpia atrocidade para o mundo? Será que ela pensou, com seu cérebro monocelular, que isso lhe traria respeito? Sob que ponto de vista? Quem sabe o de uma tropa de soldados voltando de uma viagem aos postos avançados mais sombrios no deserto do Talibã? Sim, talvez eles, os desesperados e solitários, os famintos de qualquer tipo de companhia feminina, podem ficar interessados ou impressionados ou serem enganados. Todos os outros seres vivos engasgar-se-iam com a repulsa ou, como eu, acabar-se-iam de tanto rir por uma noite inteira e mais todo o dia seguinte por causa da improbabilidade de tal fato. Quem sabe, devêssemos admirar a monumental insolência da menina.

Ah! Como é tedioso tudo isso. Felizmente, eu tinha a deliciosa memória dos felizes momentos com o divinamente romântico mestre Wilson na noite anterior para me consolar em sua ausência. Eu sonho com segunda-feira. Ah! Segunda-feira, quando estaremos juntos uma vez mais em nossa maravilhosa subserviência. Como vou conseguir esperar até lá? Paciência, meu caro, e bastante distração. De fato, eu tinha o DVD do Zoolander para me entreter e, assim, o assisti do início ao fim, rebobinando e vendo de novo os cruciais momentos na passarela. Eu acho que o jovem Ben Stiller pode estar querendo seguir a Dorothy até Oz, onde ela vai precisar de um amigo...

Cansado de ver, voltei para o computador, que já estava livre, e vi que a Tonta Dora tinha, mais uma vez, deixado sua página do Facebook aberta para o mundo e o marido dela verem. Reparei, então, que ela havia marcado um namorico clandestino com alguém cuja alcunha era "X-Man". Fui chamar Papai para que testemunhasse o que estava escrito.

Agora, ela terá o que merece.

CAPÍTULO 73

Ma

É domingo. Eu sempre gostei do domingo. É um dia muito maravilhoso, dia de engordar. Vem com a promessa de descanso. A casa fica quieta. Bem, não exatamente "quieta", mas relativamente calma e sob controle. Sentada à mesa da cozinha, saboreio um chá "hippie", como o Marido chama. Este é uma mistura de frutas. Eu adoraria um PG Tips doce e com leite, mas esse chá com cara de suco é melhor para mim. Não quero tomar leite, embaça meu cérebro, e preciso dos meus sentidos aguçados no momento.

Oscar na sala de televisão assiste a "Minha Linda Dama" de novo e canta junto com Audrey, que, por sua vez, canta muito mal com alguém. Dora anda em seu quarto e escuta a Radio 1. Ela também canta junto com a música, faz aquilo de harmonizar a música com muitos sons para experimentar a voz. O Marido, no escritório, fala com o computador. O infeliz quebrou e Marido tenta convencê-lo a voltar à vida. Ele acha que pode persuadir o computador a funcionar se flertar com ele.

Portanto, esses são os sons da minha família na minha casa em uma manhã de domingo. Além desses, escuto a máquina de lavar roupa em seu esforço sem fim para manter nossas calças limpas. Também escuto o Elvis mamando na Caca. (Essa é uma frase que eu nunca imaginei que fosse escrever!)

Pois é, os sons dos Guerras em uma manhã de domingo, apenas sendo normais. Se eu fizer o que sei que vou fazer, muito em breve tudo isso vai mudar e eu nunca mais vou ouvir isso desta forma. A partir de amanhã, nada será o mesmo, porque agora eu tenho certeza de que amanhã vou pular no precipício.

CAPÍTULO 74

Pai

O que eu acho que todos os homens mais temem é o animal dentro da gente. Em geral, eu não entro em contato com ele. Talvez algumas vezes no campo de rúgbi. De qualquer maneira, o animal de esportes é um cara mais controlável. É um palerma em quem é fácil dar um chute. Literalmente, dar um chute. E os dois lados do campo no jogo, literal ou não, são iguais. Não há nada igual entre um idiota que finge ser quase vinte anos mais novo e marca um encontro com a minha filha em um parque escuro sem o conhecimento dos pais.

O que é que ele acha? Que eu não estou acordado? Mesmo que eu estivesse dormindo, eu estaria deitado na porta para que ninguém entrasse ou saísse da nossa caverna sem o meu conhecimento. Será que ele achou que eu não me importaria? Que eu não me importaria com a minha primogênita, a mais vulnerável de meus filhotes? Que eu não estaria de olhos bem abertos, prestando atenção especialmente nela? Ela, que é tão inocente e única? Ela, que chama a atenção de todos e que tem muito a oferecer? O outro filhote, apesar de excêntrico, é mais experiente. E ele é um menino. Ela precisa de toda a minha concentração. Mais ainda, porque ela faz qualquer coisa por uma gota, uma migalha de atenção. E foi isso que o X-Man ofereceu. A menor migalha. Isso é o que ele é. No mínimo. Será que, por um segundo, ele achou que seria o.k. para ela aceitar só isso? Eu nunca vou permitir que isso aconteça enquanto estiver vivo. Eu dou a minha vida para não vê-la diminuída por alguém tão baixo. Alguém tão traiçoeiro e velhaco. Será que ele achou que eu iria ficar parado olhando a razão da minha vida pular em seus braços? Alguém que, tão ingenuamente, confia? Tão bonita? Em tal estado de graça? Correr para ele, um mentiroso sujo? Eu estava de olho naquela bola. Com toda a minha atenção. Todo o meu foco estava nela. Com certeza.

Cheguei ao Parque Jessop um pouco antes das 19h. Fazendo-me passar por ela, eu tinha mudado a hora do encontro. Eu tinha que seguir meu instinto. Eu torcia para estar muito errado. Queria ver um patife metido, um jovem com gel demais no cabelo, moletom e tênis, esperando nervoso. Eu até queria que ele tivesse uma barra de chocolate para ela. Ou, pelo menos, uma lata de sidra. Sentei-me a certa distância das balanças para poder observar sem ser visto. Escurecia e fazia frio. Às 19h em ponto, uma figura curvada entrou no parque. Fiquei mais tranquilo ao ver que ele estava usando um moletom com o capuz puxado sobre um boné de beisebol e, por um momento, relaxei um pouco, mas continuei observando com muita atenção. Ele sentou, olhando para o chão, em um dos balanços. Com a cabeça abaixada, começou a mexer no que parecia ser um iPod ou alguma coisa com fones de ouvido. Promissor. Convincente. Por um momento...

Então, pequenos detalhes me chamaram a atenção. Tinha alguma coisa errada com a calça jeans que ele estava usando. Era muito elegante, muito... bem passada. E as mãos eram muito... bem cuidadas. Alguma coisa com sua atitude também não estava certa, ele estava muito... seguro de si. Cheguei mais perto. Ele olhava em volta, procurava algo pelo parque, mas eu não conseguia vê-lo bem por causa do boné e do capuz. Tive que fazer um movimento ousado. Era a única maneira. Aproximei-me por trás. Para a minha surpresa, demorou mais do que eu esperava para que ele me visse. Quando eu estava bem perto, de repente, ele virou a cabeça para o lado para olhar para a entrada do parque e, então, vi o rosto dele de lado.

Ele não era nenhum adolescente. Era um homem adulto. As marcas do tempo na pele curtida do rosto não combinavam com as roupas que usava. Estava tudo errado. Eu disse:

– X-Man?

Ele deu um pulo e se virou. Antes que ele terminasse de se virar, dei um belo soco de direita na bochecha esquerda dele. Foi puro instinto. Eu não queria falar, eu queria agir. Fiquei chocado com a dor que senti na mão e pela força e velocidade do soco. Eu não dava um soco em ninguém desde os meus

5 anos. Ele levantou os braços para proteger o rosto, para se proteger. Por alguma razão, esse ato covarde me enfureceu mais ainda e foi quando tudo aconteceu. Não antes do primeiro soco. Até então, tudo estava parcialmente sob controle. Conscientemente, era só o que eu queria fazer. Mas, quando ele se protegeu daquele jeito patético em uma mistura de culpa e defesa, e vi o medo nos olhos dele, alguma coisa dentro de mim mudou. Lembrei-me de como aquele poderia ser tão facilmente o medo nos olhos dela no momento em que ela descobrisse quem ele era e estivesse sozinha e vulnerável, quando ele poderia machucá-la.

Naquele segundo, não pude perdoar a intenção dele e algo mudou dentro de mim. O pai e o marido ficaram de lado. Esse cara se retirou e uma raiva profunda tomou conta de mim. Com força bruta, como um míssil, fui em direção a ele. Ignorando qualquer medo, dei um soco depois do outro. Queria esmigalhá-lo. Bati nele com todo o peso do meu corpo inteiro e o derrubei no chão. Foi fácil, ele era mais leve do que eu e estava em choque, não estava possuído como eu pelo ódio de um pai raivoso. Eu o chutei e depois continuei dando chutes cada vez mais fortes até que ele se enrolou todo como uma bola, um nenê, para se proteger. Eu o agarrei pelo pescoço e o coloquei em pé. O boné tinha caído e ele cuspia e babava sangue. Ele respirava rápido, pesado. Peguei a cabeça dele e a joguei contra a madeira do banco. Ouvi o crânio dele quebrar e vi os dentes soltos balançarem. Era o suficiente. Mas eu não conseguia parar. Eu queria moer aquele homem. Fazer com que virasse pó. Acabar com ele.

Mas não sou mais tão jovem, comecei a me sentir cansado, faltava ar. Eu queria me recuperar e continuar, eu precisava só de alguns segundos para respirar. Velho estúpido fora de forma que eu sou. No tempo que levei para conseguir ficar em pé, ele se levantou e foi embora cambaleando. Corri atrás dele, mas, não sei bem como, ele pulou a cerca e desapareceu entre as árvores. Eu sabia que não conseguiria pegá-lo. Ele estava em forma e eu, sem fôlego. Caí sobre o balanço e, só então, senti uma dor perto do olho direito e as duas mãos que latejavam. Na boca, o gosto de metal. Com a língua senti o lábio cortado que sangrava.

Quando aquilo tinha acontecido? Em alguma hora durante o raivoso ataque, eu não me lembrava. Quanto tempo levou? Cinco minutos? Trinta minutos? Dois dias? Sentei no balanço e a noite me envolveu. Doía do mesmo jeito que doeu quando eu tinha brigado aos 5 anos. E lá estava eu, mais uma vez, sentado no balanço de um parque. Na mesma arena. Cinquenta anos mais tarde. Fiquei feliz ao sentir aquele ódio que cegava dissipar-se. Há muito tempo eu sabia que tinha isso dentro de mim. Tinha medo disso. Sentia vergonha disso. Da violência feia disso. Mas, então, fiquei feliz que estava lá para afastar todos os predadores. Fiquem longe da minha família. Fiquem longe, ou eu mato vocês. Perco o controle depois que o gatilho é puxado.

Meu telefone tocou. Procurei no bolso da calça – não estava. Cadê? Segui o barulho e o encontrei no chão embaixo do banco. Era o Oscar. Não, era a Dora. Furiosa. Ela me odeia. Não faz mal. Pode ficar braba, Dora. Porque você está livre. E é assim que deve ser. Cuidado com as pessoas que tentam roubar sua liberdade, minha querida menina. Eles vão ter que lidar comigo, seu velho pai. E com o animal dentro dele. Dentro de mim.

E o animal saiu mancando para ir para a casa da sogra fazer curativos e comer bolo de uísque antes de voltar para a caverna.

CAPÍTULO 75

Dora

Segunda-feira. O pior dia de toda a minha vida. Agora eu odeio meu pai mais do que odeio minha mãe, o que eu achava que era impossível. Odeio os dois em dobro e estou bem feliz porque já tenho 18 anos e não tenho mais que ficar prisioneira nesta casa com os dois. Nunca vou ter uma vida se eles não pararem de se meter, que porcaria! Eu não sou mais uma criança, será que eles não veem isso? E deixem-me em paz, poxa.

A primeira parte do dia foi bem legal. Dormi tipo até as 14h. Quando levantei, a casa estava vazia porque todos estavam no trabalho ou tinham saído, e eu adoro ficar sozinha. Levei o meu iPod para o deck e coloquei a minha música muito alta. Eu achei os Pop Tarts no esconderijo que o pai arranjou atrás das bebidas dele, onde ele sabe que minha mãe nunca vai achar. Eu, a Caca e o Elvis comemos um cada um. Deitei no chão com eles para comermos todos juntos e brincamos um tempão.

Eu adoro fazer de conta que sou cachorro, e eles também gostam. A Caca ri quando eu faço isso. Eu sempre sei quando ela está rindo. Por que as pessoas dizem que os cães não dão risada, quando, tipo, definitivamente eles dão?

Bom, ela dá. Ela ficou meio confusa quando eu bebi água do potinho deles. Os dois abaixaram a cabeça de lado, tentando entender. Nem eu mesma entendi por que fiz isso, só que eu me empolguei e, na hora, me pareceu uma boa ideia. Não foi. Depois, eu fiquei com nojo e fui escovar os dentes.

Então, eu me vesti e fui até o cabeleireiro para resolver a história do alongamento, que está bem feio. Eu fiquei super triste quando a moça disse que tinha que tirar porque estava todo irregular e meio mofado. Não posso colocar outro porque a desnaturada da minha mãe diz que não paga, por isso, tive que voltar para o comprimento normal do meu cabelo, que é patético, só até os ombros. Eu pareço um pajem de antigamente. Pelo menos as raízes foram clareadas e ainda sou loira, graças a Deus, porque eu ia encontrar com o X-Man mais tarde e, como eu nunca tinha visto ele antes, não queria que ele pensasse que eu tenho cabelo castanho. Como é que ele iria gostar de mim se achasse que eu tenho cabelo castanho? Ele simplesmente não iria e pronto. Para dizer a verdade, dói descolorir as raízes porque, tipo, queima o couro cabeludo. Uma vez, fez até bolha, mas vale a pena.

Depois disso, eu voltei para casa e tomei um banho frio porque eu não queria que o vapor deixasse meu cabelo frizzy. Eu só tinha duas horas para ficar pronta. Quando ouvi o Pete entrar, gritei para ele fazer uma xícara de chá para mim. Ele levou um tempão, mas trouxe o chá e sentou na minha cama para conversar enquanto eu me arrumava. Ele adora ficar me olhando enquanto eu faço a maquiagem. Eu acho que ele gostaria de usar maquiagem, eu já o vi passar um pouco do hidratante base da minha mãe e até rímel, e tenho certeza de que ele adoraria usar mais se a escola deixasse. Será que ele é um ladyboy ou algo parecido? Para dizer a verdade, eu não me importo, desde que ele não mexa nas minhas coisas.

De qualquer jeito, ele estava tagarelando sobre o Luke isso e o Luke aquilo e mais Luke, um saco. Eu disse para ele que estava tipo morrendo porque eu não tinha conseguido usar o computador, que estava quebrado há três dias e, além disso, o Pai tinha pegado o meu iPhone porque tinha algum tipo de problema e todos tinham sido recolhidos, então, ele estava resolvendo isso para mim. Por isso, eu não tinha conseguido falar com nenhum dos meus amigos, com ninguém. Por sorte, eu já tinha marcado o encontro com o X-Man.

Então, sem mais nem menos, o Pete disse:

– É o que você pensa... – e eu fiquei bem braba com ele.

Ele tentou sair do quarto e jogou o lenço dele para trás fazendo charme, bom, o lenço da mãe, mas eu peguei o Pete e o joguei na cama e sentei em cima dele. Ele ficou se contorcendo todo patético e se recusou a me contar o que estava acontecendo. Eu odeio quando ele faz isso, então eu fiz que ia cuspir nele para fazer com que ele me contasse. Quando eu estava para deixar o cuspe cair no rosto dele, ele gritou:

– Tudo bem, tudo bem, saia de cima de mim, sua aloprada, que eu conto!

Assim, eu não cuspi nele.

– O computador não está quebrado, sua morfoloide. Papai disse que estava porque ele não queria que você entrasse no Facebook. É por isso que ele também confiscou o seu telefone. Ele não queria que você entrasse em contato com seu amigo X-Man. Ele estava preocupado porque você ia encontrar-se com alguém que você não conhece. Então, ele entrou no Facebook fingindo ser você e mudou a hora do encontro para duas horas mais cedo. A essa hora, ele já deve ter conhecido o seu querido X-Man.

– O quêêêê?!

– Pois é. Já foi, irmã. Afinal, ele só está se certificando de que o cara não é um canalha.

– O quêêêê?!

– Tente reagir de outra maneira, minha querida. Essa maneira estridente está ficando muito repetitiva.

Comecei a andar de um lado para o outro no quarto, puxando a minha roupa e pegando os meus sapatos.

– Peter, dê-me o telefone. Agora!

– Sem dúvida que não. Aqui estão os meus mais queridos e preciosos dados...

– AGORA!

Ele me deu o telefone e eu liguei para o Pai, que atendeu na hora.

– Oi, Oscar.

– Não pai, sou eu. Que diabos você está fazendo? Onde é que você está?

– Calma, Dora.

– Não, você se acalme! Que é que está acontecendo?

– Eu vim encontrar o seu amigo, Dora.

– Isso, MEU amigo. Essa é a ideia, MEU amigo!

– Devagar. Calma.

– Não, você se acalme.

– Veja bem, eu sou seu pai. Eu tinha que ver quem ele era. E estou feliz que tenha feito isso.

– O quêêêêê?!

– Ele não é quem você pensa que ele é, querida. Ele é muito mais velho. Não está certo. Confie em mim. Eu tive uma palavrinha com ele, e ele já foi embora. Ele não vai te procurar mais. Desculpe, amor, mas eu tinha que ver quem ele era. Eu achei que tinha alguma coisa errada...

Eu não sabia o que dizer.

– Dora? Você está bem?

– Que idade? O que você quer dizer? Ele me disse que tinha 18 anos, como eu.

– Pois é. Ele não tem. Deve ter uns quarenta, amor. E ele não é um cara legal. Não é honesto.

Eu sentei na cama completamente atordoada.

– Dora, eu vou passar na casa da Nana Pamela e depois vou para casa. Está bem? A sua mãe deve chegar aí logo. A gente conversa direito quando eu chegar. Sinto muito, princesa. Vamos pedir uma pizza, tá bom?

– Tá... Obrigada, Pai... Obrigada.

– Tudo bem, Dora. Eu te amo, pudinzinho. É meu trabalho cuidar de você. Mais do que meu trabalho, para ser honesto, você é... Você sabe... minha razão de viver.

– Tá... Tá bom.

Então. O X-Man é um pervertido ou coisa do estilo. Um cara velho que sai por aí para encontrar com meninas de 18 anos. Deus do céu! Como é que eu fui fazer uma coisa tão estúpida? Por que é que todos os malucos vêm atrás de mim? Ele ia me ajudar com o teste do X Factor. Eu contei coisas para ele, contei meu segredo. Por isso que ele não veio na minha festa. Diabo de homem pervertido. Ah, meu Deus do céu. Ele viu meus seios! Deus do céu. Que vergonha. Não vou contar isso para meu pai. Como é que ele conseguiu entrar no meu Facebook? Será que ele é um espião do governo ou coisa parecida? Um hacker? Ele não deveria fuçar nas coisas das outras pessoas. Mas foi bom que ele tenha feito isso. Mas eu queria que ele não tivesse feito. Será que meu pai viu a foto dos meus peitos também? Ah, Deus. Por favor, não! Graças a Deus meu pai fez o que fez. Mas, sabe, que ousadia! Eu o odeio por bisbilhotar nas minhas coisas. Não tanto quanto eu odeio minha mãe. Onde diabos está ela quando eu preciso dela? Ela nunca está aqui. Eu odeio os dois. Mas eu a odeio mais. Não, ele. Ah, não sei, estou confusa.

O Pete me fez um chocolate quente com bastante açúcar (oito colherinhas), sentou na minha cama e me abraçou. E eu chorei. Molhei todo o ombro dele.

E a blusa favorita dele, mas ele tentou fazer de conta que não fazia mal. Que bom que, pelo menos, eu tenho ele. Quando é que eu vou conseguir fazer as coisas direito?

CAPÍTULO 76

Ma

Eu sentei no quarto, naquele quarto muito vermelho, abertamente lascivo. Tudo estava bem diferente sem ele lá. O quarto era bem comum e muito mal iluminado. Eu queria saber se ele acenderia todas as velas de novo, se traria a nigela e se tudo estaria tão sensual como da outra vez. Talvez eu devesse ter feito isso? Eu não acho. Eu achei que ele estaria lá esperando com paciência, esperando que eu fosse até ele.

Eu tinha ido até ele. Estava sentada na cadeira do quarto do hotel, pronta para mudar minha vida. Lá fora, no porta-malas do carro, uma mala com tudo de que eu precisava para fugir. Eu não tinha certeza de que tinha na mala tudo de que poderia precisar para começar uma nova vida com aquele homem fabuloso e emocionante, porque eu tinha feito a mala em um momento de frenética impetuosidade. Eu sabia que tinha bastante roupa de baixo nova e três tubos de creme para depilação e perfume e Nurofen e creme dental e meias. Isso era tudo de que eu achei que iria precisar. Porque o amor preenche todas as lacunas, não é mesmo? Qualquer problema, grande ou pequeno, importante ou trivial, seria insignificante, porque eu teria a força do meu novo e excitante amor para afastar quaisquer carências ou dúvidas. Teria o romance me protegendo da realidade.

Sim, eu teria... Mas, naquele exato momento, eu estava sentada em um pequeno quarto vermelho que era bem feiozinho. SOZINHA. Ele estava atrasado. Eu não esperava por isso. Afinal, eu tenho uma vida cheia e agitada, uma família para organizar e abandonar. Ele é um cara solteiro, sem absolutamente nenhuma responsabilidade. Ele tinha que, obrigatoriamente, ter chegado primeiro. Eu senti o distinto ribombar da decepção. Eu estava começando a querer procurá-lo e não gostei disso. Eu não queria que nada estragasse essa noite memorável... E seu atraso começava a me incomodar.

Olhei em volta. O quarto continuava, sem dúvida nenhuma, triste e mais comum a cada minuto que passava. Sem a luz das velas, eu podia ver que a mobília era uma reprodução barata e, lascada, tinha sido muito mal repintada. Eu podia ver as manchas desagradáveis nas almofadas, que me fizeram pensar em coisas sórdidas que eu não queria imaginar. Eu podia ver como os tapetes eram velhos e as marcas de mão na parede não tinham graça. Tudo isso, inesperadamente, tendo que esperar, fez-me pensar no que um quarto de hotel realmente é. Um espaço alugado por um número incontável de pessoas, estigmatizado pelas mais diversas necessidades básicas. Longe de ser o lugar mágico de uns dias atrás, de repente ficou poluído, uma escolha óbvia e desapontadora para a sedução. Pensar nas muitas pessoas que tinham estado lá começava a desafiar a beleza do lugar. A diferença entre a lembrança, cheia de desejos e fantasias, e a realidade ficava maior a cada minuto. As lacunas começavam a aparecer e, se eu parasse para vê-las, sabia que seria o fim de tudo. Eu não queria que acabasse. Tinha acabado de começar, eu tinha acabado de me entregar, não poderia sentir dúvidas neste momento crucial.

Além do mais, na minha bolsa, em cima da mesa, estavam as brochuras dos chalés que eu tinha pegado semanas atrás, quando menti para o corretor da imobiliária sobre a minha intenção de comprar um. Eu as tinha trazido comigo. Quem sabe nós pudéssemos olhá-las, meu amor e eu, e sonhar? Ou, melhor ainda, fazer planos? De qualquer maneira, para mim, trazê-las era um sinal de certeza. Estava deixando minha vida antiga para trás. Eu não seria mais aquela esposa, aquela mãe. Eu seria o que visse refletido nos olhos dele, Noel, meu lindo, intoxicante e jovem amante. Mas, para ser o espelho que me lisonjeia, meu querido... Você teria que, basicamente, ESTAR PRESENTE!

Esperei por uma hora, durante a qual passei por uma ladainha de sentimentos que foi da euforia ao desespero, passando por um milhão de dúvidas e humilhações no caminho. Onde é que ele estava? Um medo enorme tomou conta de mim, quem sabe ele tivesse batido o carro ou sido assassinado por um paciente psicótico. Eu não podia continuar fingindo que não me importava. Liguei para o celular dele que só tocou, tocou. Sem resposta. Agarrei-me a todas as possíveis respostas e as examinei.

Será que ele tinha batido o carro?

Teria ficado misteriosamente inconsciente?

Tinha sido hipnotizado, quem sabe?

Preso?

Ele era um espião e tinha sido chamado para uma missão vital?

Investiguei esta última, a mais absurda, por bastante tempo. Quem sabe Mr. Tracy tivesse lhe emprestado o Thunderbird 3, ou quem sabe Q, o armeiro do 007, tivesse lhe dado um carro novo que tivesse virado um revólver e ele tivesse dado um tiro nele mesmo?...

Todas essas razões ridículas eram uma mera distração para evitar que eu pensasse sobre as razões mais prováveis para ele não ter aparecido. Era muito mais provável que ele simplesmente tivesse ficado com medo ou que tivesse encontrado uma mulher linda, da idade dele, e tivesse acordado para as implicações ridículas de uma vida inteira com uma mulher de meia-idade que ele mal conhecia. Bem, meia vida, porque ela já está na metade da vida dela. Não está? Não estou?

Fiz uma xícara de chá, usando uma ridícula chaleira que parecia ter vindo da casa de um hobbit, com água da torneira do banheiro, que cheirava a lavanda barata. Um saquinho de chá. Dois sachês de açúcar. Um só nunca é o suficiente e é preciso muita força de vontade para não colocar o segundo. Mexer. Tirar o pacotinho de chá. O leite UHT do potinho com a tampa que nunca quer sair. Mexer. Experimentar. Horrível.

Enquanto eu estava lá sentada, segurando a xícara com o chá horrível, fui aos poucos percebendo o desespero da situação. Eu não sabia por que ele não estava lá, mas o fato de que não estava era a única coisa certa em uma situação definitivamente errada. Tudo estava errado. O chá, o quarto, a mala feita às pressas, os detalhes dos chalés, tudo era bobo, devastador, extremamente desastroso. Eu me senti estúpida, desapontada, eviscerada. Eu me vi no espelho do banheiro quando jogava fora o resto do chá que, de tão ruim, não dava para beber. Eu estava assustada e abatida como uma pessoa presa em um furacão. Naquele momento, eu era uma pessoa no meio de uma tempestade.

A essa altura, ele já estava duas horas atrasado. Eu senti os primeiros sinais da decisão crescerem com determinação. Do jeito da antiga Ma. Não havia se formado ainda, mas, mesmo nesse estado embrionário, era eloquente e escutei. Decidi, naquele momento, que tudo estava acabado. Tão acabado, como Dora diria.

Dora! Ah, Dora. E Oscar... Meus filhos. Por que eu iria querer fugir dos meus filhos? Eles são o que faz meu coração bater. Eles são a minha razão de ser. Eles estão onde eu começo e termino. Disfuncionais ou irritantes ou apenas chatos, eles são a minha família e é para eles que eu sou importante. Não para o Noel. Que nem sequer apareceu. Eles aparecem todos os dias. E o

Marido também. Todos os dias. Há anos. Eles estão lá. Realmente lá.

De repente, eu queria desesperadamente sair de onde estava. Desci até a recepção, onde, com uma vergonha enorme, percebi que eu tinha que pagar, porque eu estava, obviamente, saindo do quarto.

– Tudo bem com o quarto? – falou a senhorita intrometida.

– Sim. Ótimo. Eu tirei um cochilo, ah... isso mesmo eu... (falso bocejo)... precisava. Sabe, eu tenho trabalhando tanto...

Por que é que me preocupei em inventar desculpas esfarrapadas? A vergonha de tudo isso parecia estar pingando como suor no balcão da recepção enquanto eu assinava a conta e tirava meu cartão de crédito da máquina.

– Transação concluída – anunciou a máquina.

Sim. Isso mesmo. Está.

Eu corri para o carro e fui voando para casa. Para a minha casa. Para a minha vida real. Passar pelas mesmas casas e lojas. Esquerda, direita, direita de novo, esquerda. Familiar, normal. Lá estava, a minha casa. A minha velha casa que continuava do mesmo jeito e onde estava a minha família que não tinha mudado. Normal. Correta. Certa. Natural. Boa.

Ao chegar perto da porta da frente, escutei alguém chorando alto lá dentro. Quando entrei, não vi sinal do Marido, e Dora chorava muito nos braços de Oscar.

Quando me viu, ela não quis me dizer o que a tinha deixado tão chateada, só gritava comigo:

– Muito obrigada por nunca estar aqui!

– Desculpe, Dora. Você está certa, eu não tenho estado aqui, eu sei disso. Mas estou aqui agora. O que foi que deu tão errado? O que foi que aconteceu?

– Não é da tua conta, você não se incomoda comigo. Ainda bem que pelo menos meu pai se incomoda... Apesar de que eu estou muito braba com ele também.

Telefonei para o Marido, que, aparentemente, estava na casa da minha Mãe. De novo. Ele me explicou que o cara com quem Dora tinha marcado um encontro não era quem ele disse que era. E não tinha 18 anos.

– Ah, meu Deus, coitada da Dora. Quem era ele?

– Hum... Eu... para ser honesto... não perguntei. Eu só... deixei bem claro que ele devia... você sabe... sumir. Para bem longe. Naquele minuto.

– Ah, meu Deus.

Eu sabia o que isso queria dizer, eu sempre soube que havia uma espécie de homem das cavernas escondido dentro do Marido. Quando eu o conheci, a mãe dele me disse: "Ele tem o temperamento de um dobermann confinado, só que ataca antes." Em todos esses anos, nunca vi esse neandertal, mas sempre soube que estava lá.

– Ele está vivo? – perguntei brincando.

– Está... infelizmente.

– Você está bem?

– Estou. Umas belas manchas roxas e a Pamela está dando uns pontos no meu lábio. No mais, estou bem.

Típico da Pamela. Minha mãe nunca deixou que a gente fosse levar pontos em nenhum lugar, ela sempre teve em casa seu estojo de enfermeira e sempre costurou nossos cortes pequenos. Ela é uma excelente costureira, melhor do que qualquer médico, pelo menos é o que ela diz, e está certa.

– Bem... Volte logo para casa...

Fui sincera. Eu o queria em casa. Eu o queria de volta em casa, onde era o nosso lugar.

– Já vou. Estou comendo um pedaço bem grande de...

– Bolo de frutas com uísque? – interrompi.

– Isso. Delicioso. Mesmo com o lábio machucado.

– Eu sei. Não demore. A Dora está daquele jeito. Você acha que a gente deveria chamar a polícia?

– Não sei. Vamos conversar quando eu chegar.

Desliguei o telefone e fui falar com a Dora. A famosa Dora que não perdoa. Respirei fundo.

– Eu sei que você está braba comigo, senhorita Dora, mas deixe-me dizer em minha defesa que, como sua mãe, se você ALGUM DIA concordar em encontrar escondida alguém que você não conhece de novo, eu mato você. Até que você esteja morta, ouviu bem? Até que você esteja tipo TÃO morta. Porque eu tipo tão amo você e estou TÃO braba com você agora. Porque você poderia ter sido machucada ou coisa parecida. Porque você poderia ter sido morta ou coisa parecida. E, se isso tivesse acontecido, eu, tipo, iria te matar. Sua astrochata!

Ela não aguentou e riu. Ela tão não queria, mas tão não conseguiu não rir. Depois, começou a chorar e, então, veio para os meus braços e me contou tudo o que tinha acontecido de errado na vida dela durante uma hora e meia, que foi quando o Marido chegou. A Dora, chorando no meu ombro. Eu me senti em casa de novo, eu tinha voltado de verdade. Eu estava sentindo a maravilha das pequenas coisas.

Mais tarde, na cama... depois de... sussurrei no ouvido do Marido.

– Obrigada por estar aqui. E por ter estado lá.

CAPÍTULO 77

Oscar

Nem todos podem reivindicar um herói como pai, mas, atualmente, eu posso. O Papai, naturalmente modesto, rejeita todos os elogios. Em minha opinião, é preciso uma natureza muito singela para resistir a tantos elogios, especialmente quando os aplausos vêm de duas azedas como a filha boba e a esposazinha egoísta que tão raramente repara em atos honrosos. De acordo com todos os relatos – bem, com o relato que dele foi arrancado à força – foi um pouco mais do que maravilhosa sua defesa da Indolente Dora.

Por que a miserável infeliz insiste em se colocar em perigo com tanta frequência está além da minha compreensão. Eu acho prudente que Luke e eu nos envolvamos mais em sua vida amorosa de agora em diante. Tenho certeza de que qualquer rapaz que tenha de passar por nosso rigoroso crivo e processo de seleção será um candidato muito acima de qualquer um que ela possa encontrar por acaso no ciberespaço. Ou, então, poderíamos oferecer nossos serviços como acompanhantes e, assim, extirparmos os improváveis, do vantajoso ponto de vista de companheiros e espiões. Assim, os destroços e sucatas lamentáveis que formam a bílis de seres humanos na internet seriam mandados para muito longe e não representariam uma ameaça para a minha ingênua irmã.

Mestre Wilson e eu somos abençoados com esta maldição. A maldição de termos um gosto imaculado. Nós iríamos, tenho certeza, identificar imediatamente todos os patifes que se atrevessem a vir farejá-la e rapidamente poderíamos despachá-los com uma ou duas sóbrias e petulantes palavras. Nada tira tanto a audácia de um rapaz como uma resposta audaz. Se alguém tem tão repleto e ágil raciocínio quanto supõe ter, então é de fato o seu dever entrar em uma maravilhosa zombaria com gracejos cômicos tantas vezes quantas forem necessárias. De que outra maneira pode-se aguçar o espírito?

Esta é a diferença fundamental entre o Papai e eu. Enquanto ele usa seus músculos, eu uso a perspicácia como minha arma escolhida. Eu, em fogo rápido, certamente teria ridicularizado aquele odioso predador para fora daquele parque com uma enxurrada de escárnios inteligentes. Há muitas coisas que podem ferir ao se escorregar no balanço do sarcasmo. Ao passo que Papai, abençoado seja, sempre tem de confiar e recorrer a seus instintos animais.

No entanto, não posso reiterar o suficiente que, se alguém se encontra de tal maneira em perigo, é grato pela pura coragem física de um rapaz simples como ele. Por esse motivo nobre, estou sugerindo a elevação de Papai ao posto de premier de Os Fascinantes. Acho que vou fazer-lhe uma medalha. Ou... não... Melhor seria uma pequena biju de algum tipo, no estilo de uma insígnia, quem sabe com uma seleção de pequenas rendas e franzidos, adornos e quinquilharias. Seria sem dúvida elegante, uma peça central, um crachá com um adorno distinto na parte de cima. Um lema da família, um reconhecimento pelo seu feito heroico. Algo que nos diga que ele é um rei entre os homens e o chefe indiscutível da família Battle. "Rex inter homines. Dux familius Battalius"... Sim! Vou começar neste instante para que fique pronto para ele usar para o trabalho amanhã.

CAPÍTULO 78

Dora

Meu pai parece bem machucado. O lábio dele está inchado, vermelho e com pontos e ele tem manchas roxas por todo lado. A Mãe diz que amanhã o olho dele vai estar preto. Mas é óbvio que ele ganhou, eu acho. Pela primeira vez, olhei para o meu pai e pensei que, tá legal, ele não é bonito ou coisa parecida, mas, poxa, ele está bem em forma para ter feito isso. Ele deu uma surra naquele infeliz.

Eu queria entrar no Facebook e dizer para o X-Man que enfiasse tudo naquele lugar, mas lembrei que o computador estava quebrado. Foi então que meu pai falou que não estava quebrado e que ele tinha desabilitado ou coisa parecida e tirado meu telefone que também não estava quebrado, pacificamente, porque ele não queria que eu falasse com o X-Man. Meu pai foi bem espertinho fazendo isso. Agora, eu consigo entender e fico feliz que ele tenha feito isso. Não vou mais falar com quase ninguém no Facebook, porque a gente não sabe com quem está falando de verdade e pode ser um doido ou coisa parecida.

Nós todos ficamos acordados até bem tarde e, em vez de pedirmos pizza, minha mãe fez sanduíches quentes, o que é muito melhor. O meu foi com Nutella e banana. É o meu favorito. É o que eu escolheria para comer se essa fosse a minha última refeição antes de ser enforcada no dia seguinte ou coisa parecida. Eu fiquei feliz que ela estava aqui para eu poder contar tudo para ela. Pela primeira vez em muito tempo, nós conversamos, e ela escutou e olhou bem dentro dos meus olhos e tudo. Ela ficou passando a mão no meu cabelo e dizendo, "Sinto muito, Dotty, deve ter sido tão difícil" e "deve ter sido horrível" e coisas assim, enquanto eu contava tudo de ruim que aconteceu.

– O fato é – ela disse – que você cometeu um erro, só isso. Todo mundo erra. Nós todos. Até a Caca errou e veja no que deu: o Elvis! Eu erro o tempo todo, erro um monte. UM MONTE.

Foi estranho ela dizer isso, porque ela sempre foi a super perfeita que nunca faz nada errado. Mas ela disse um monte de coisas legais sobre como eu devia estar me sentindo sozinha e como isso faria com que eu corresse riscos que normalmente não correria, tipo concordar em me encontrar com o X-Man quando não sabia quem ele era. E isso é verdade, eu acho. Eu não tinha com quem conversar. E ela pediu desculpas de novo por não estar lá para mim e então eu contei para ela sobre o teste do X Factor e fiquei super surpresa porque ela disse que eu deveria ir! Essa eu não esperava. Ela até se ofereceu para ir comigo ou, então, só me levar, se eu quisesse. Isso seria tão legal porque, mesmo que a gente brigue um monte, eu ainda preciso dela para algumas coisas importantes. Não do meu lado, mas lá fora, segurando a minha maquiagem e os meus óculos e o meu lanche e coisas do tipo. Todo mundo precisa de alguém para fazer isso, tipo uma mãe empregada.

Ela disse que não era para me preocupar porque ela sempre estaria ao meu lado, não importa o que acontecesse, porque a gente está "ligada em um nível bem profundo", quer eu goste ou não. Bem. Para dizer a verdade. Eu gosto.

Acabei de receber uma mensagem da Lottie que diz:

– Terminei com o Sam. Um idiota. Mega erro. Desculpe. Preciso de você. Por favor?

Pois é, todos nós erramos...

CAPÍTULO 79

Ma

Eu sei que terminou. Eu sei disso, mas, para ser honesta, que falta de consideração nem sequer reconhecer isso. Nem uma mensagem, nem um telefonema, nada. Eu me senti completamente repudiada, uma boba. Humilhada. Será que não significou NADA? Será que eu sou tão descartável?

No carro, o mesmo velho caminho, esquerda, direita, esquerda, segunda à direita. As mesmas lojas, o campo de críquete, o memorial de guerra. Não tão maravilhosos e brilhantes como antes, quando eu estava... O quê? Amando? Não, apaixonada? Não, perdida? Sim, quem sabe. Não tão colorido como quando eu estava perdida. Não importa que não esteja tão brilhante porque, claramente, aquilo foi um truque da luz. Meu coração enganou meus olhos. Mas agora meus olhos estão vendo de novo todas essas coisas que já conheço, olhando tudo de novo e encontrando conforto no fato de que tudo continua igual. Tudo igual, exceto eu. Eu fiquei um pouco diferente por um tempo, experimentei ser alguém diferente. Será que eu mudei? Não tenho certeza.

Quando cheguei à clínica, senti a boca seca e fiquei muito ansiosa. Iria vê-lo. Deveria ignorá-lo? Fingir que não tinha ido ao hotel? Ficar na minha? Não, eu tinha telefonado, ele sabia disso. Deveríamos ter uma breve conversa de algum tipo? Marcar uma consulta e colocar um ponto-final em tudo? Isso seria frio e profissional. Deveria sorrir? Fazer cara de braba? Como me comportar?

A Lisa estava lá, atrás da mesa da recepção, em cima da qual tinha uma geringonça estranha. Uma lata coberta com uma folha muito grande de uma das plantas que temos lá, e tudo isso estava em cima de um fogareiro pequeno de acampamento. Um tubo transparente passava pela folha e uma ponta entrava na lata, e a outra estava dentro de sua caneca de café (onde está escrito "Sobreviver ou Morrer").

Alguma coisa na lata estava fervendo e pingava na xícara dela do outro lado. Parei para tentar entender o que estava vendo.

– É um destilador para o deserto. Faz o vapor virar água potável. Nunca tome água do mar ou urina, Ma, sem antes destilar, assim.

– E isto é...

Por que foi que perguntei? Eu sabia o que era.

– Urina. Minha. Vai estar pronta para beber em uma hora. Aceita?

– Hum. Obrigada, mas acho que prefiro um pouco do arsênico que tenho na bolsa. Sem querer ofender.

– Nenhuma ofensa.

– O George já chegou?

– Já.

– Veronica?

– Já.

-… Noel?

– Não.

– Hum... Certo.

– Você não sabe?

– O quê?

– Ele ligou hoje de manhã para dizer que não vem mais, o que é um problemão, porque ele tem um monte de pacientes na metade do tratamento... Aliás, eu tenho que remarcar alguns dos pacientes dele com você, Ma.

– Ele não vem mais? O que você quer dizer com isso?

– Ah, ele recebeu um telefonema de casa dizendo que alguém está muito doente. A mãe dele? Não me lembro, mas ele tem que ir embora imediatamente. Ele não vem nem pegar as coisas dele. Acho que ele volta para a Nova Zelândia no voo do meio-dia.

– Sei.

Meio atordoada, comecei a andar em direção ao meu consultório. Ir embora, assim? Sem explicação? Simplesmente ir embora...

Eu estava quase na porta do meu consultório quando virei para a Lisa e ouvi minha voz dizendo:

– Lisa, por favor, anote o endereço dele em um papel para mim. Eu levo as coisas dele para ele, coitado. Eu posso, tenho uma hora antes da minha primeira consulta.

Dito isso, fui para o consultório dele, o pequeno lá atrás, e comecei a juntar tudo o que parecia pessoal. Alguns livros, uma foto dele mais novo com uma mulher muito mais velha que, com um ar triste e cabelo grisalho, usava um avental. Sua avó? Algumas canetas, um caderno que tinha um desenho Maori de uma samambaia na capa com algumas anotações e só. Bem pouco.

Com pressa, peguei o papel onde a Lisa tinha escrito o endereço e fui para o meu carro.

Ele morava na Station Road. Eu não sabia onde ficava, mas tinha que ser em algum lugar perto da estação. Pus a chave na ignição e, sem colocar o cinto de segurança, saí apressada do estacionamento. Que é que eu estava fazendo? Isso era loucura, mas... Eu tinha que saber. Por que ele não tinha ido? Esse parente doente era real ou não? Não poderia ser a mãe dele, ele tinha me dito que ela havia morrido. Ele estava fugindo? De mim? Ah, se isso fosse verdade, nosso encontro seria bem difícil. Não faz mal, eu tinha que saber.

Dirigi até a estação e subi e desci várias ruas, metodicamente, para tentar achar a rua onde ele morava. Nada da Station Road. Parei o carro em uma loja de esquina, onde me disseram que a Station Road era a rua que ia para a estação velha do outro lado da cidade, atrás da nova cidade industrial. Droga! Deveria ter usado o GPS, mas eu tenho uma alergia patológica àquela coisa que sempre está certa. Segui a direção indicada e vi, à esquerda, a Station Road. Qual era o número? Número oito, a Lisa tinha escrito. Ficaria do lado esquerdo lá no final da rua. Bem longinho, perto de onde estava aquele táxi! O motorista estava colocando o que parecia ser a última mala no porta-malas e um homem fechava a porta da frente de sua casa. O homem que era, sim, isso mesmo, era o Noel, só que diferente, uma versão meio machucada e careca dele, todo quebrado. Ele estava pronto para ir embora. Buzinei e parei o carro de qualquer jeito no único lugar que tinha e que era muito pequeno. Desci do carro e o deixei lá mesmo, com a parte de trás no meio da rua, e corri para onde ele estava.

– Noel! Noel?

Ele meio que se arrastava na direção do táxi. Que é que estava errado com ele? O que tinha acontecido com o cabelo dele? Quando cheguei mais perto, vi que ele estava tentando se arrastar mais rápido, mas não conseguia. Andava apoiado em uma muleta com um braço e o outro braço estava preso ao corpo, fora da manga do paletó, todo enfaixado. Na cabeça raspada tinha um corte bem grande e vermelho com um monte de pontos. Ele estava cheio de manchas roxas e todo machucado. No rosto, um dos olhos, inchado, estava meio fechado e ele tinha algum tipo de aparelho na boca.

– Deus do céu, Noel. Que foi que aconteceu?

– Eu sinto muito... – era difícil entender o que ele dizia com aquele aparelho na boca.

– Você sofreu um acidente?

– Tenho que ir. Sinto muito...

Pela primeira vez, ele me olhou com sinceridade.

– Sinto muito... Eu estava... perdido... Não tive a intenção de fazer nenhum mal... Eu não faria.

Ele me olhou nos olhos com a mesma intensidade de antes, mas dessa vez seu olhar estava contaminado com algo que parecia ser uma vergonha sinistra. Cada uma das palavras que ele balbuciou me atingiu como um soco. Naquele momento interminável, eu soube. Ele era o X-Man. Ele tinha se certificado de que eu estivesse fora do caminho, esperando por ele em um quarto barato de hotel, e tinha ido encontrar-se com Dora... Mas, em vez dela, encontrou o Marido.

Na mesma hora, a culpa dele passou para mim, porque era minha também. Imperdoável a facilidade com que acreditei naquele cenário patético e fui um brinquedo nas mãos dele.

Ele tentou falar...

– Eu gosto de você...

Dei-lhe um tapa forte no rosto machucado.

O motorista do táxi ficou chocado...

– Ei! Com calma, minha senhora. Ele está machucado!

– Está. E machucou todo mundo. Vá embora daqui. Saia daqui agora!

Ele entrou no táxi e foi embora. Eu tremia. Senti remorso, senti fúria, senti vergonha.

CAPÍTULO 80

Ma

DOIS MESES DEPOIS...

Então. Outubro. O inverno ainda não chegou, mas as árvores já estão usando seus casacos de pré-inverno. E eu já estou usando o meu casaco novo de inverno. Pamela e eu fomos fazer compras em Bath, um agrado especial, e ela perguntou o que eu queria de presente no meu aniversário de 50 anos. Eu já sabia...

– Acho que eu quero um casaco novo, Mãe. Um que não seja nem marrom nem cinza. Alguma coisa que chame a atenção e que seja otimista.

Achamos o casaco em uma loja especializada em roupas para pessoas altas. O irônico é que a loja era tão pequena que só cabia uma pessoa alta junto com a supérrima vendedora. A Pamela ficou esperando do lado de fora, olhava pela janela e com o polegar apontava para cima ou para baixo e fazia que sim ou que não. Apesar de desconfortável, fez com que a escolha fosse rápida. Eu vi o casaco na arara e, só de ver a manga, sabia que aquele seria o meu companheiro de inverno. O estampado de rosas vermelhas bem grandes com folhas verdes em um fundo preto faz com que as flores pareçam mais dramáticas. É o tipo de estampado que pode fazer com que a gente pareça um sofá se for errado, mas cheia de si mesma quando certo. Esse é certo. Eu amei. Foi feito por alguém que se chama Ann-Louise Roswald, que costurou à mão uma etiqueta linda, embaixo da qual tem uma correntinha para pendurá-lo. Esse é um nome interessante. Tão radiante quanto o casaco. Eu gostaria de dar um abraço nela, seja lá quem for, por ter feito algo tão alegre que fica tão bem em mim. Eu sei que deveria usar esse casaco só em "ocasiões especiais", mas não vou fazer isso. Vou usá-lo todos os dias, para que eu nunca mais me veja na vitrine de uma loja como um espectro sombrio. Se eu me vir agora, vou ver um monte de flores bem grandes. Muito melhor. Quando por fim nos sentamos para tomar chá e comer um pedaço de bolo "não tão bom quanto o meu, você não pode negar", a Pamela foi breve e sábia como sempre.

– Tudo certo agora?

– Sim, Mãe. Tudo.

– Já está pisando em terra firme?

– Já. Estou de volta no meu penhasco. Pisando em terra firme. Firme como nunca.

– Bom, porque tem tubarões por aí.

– Pois é. Tem sim.

– Eles tiram pedaços bem grandes da gente. Têm bocas imensas. Cinco filas de dentes de trás até a frente. Trezentos dentes.

– Eu sei. Não se preocupe. Levei só uma mordidinha. Só isso.

– Tá bom. Desde que você esteja bem.

– Estou.

– Sabe qual é a melhor maneira de se defender de um tubarão? Dê um soco no nariz dele.

– Certo. Bem, foi dado.

– Foi. Ou, então, fure os olhos dele com uma vara com uma ponta bem afiada.

No caminho de volta para casa, ela me pediu para parar no túmulo do pai e ficamos lá de braço dado, lembrando ele.

– Aposto como ele não acredita que você já vai fazer cinquenta, Ma.

– Não sei se eu acredito.

– Ele queria tanto uma menininha. Quase morreu de felicidade quando você chegou. O peito inchou mais de metro de felicidade.

– Que legal. Eu descobri que os homens bons amam suas filhas.

– Pois é. Nós dois amamos muito você. Todos os 1m80 e os 50 anos que você tem.

– Eu sei, mãe. Obrigada. Por tudo. Você sabe... o bolo e tudo mais.

– Ah, não precisa agradecer, sua boba sentimental.

Eu a levei até em casa, e ela não me deixou ir embora antes de fuçar em sua caixa "especial", que fica embaixo da cama, e encontrar o velho relógio de pulso do pai. Ela o colocou na minha mão e disse:

– Encontre alguém que cuide dele, tá bom? Alguém que o mantenha seguro.

Conversamos mais um pouco sobre o teste da Dora no X Factor duas semanas antes. Eu contei que a tinha levado, e ela estava muito nervosa. Ela tirou os óculos e foi lá dentro. Dois minutos depois, quando saiu, contou que tinha passado para a próxima fase, o que queria dizer que ela cantaria para o Simon Cowell e companhia. Ela estava muito feliz, chorava de felicidade.

No caminho de volta para casa, de repente, ela gritou:

– Não vou continuar!

Eu ia parar o carro, meio chocada.

– Não, não pare! Não estou falando daqui, do carro. Estou falando do X Factor. Não vou continuar porque, se eu parar agora, sempre vou achar que poderia ter ganhado, mas, se continuar e perder, vou me sentir comum, igual a todas as outras pessoas. Eu prefiro parar agora e continuar sonhando com isso e continuar sendo eu mesma... Entende como?

Típico da lógica enrolada e pessimista dela, mas também, maravilhoso. Ela estava preservando seu sonho e aprimorando suas técnicas de sobrevivência. Isso mesmo, Dora! Durante todo o caminho de volta, ela tagarelou sobre como iria ser legal estudar Tecnologia dos Alimentos na Manchester Metropolitan e que ela ouviu falar que os rapazes lá eram super sarados. Meu nenê parece ter crescido bastante.

Meu aniversário não teve muita festa, exatamente como eu queria que fosse. Tenho 50 anos. E acredito, porque é verdade.

As crianças e Pamela me levaram champanhe e bolo de beterraba coberto com creme na cama. Comemos um monte e ficamos enjoados. Excelente. Depois vieram os presentes. Os incríveis, lindos presentes. A Pamela finalmente me deu o casaco maravilhoso que eu vesti na hora e usei o dia todo, dentro e fora de casa. O Oscar me deu um poema que escreveu, no estilo de Shakespeare, exaltando a virtude de tudo em mim. "A boca com dois lábios finos cor de café; dois olhos verdes com pálpebras; um pescoço com oito queixos" e assim por diante... Diabinho insolente.

A Dora me surpreendeu com o trabalho que tirou A em Artes, um tríptico que ela chamou de "A Beleza através dos Tempos". Era um retrato a carvão da Pamela, um meu e um dela, o que me deixou muito feliz, porque ela se incluiu em uma coisa cujo título continha a palavra Beleza. Finalmente, aceitou. Ela se rendeu à verdade. E lá estávamos nós. Três gerações de mulheres da nossa família, ligadas de uma maneira muito profunda. Ela nos desenhou, as três, com muito carinho, prestando muita atenção aos detalhes. Todas as marcas que eu tinha visto antes no rosto da minha mãe e depois no espelho estavam lá, mas interpretadas de uma maneira linda, pela Dora. Aqueles eram os rostos das pessoas que a fizeram e que a amavam e a quem ela mostrava sua apreciação. Eu fiquei bastante emocionada com a beleza do presente e chorei como uma criança pequena. Depois, a minha mãe chorou, depois a Dora, depois o Oscar. O Marido era o único com os olhos secos, mas, então, chegou a vez dele.

Ele me deu uma caixinha. Dentro tinha uma simples aliança de ouro.

– É uma aliança.

– Muito bem.

– É a aliança da eternidade? – eu perguntei.

– Acho que sim... Leia o que está gravado nela.

Eu li. Dizia apenas: "LEMBRE-SE". Eu olhei para ele, para aquele rosto lindo, nervoso e quebrado.

– É um remember-ring, um anel para que você sempre se lembre de que você é tudo para nós...

Depois disso, ele chorou também! Foi muito engraçado, todos nós pateticamente fora de controle. Nós todos chorávamos e ríamos ao mesmo tempo. Pulei da cama. Bem, saí da cama como uma mulher que acabou de fazer 50 anos consegue sair.

– Certo. Vamos lá. Este aniversário significa muitas coisas lindas, como, por exemplo, que eu estou no meio da minha vida ou perto disso, então, se eu quero mudar as coisas, é bom que seja agora, certo? Então, hoje, minha querida família, eu quero mudar as coisas e dar presentes para VOCÊS, assim, por favor, deem um passo para a frente quando ouvirem seu nome e peguem o presente, em ordem, por favor. Primeiro. Vovó Pamela. Para você, eu dou esta forma que contém o fruto do meu trabalho de ontem, um bolo de café com nozes, receita da Bisa Marjorie. Sei que não deve estar tão bom quanto o dela, mas foi feito com o amor da sua mãe que passou por você e para mim. Espero que você goste. Amo você.

– Próximo, Oscar Battle, dê um passo para a frente. Esta caixa é para você. Contém o melhor paletó de smoking, ou melhor, robe de chambre, que o dinheiro pode comprar. É de seda, do Gentleman's Green. Espero que você cuide muito bem dele e desejo a você e a ele um futuro muito feliz juntos. Amo você.

– O próximo é para você, Marido. Por favor, dê um passo para a frente. Para você, tenho este lindo e valioso item. É o relógio de pulso que meu pai usou durante toda a sua vida adulta. Minha mãe pediu para que encontrasse um novo dono para ele, alguém que o mantivesse seguro, e não há ninguém melhor do que você. Você nos proporciona, a todos nós, a nossa inquestionável sensação de segurança. Eu o amo muito, muito, muito.

– E, finalmente, o seu presente, senhorita Dora Pamela Battle. Você terá que se vestir e estar no carro em cinco minutos para recebê-lo. Rapidinho!

Pela primeira vez em sua vida, a Dora ficou pronta na hora certa e nós fomos, o mais rápido possível, para Reading. Ela estava muito curiosa para saber o que era. Eu estava extremamente nervosa. Finalmente, parei o carro.

– Dora. Não consegui confiar em ninguém no "Pangbourne Ink", mas acredito que esses caras são muito bons...

Era o tattoo parlour que a Lisa tinha recomendado. A Dora gritou.

– Ah, meu Deus! Mãe, você vai me deixar fazer uma tatuagem?

– Vou. E vou fazer uma também. Vamos lá.

Depois de uma hora deliberando sobre cobras, rosas, estrelas, dragões e faixas celtas pontiagudas, fizemos a nossa escolha. Um coraçãozinho para mim, nas costas, bem no meio, entre os ombros, e exatamente o mesmo para ela. Doeu um monte, de verdade, mas agora estávamos ligadas uma à outra.

Para sempre. Mãe e filha. Para todo o sempre.

Assim, no meu aniversário de 50 anos, fui marcada como mãe e fiquei feliz por isso.

À noite, fomos todos jantar no restaurante italiano local. O Marido usou seu novo relógio de pulso e uma linda medalha feita em casa. O Oscar usou seu paletó de smoking e, chocante, um turbante. A Pamela usou seu melhor casaco de pele de coelho. A Dora usou uma blusa bem exagerada para mostrar a tatuagem que, é claro, ainda estava coberta com gaze, e eu usei meu casaco durante toda a noite. Ficamos todos muito bêbados com todos os copos do licor Limoncello que tomamos e fomos para casa fazendo barulho e falando alto sobre tudo. Em casa, levei a Caca e o Elvis para dar uma última volta e voltava para casa quando faltavam dois minutos para a meia-noite. Em pé, do outro lado da rua, olhei para a minha casa. Fiquei extremamente grata porque ela estava lá. Aquela casa e todas as pessoas cheias de defeitos que eu amava tanto. Tremi ao pensar em como quase os perdi. Com certeza, eu teria perdido a mim mesma se tivesse feito isso. Meia-noite. Não era mais meu aniversário e, então, eu sabia que tinha a permissão de continuar com o resto da minha vida. Sem arrependimentos.

EPÍLOGO

Domingo de manhã, acordei bem cedo, lá pelas cinco da manhã, antes de todo mundo. Eu me vesti. Tomei uma xícara de chá e fui até o carro. Liguei o carro, engatei a marcha e saí para a rua. Não tinha mais ninguém. Tinha chovido à noite. Estava fresco e o Sol começava a iluminar o mundo. Encostei o carro no fim da rua onde moramos. Tirei a venda do bolso. Era uma daquelas máscaras que dão para a gente no avião, para que a gente possa dormir. Se eu precisava de emoção e desafio, então, iria tê-los aos 50 anos. Sempre quis saber se eu faria isso se não estivesse com medo. Bem, não estou mais com medo.

– Então, vamos lá, Ma, dirija para o trabalho com a venda nos olhos.Vai.

Dei uma última olhada na rua, coloquei a venda e saí devagar. Com calma, mudar a marcha. Parar o carro. Dar sinal para virar à esquerda, escutar com muita atenção para ouvir se vinha algum carro. O coração batia tão rápido que parecia estar na garganta. Acelerar, virar, virar, virar. Passar pelas lojas sem vê-las, pela escola sem vê-la. Dar sinal para virar à direita no memorial de guerra. Prestar atenção para fazer a curva na hora certa. Agora? Não... Ainda não. AGORA. Virar. Parecia estar tudo bem... Desvirar a direção. Uma pancada enorme e o carro balançou bruscamente quando subiu no meio-fio. Pisar no freio. Parar. Tirar a venda. É, calculei mal a curva e quase bati em uma árvore imensa na frente do campo de críquete, mas, ei, fiz quase metade do caminho. Veja só! É incrível! Olhei em volta e não vi ninguém. Graças a Deus.

Até que... Pelo espelho retrovisor, lá no fundo, virando a esquina em sua bicicleta de corrida com o capacete ergonômico combinando, vejo – o Marido. Ele me seguiu para ter certeza de que eu não me machucaria. Sempre lá. A uma distância segura. Cuidando de mim. Sim. Esse é o meu cara.

Felizmente, estou apaixonada pelo homem com quem estou casada. Uma montanha que não explorei até o topo ainda. Meu marido: Den.

Do livro de receitas da NANA P

TORTA BANOFFEE DO OSCAR

Para a base
200g de biscoitos digestivos
100g de nozes-pecan
100g de manteiga derretida

Para o caramelo
100g de manteiga
150g de açúcar mascavo escuro
250 mL de creme de leite fresco

Para a cobertura
3 bananas grandes
300 mL de creme de leite fresco
1 colher de sopa de açúcar de confeiteiro
1 colher de chá de extrato de baunilha

Chocolate amargo ralado

1. Coloque os biscoitos e as nozes em um saco plástico e bata com um rolo de macarrão até esmigalhar bem. Misture a manteiga derretida no farelo.
2. Espalhe a mistura na base de uma forma de fundo removível e aperte bem, até que a superfície fique nivelada. Coloque na geladeira por 30 minutos. Enquanto isso, faça o caramelo. Derreta a manteiga e o açúcar mascavo juntos. Quando a manteiga derreter, adicione o creme de leite e deixe ferver por 5 minutos até engrossar um pouco, depois deixe esfriar.
3. Espalhe o caramelo sobre a base de biscoito. Descasque e corte a banana em fatias finas e, com elas, faça uma camada sobre o caramelo.
4. Bata o creme de leite fresco com o açúcar de confeiteiro e a baunilha até formar picos macios e espalhe sobre as bananas.
5. Decore com raspas de chocolate e coloque na geladeira até que esteja pronto para servir. Passe uma faca em volta do bolo e, com cuidado, remova a forma.
6. Tome um gole de gim de abrunho feito em casa. Para cozinhar.

BOLO DE BETERRABA DA MA

180g de açúcar

3 ovos médios

180g de farinha de trigo

180g de amêndoas moídas

50g de chocolate em pó

1 colher de chá de fermento

Pitada de sal

200 mL de creme de leite azedo (NDT: ou 150 mL de creme de leite fresco com 50 mL de iogurte natural sem sabor)

1 colher de chá de extrato de baunilha

200g de beterraba crua, descascada e ralada bem fino

Cobertura

170g de açúcar de confeiteiro peneirado

2 colheres de sopa de água

¼ colher de chá de creme tártaro (NDT: ou ½ colher de chá de vinagre de vinho branco)

Uma clara de um ovo médio

½ colher de chá de extrato de baunilha

Gotas de corante para comida cor-de-rosa (opcional)

Um punhado de avelãs picadas para decorar

1. Pré-aqueça o forno a 180°C. Unte uma forma de 20 centímetros com óleo vegetal e forre com papel manteiga.
2. Bata os ovos e o açúcar por 5 minutos na batedeira elétrica, até formar um creme. Adicione a farinha, amêndoas, chocolate em pó, fermento e sal. Bata até misturar.
3. Adicione o creme de leite azedo e a essência de baunilha e bata bem. Esprema o excesso de líquido da beterraba ralada e adicione à massa.
4. Coloque a massa na assadeira e asse por 50 minutos. Retire da forma e coloque em uma gradinha para esfriar.
5. Enquanto esfria, faça a cobertura. Coloque todos os ingredientes em uma tigela em banho-maria até que o açúcar se dissolva, mexendo de vez em quando. Retire do fogo a panela de banho-maria com a

tigela dentro e coloque em uma superfície à prova de calor. Mantenha a tigela na panela com água quente e bata em alta velocidade até que a mistura forme picos duros.

6. Cubra o bolo com o creme e espalhe as avelãs picadas por cima.
7. Tome um gole de gim de abrunho feito em casa. Para cozinhar.

BOLO UPSIDE-DOWN DE ABACAXI DA DORA

Para a cobertura
½ abacaxi
55g de açúcar mascavo macio
6 cerejas cristalizadas

Para o bolo
170g de farinha com fermento
100g de açúcar
1 colher de chá de canela em pó
2 ovos batidos
200 mL de leite
½ colher de chá de bicarbonato de sódio

1. Pré-aqueça o forno a 220°C. Unte uma forma de bolo de 23 centímetros e forre com papel manteiga.
2. Descasque o abacaxi e corte 6 fatias com aproximadamente ½ cm de espessura. Retire o miolo duro de cada fatia e, em seguida, coloque o abacaxi em uma frigideira antiaderente grande e adicione o açúcar. Cozinhe em fogo baixo até o açúcar dissolver, aumente o fogo e deixe ferver por 10 minutos, virando as fatias de abacaxi de vez em quando.
3. Coloque as fatias de abacaxi na forma de bolo, de maneira elegante, em volta da borda e uma fatia no meio. No meio de cada fatia, coloque uma cereja cristalizada.
4. Misture a farinha, o açúcar e a canela em uma tigela grande e faça um buraco no meio, um pequeno poço. Adicione os ovos e o leite no poço e misture a farinha aos poucos, até misturar tudo.
5. Adicione o bicarbonato de sódio batendo bem e em seguida despeje a mistura sobre as fatias de abacaxi. Asse por 15 minutos, até que esteja firme e dourado.
6. Deixe esfriar na forma por 5 minutos e depois vire sobre uma gradinha para que esfrie completamente.
7. Tome um gole de gim de abrunho feito em casa. Para cozinhar.

BOLO DE UÍSQUE DO DENYS

150g de uvas-passas brancas

150g de uvas-passas escuras

200g de frutas cristalizadas

2 colheres de sopa de uísque

1 colher de sopa de suco de laranja e a casca ralada de meia laranja

100 mL de água

180g de açúcar

180g de manteiga

3 ovos médios

180g de farinha com fermento

1 colher de chá de bicarbonato de sódio

1 colher de chá de condimento (NDT: mistura de canela em pó, sabor dominante, noz moscada e pimenta da Jamaica)

Pitada de sal

100g de nozes picadas

Cobertura

60g de manteiga amolecida

210g de açúcar de confeiteiro

1 colher de sopa de suco de laranja

1 colher de sopa de uísque

1. Deixe as frutas secas de molho no uísque, suco com raspas de laranja e água. Deixe de molho por pelo menos 30 minutos.
2. Pré-aqueça o forno a 180°C. Unte duas formas de bolo de 20 centímetros e forre com papel manteiga.
3. Bata a manteiga e o açúcar até formar um creme leve e, então, adicione os ovos, um de cada vez.
4. Adicione a farinha, o sal, as especiarias e o bicarbonato de sódio.
5. Por último, adicione as nozes, as frutas secas e o líquido onde estavam de molho. Divida a massa entre as duas formas e coloque no forno por 30 minutos ou até que, ao enfiar uma faca, ela saia limpa.
6. Deixe esfriar na forma por 5 minutos e depois vire sobre uma gradinha para que esfrie completamente.

7. Enquanto esfria, faça a cobertura. Coloque a manteiga em uma tigela grande e peneire um terço do açúcar de confeiteiro, bata até misturar bem e então coloque o restante do açúcar da mesma maneira. Por último, adicione o suco de laranja e o uísque. Passe uma camada fina em cima de um dos bolos e coloque o outro sobre ele. Passe o resto da cobertura sobre o segundo bolo.
8. Tome um gole de gim de abrunho feito em casa. Para cozinhar.